文創風 224

福妻稼到

上

于隱 著

目錄

序文

于隱

常聽人說，任何一部小說或多或少都會帶有作者獨特的痕跡，譬如生活環境，或者人生觀與價值觀，也或許只是隱隱約約表露了作者微妙的心境與感悟。

姑且不論這觀點是否以偏概全，就我個人來說，我不得不承認這本《福妻稼到》確實帶有我本人濃重的痕跡。

當然，不僅僅因為我小時候在農村生活過。

承繼上一本《在稼從夫》，這一本的背景仍然是古代農村，但其中的故事、人物以及人物性格，乃至所表達的感情，都大相逕庭，迥然不同。

女主角林櫻娘被娘家像潑盆涼水一般，將她嫁給了有飯吃、有衣穿的薛家。即便薛家生活並不寬裕，也遠遠勝過她的娘家。

她與夫君才過兩個月新婚生活，公婆便不幸遇難。她作為長嫂該如何治家，如何帶領著夫君及小叔們一起奔向小康，如何操持小叔們的婚事，又如何與妯娌們相處，都隱約透露了我的觀點及美好的想像。

提筆寫這本書之前，我並未特意去思考或塑造獨特身分的男主角，薛伯明的形象是那麼自然且栩栩如生地浮現於我的腦海裡，揮之不去。

他羞澀靦覥、青澀憨厚，透著大男孩的那股可愛勁兒，他不是傳統的大男人，不是硬漢，而是剛還俗回來的小和尚。

因為他當過和尚、學過佛法，所以他的內心是平靜的，是與世無爭的。他娶了櫻娘回來，只有最簡單的願望，就是希望她跟著自己不會再餓肚子，不要像在她的娘家那般吃苦。

而當他發現櫻娘是那麼的真誠勇敢、勤勞堅強，他的內心頓時亮堂了起來。是櫻娘激發了他對愛情的想像，給予了他對愛情的體驗，讓他感受著與往日不一般的生活，甜蜜又快樂還透著些許興奮的生活。

櫻娘彷彿是他生命裡的明燈，為他指引著前進的方向，有了櫻娘，他的生活從此有了目標。

然而，他涉世不深，處事還不夠成熟，需要櫻娘陪著他一起成長，為他打開世界的大門，讓他有了更為廣闊的視角。

因為有櫻娘的支持與薰陶，他不僅是溫柔體貼的夫君，還是有責任、有擔當的兄長，後來更成為了成功的大當家，當然也是孩子們心中慈愛柔和的父親。

《**福妻稼到**》，文如其名，櫻娘是伯明可遇不可求的福妻。因為櫻娘，他們的日子才過得幸福、順利、安康，這幾十年一路蒸蒸日上。

老話常說，男怕入錯行，女怕嫁錯郎。其實，男人也怕娶錯老婆的。

娶什麼樣的妻子，就會過上什麼樣的日子，這一輩子幸福與否，與娶來的妻子緊緊相關。伯明兄弟四人及他們堂兄弟的婚姻生活，便是最好的例證。

伯明娶了勤勞能幹的櫻娘，所以他的家庭與事業雙豐收。

二弟仲平，娶了逃荒而來的招娣，招娣有些自卑，但性情溫順；三弟叔昌，與銀月是自由戀愛，但銀月性情潑辣而剛強；而小弟季旺，與男人婆金鈴相愛相殺；還有他們的堂兄弟梁子，休了綠翠而娶了雲兒。

他們各自收穫了什麼樣的人生，還望細看正文。

謝謝大家。

第一章

「妳這個死丫頭，明日就要嫁人了，妳竟然尋死？我和妳爹可不是捨不得妳死，而是捨不得妳吃了整整十五年的那些糧食！」李杏花氣呼呼地對著躺在破木床上的閨女罵道。

鄭晴晴微微睜著眼，幽幽吐了一口氣，無奈地瞧著眼前這位有些邋遢的婦人。她真的快受不了了，自從早上穿越過來，這位所謂的娘就對她罵個沒完。

從清早罵到傍晚，中間都沒見她去喝口水，只不過午時停了下來啃過一個窩窩頭。她吃得這麼少，還有如此旺盛的精力罵人，實在讓鄭晴晴佩服。

不過鄭晴晴自己可是連一個窩窩頭都沒有吃。一是身子虛弱，感覺不到餓；二是被穿越到這種貧苦農家的慘劇給打擊得欲哭無淚，哪裡還有胃口？三是她「鄭晴晴」這個名字日後將式微了，她現在是櫻娘。櫻娘？她真的很不喜歡這個名字呀！

雖然如今穿越已經穿成篩子了，但是絕大部分的人都是穿越到大戶人家玩玩宅鬥什麼的，哪怕不搞那些陰謀論，也吃得飽、穿得暖，混吃等死就行了。

她怎麼就這麼倒楣，穿越到這麼個貧困戶。

之所以知道是貧困戶，還是從這位娘的嘴裡得知的。家裡窮到什麼程度呢？就是一日三餐都吃不飽，一件衣裳得穿個十年八年的，補丁補了一次又一次，整件衣裳都成拼布了！

現在家裡有窩窩頭吃，還是因為收了男方的采禮。這份采禮奇怪得很，竟然不是錢、布疋和首飾這些東西，而是三百斤玉米粉和一百斤白麵粉。

嗯，她明白了，櫻娘為全家換來了四百斤糧食！她的娘怕她死了，男方家會來討回這些糧食，剩下的倒是可以討回去，吃進肚子裡的可怎麼辦？

雖然她也知道這位娘罵的可能是氣話，但是這種話任誰聽了都不舒服。按照常理，自己的閨女投河自殺被救了起來，娘不是應該說盡好話來安撫閨女嗎？

李杏花見櫻娘瞧著自己的眼神看來還是不服氣，又生氣道：「要知道糧食金貴著呢，若不是養了妳這個賠錢貨，妳兩個弟弟這些年來就能多吃一些，個子也能竄得高了，不至於現在被人說是矮子。爹娘養了妳十五年，妳不想著嫁個好人家，到時候幫襯著家裡，幫襯著兩個弟弟，跑去尋死覓活做什麼？」

櫻娘又明白了，這位娘還重男輕女，偏心得可不是一般的嚴重，弟弟們長得矮，竟也歸咎於她！

李杏花還沒說完呢，又喋喋不休起來。「薛家有十畝玉米田、三畝麥田，妳若是去了他家，一日三頓都能吃得飽飽的。薛家大兒子雖然之前在山上的廟裡當過和尚，可是人家現在還了俗，和普通男子沒區別，他又不是去宮裡當了太監，閹了根子，妳到底有什麼不樂意的？」

櫻娘有些頭昏腦脹，這些話她都聽了一整日了！她翻動了下身子，背對著她娘，閉上眼睛睡覺。

「妳到底有沒有在聽我說話？」李杏花見她無動於衷，大聲吼了她一句。

「我不是一直在聽嗎？」櫻娘應道。

「妳都躺了一整日，身子早好了，還不快起來！」李杏花將被子一掀。「薛家明日就要來迎親了，反正不管妳樂意還是不樂意，妳都得嫁！要說還是薛家好，說門親竟然捨得花四百斤糧食，這在我們林家村可是沒有過的事。其實薛家村也沒有幾家這麼闊氣，若不是因為薛家大兒子一直娶不上親，他家也不會出手這麼大方……」

「娘，妳別再說了，我嫁！」櫻娘豁出去了，不就是個小和尚嗎？人家還是還了俗的，若是仍守著色戒什麼的，她還無須盡夫妻義務了。而且不嫁她還得受這沒完沒了的罵和嘮叨，留在這樣的娘家也沒什麼意思，娘就等著將她這盆水給潑出去呢！

只是櫻娘的被子都被她娘給掀了，她不想起床也不行了。

李杏花將一小袋子的野榛果倒了出來，扔給她一把小鐵鎚。「把這些剝好，明日我們家要辦酒席，這些榛果燉馬鈴薯，可算得上一道好菜。」

櫻娘納悶，家裡窮成這樣，還能辦得出酒席？

就在這時，院子的柵門被人推開了，走進一名中年男子和兩名少年，衣衫襤褸，一人挑著一擔看似很輕便的籮。

李杏花往外一瞧。「妳爹和弟弟們回來了，他們可是拿六十斤玉米粉去鎮上替妳換了些嫁妝和明日擺酒席需要的點心呢。」

捨得花六十斤玉米粉來置換這些，應該還不算太摳，櫻娘才這麼想著，就聽到林老爹嘆一聲氣。「六十斤玉米粉也就換回來這些，嫁妝有一副子孫桶（馬桶、腳盆、水桶）、一面小銅鏡、一個嫁箱、兩張春凳，辦酒席的有四斤豬肉和四包棗糕還有四壺酒。」

李杏花翻看著籮裡的東西。「以我們家的境況，能辦這樣已經不錯了。嫁妝就湊合著吧，我不是還做了兩雙嫁鞋和兩塊帕子嗎？」

這時櫻娘的大弟弟柱子卻哼了一聲。「爹、娘，薛家不是說了，若是我們家實在困難，沒有嫁妝也行的，你們還非要換這些玩意兒，那些糧食就這麼換出去了，真可惜。姊姊現在已經算是薛家的人了，幹麼還給這麼多東西？」他說話時，還伸手撈了兩塊棗糕拚命地往嘴裡塞。

櫻娘驚愕地抬頭瞧了瞧這位弟弟，還真是個摳門又沒教養的。這也難怪，肯定是爹娘平時重男輕女慣了，都不把她當回事，弟弟們自然而然也不把她這個姊姊放在眼裡。

李杏花並沒有阻止兒子吃棗糕，只是嘆道：「你說得倒也沒錯，但我和你爹還不是想顧及臉面？別人家嫁閨女都得有那麼幾件陪嫁的，若是我們家什麼也沒準備，到時候不僅場面不太好看，村裡人在背地裡也會笑話我們的。」

櫻娘拿著鐵鎚咚咚敲著野榛果。聽這一對母子的對話，她算是服了！

小弟弟根子倒是不敢說那種話，只是也學著去撈棗糕吃，那吃相狼吞虎嚥啊！

李杏花心疼兒子們，乾脆將其中一包打開，全分給他們倆吃了。雖然這樣明日辦酒席就不夠擺盤，每人連一塊都吃不上，她也不在乎，尋思著大不了讓客人們搶著吃。

她見兩個兒子吃得香，笑咪咪地說道：「都好久沒吃過糕點了吧，今晚娘還給你們煮玉米糊糊喝，再蒸兩個白麵餑餑。」

柱子和根子笑呵呵的，又有白麵餑餑可以吃了，平時家裡每隔十幾日才肯做一回的，這回好像只隔了八日。

根子聽他娘說只蒸兩個，便道：「娘，兩個不夠我們一家子吃啊。」

李杏花摸了摸已經十二歲的根子的腦袋瓜。「就你和你哥兩個人吃，怎會不夠？我和你爹、你姊吃玉米窩窩頭。」

櫻娘看著自家爹娘及兩位弟弟，她真是無語了，平時他們到底有多麼輕視她，才能做到對她如此視而不見啊？

她這個身子的前任主人今早才投河自殺呀，沒人安慰她一句也就算了，她明日就要嫁去婆家了，這可是她在娘家的最後一日，他們就不能善待她一下，不說這種戳人心窩子的話不行嗎？

林老爹見家裡什麼菜也沒有，便問道：「孩子他娘，妳沒去菜地裡摘菜嗎？明日就要擺酒席了，怎麼那些白菜、芹菜和蘿蔔都沒有收回來？」

李杏花朝櫻娘這邊努了一下嘴。「我不是在家守著她嗎？怕她趁我不在，又尋死覓活的，這是最後一日可不能出差錯。」她再朝外瞅了瞅天色。「你現在趕緊去摘也還來得及。」

林老爹趕緊騰出一擔空籮，嘴裡還朝櫻娘訓道：「妳可不許再胡來，妳若真有個三長兩短，我們林家可真沒辦法跟薛家交代！糧都吃一半了，吐都吐不出來，妳總不能見我和妳娘為難吧？妳都十五歲了，也該懂事點了！」

他說完瞅了一眼櫻娘，見她低頭槌野榛果沒吭聲，便挑著擔子出門了。

剝榛果對櫻娘來說，可不是件易事。她先用鐵鎚將榛果敲出裂縫，然後再徒手剝。剝十幾、二十個倒沒事，但剝多了指甲疼，食指和大拇指的指腹也很疼。

櫻娘攤開兩隻手掌一瞧，好一雙勞動人民的手！滿手老繭且不說，手皮也粗糙得很。這個櫻娘以前得幹多少活，才能把一雙手糟蹋成這樣啊？這哪像是十五歲姑娘的手，簡直像是老媽子的手！

手這麼難看，那她的臉呢？她穿越過來，還沒看自己長什麼樣子呢。桌上就放著老爹剛才換來的小銅鏡，她有些緊張地起身，把鏡子拿了過來，對著臉照。

媽呀！這髮型！編著兩條粗麻花辮倒沒什麼，只是髮質毛糙乾枯，和一堆雜草差不多！因為早上她被人從河裡救起，頭髮已經散亂了，又在床上躺了一日，現在簡直亂成雞窩了。

不過頭髮倒還是次要的，關鍵是這膚色！臉蛋可不像紅蘋果，倒像打了霜的紫茄子，氣色萎靡，額頭、鼻子和下巴則是蠟黃色，這樣明日她怎麼當新娘？

再看五官，彎彎柳葉眉，眼睛麼，有點像杏眼，但是眼角稍稍向上翹著，又有點像丹鳳眼，感覺還挺好看的。鼻子至少不塌，唇形也不錯，明明是一位長得還算佳的姑娘，硬是讓人糟蹋成這副模樣，一看就知道是經過長年累月風吹日曬。

她可是個愛美之人，看著鏡子裡自己的這副慘樣，她感到有些焦慮。之後若是好好保養，也不知能不能恢復美女本色。在娘家肯定沒這條件，不知到了婆家會是怎樣，不會也要日日下田幹農活吧？

李杏花見櫻娘拿著鏡子，還一臉愁容，也明白她在想什麼。「有什麼好照的，趕緊剝榛果吧。瞧妳這亂糟糟的樣子，晚上睡覺前燒水洗個澡，明日再讓喜婆來幫妳打扮一下。」

櫻娘放下了鏡子，繼續敲榛果，心繫著這張糟糕的臉，便更使勁了。「咚！咚！咚！」這幾下敲得可狠啊。

吃晚飯時，李杏花果然說到做到，真的只讓兩個兒子吃白麵餑餑，他們三人吃窩窩頭。櫻娘吃一個窩窩頭，喝一碗玉米糊糊，再挾了些青菜吃，肚子也就飽了。畢竟這些都是純天然無農藥的飯菜，而且是她穿來這裡吃的第一頓飯，吃得還算舒服。

這裡沒有夜生活，吃過晚飯，大家梳洗過就準備上床睡覺。

櫻娘自己燒水洗完澡後，爬上了床。她不習慣這麼早睡，躺在這張嘎嘎作響的床上，再看著黑乎乎的屋頂，忽地感覺一陣心酸。

她記得，她當時只不過像往常一樣，早上七點半出門去上班而已，沒想到一走出大門，便被樓上掉下來的什麼東西給砸中了腦袋。她仔細一想，忽然明白了，七樓有一戶正在裝修，肯定是放在窗臺上的磚頭掉了下來，不偏不倚砸中她，將她送到這古代農家來了。

本來是多麼普通的一天，結果卻成了如此詭異的一天。她竟一出門瞬間回到幾百年前！想到再也見不到爸媽，她摀著被子傷心地哭了起來，不知到了什麼時辰，她哭累了，便迷迷糊糊地睡著了。

次日早上她還沒睡飽就被娘叫醒了，她睜眼一看，屋子裡光線還很昏暗，看來還是黎明時分。她從小到大都愛賴床，這麼早被叫醒，感覺腦袋還暈乎乎的。

「快點起來，先把粥煮上，然後再把家裡的桌椅擦一擦，地也要好好掃一掃。今日中午那麼多人要來，別讓人家覺得我們家邋裡邋遢，不愛收拾。」

李杏花說完就拎著一籃子的衣裳出去了。平時都是櫻娘做完早飯再去洗衣裳的，可今日畢竟是櫻娘的出閣之日，李杏花也知道得顧忌一點，就自己去洗了。

櫻娘伸了伸懶腰，自己就要當新娘子了，竟然還得幹活，這是怎麼回事啊！但沒辦法，她還是乖乖地起來了。

幸好她小時候是在鄉下奶奶家長大的，直到十歲才被爸媽接到市區，所以用這種土灶煮粥做飯還難不倒她，只不過多年沒做，有些生疏而已。

林老爹起床後，先去田裡看了看麥子長得怎麼樣，接著忙挨家挨戶借碗盤和桌椅，否則自家的根本不夠辦酒席。而柱子放牛去了，根子提著籃子割豬草，每個人都有活兒幹，直到日頭高高掛起，一家人才回來吃早飯。

等到喜婆來了，李杏花找出薛家前些日子送來的嫁衣，還有自家準備的嫁鞋讓喜婆為櫻娘妝扮，她和林老爹則去廚房開始準備酒席的菜餚了。

喜婆先幫櫻娘挽臉，手法很熟練，櫻娘感覺臉上就像被螞蟻咬那般疼，還算能忍受。見櫻娘膚色太不好看，喜婆便在她臉上抹了層白粉，接著又蓋上厚厚的劣質大紅胭脂，還往她嘴唇上抹，粉末掉進嘴裡，嗆得她眼淚都流出來了。印象中，電視演古代女人出嫁不都是抿一下那張不知什麼材料做的紅紙嗎？看來這裡實在太窮了，連這樣的紅紙都沒有。

最後，喜婆把她的眉毛畫得又粗又黑，像兩條大黑蟲盤據在上頭。

妝容完成，櫻娘對著鏡子一瞧。天啊，這哪是新娘，簡直是女鬼吧！

可還來不及反應，喜婆已手腳俐落地開始替櫻娘盤髮。她將櫻娘的頭髮綰成一個髮髻，插上一根染紅的木簪子，看起來乾淨索利，但就是比梨麻花辮要顯老幾歲。

喜婆再幫著櫻娘換上喜服和喜鞋之後，便為她蓋上了紅帕子，然後坐在她對面，開始叮囑去了婆家要怎麼跨火盆、拜堂，入洞房後要等著相公來挑紅蓋頭，否則不吉利，上了床一切都由男人主動，她只要配合著就行，否則會被相公認為她淫蕩。

聽到這兒，櫻娘暗忖，對一個陌生男人，還是個剛還俗的小和尚，她應該……不會主動投懷送抱吧？

喜婆又講了些要她孝敬公婆、順從相公的話，便出去上茅廁了。櫻娘乘機揭開紅蓋頭，用桌上一盆還沒倒掉的水，迅速地洗了把臉，把女鬼妝洗得乾乾淨淨。她情願頂著這張素臉嫁人，也不願以女鬼的面孔去嚇人。

到了午時，院子裡擺上了四張桌子，村民們都來得很積極。這裡辦嫁女酒席，一般都是四桌，男的娶親才會有八桌，因為林家村是一個很小的村，也就四十來戶，一家只能推派一位前來代表，四桌剛好合適。

炮竹一響，眾人熱熱鬧鬧地吃著、搶著，可心裡都在嘀咕：怎麼才六盤菜？而且肉和棗糕的分量這麼少，根本不夠吃啊！送的三文禮錢不知有沒有吃回來？

這會兒村口響起一陣嗩吶聲，大家歡呼了起來。「新郎來了、新郎來了！」

櫻娘在屋裡聽到外面這動靜，心裡開始有些緊張。也不知新郎模樣如何，只聽說是小和尚還俗，不會還是光頭吧？若還俗半年多了，頭髮也應該長出來了吧？

他會喜歡自己嗎？自己會喜歡上他嗎？

她坐在屋裡想著這些小心思，外面卻突然吵了起來。她聽見娘忿忿不平地說道：「來迎親竟然沒有迎親禮？我這還是頭一回聽說！我家是嫁黃花大閨女，不是潑一盆水。」

迎親隊裡有一位男性長輩，語氣也絲毫不客氣。「送了那麼多糧食當采禮，怎麼還要迎親禮？你們家是嫁女兒，又不是賣女兒！」

李杏花氣得雙手扠腰，撒潑道：「采禮是采禮，迎親禮是迎親禮，你們若是不送迎親禮來，我家閨女就不嫁了！」

櫻娘聽院子裡吵吵鬧鬧的，有些心煩。無論嫁得好不好，至少成親這一日得順順利利的吧。

可是外頭卻越吵越凶，雙方都不肯讓步。

林家的意思是，沒收到迎親禮就不嫁女兒；薛家的意思是，采禮都給了，新娘的喜服也是他家做的，而且家裡為他們騰出了一間房，還做了幾件家具，娶一門親能做到這樣已經很不錯了，希望林家不要太過分，無論如何，今日他們都要把櫻娘接過去。

林老爹坐在邊上冷笑一聲。「莫非你們還想用搶的不成？」

「你們不給人，我們就得搶回去！」那位迎親長輩答得很乾脆。

林老爹和李杏花氣得臉煞白，異口同聲道：「你們敢?!」

柱子和根子也站到前面來示威。

「光天化日之下，你們竟然敢強搶民女？」柱子振振有詞，招呼著已經喝完酒席的村民們。「大家都過來！他們薛家人到了我們林家村，看能撒野到哪裡去！」

櫻娘一聽，這位弟弟還挺蠻橫，看來是打群架的好手！他們不會真的打起來吧？若是迎親演變成打群架，這也太悲劇了！

薛家那位長輩仍然毫不示弱。「強搶民女？林家小弟，你可得搞清楚了，我們是給過采禮的，還有媒妁之言，哪怕找里正來評理，也是你們林家理虧。若是你們敢先動手，里正往上報，說不定還有可能把你們抓到縣裡大牢去！」

這時只聽得李杏花大聲嚷道：「柱子，你帶幾個人去守住門，不要讓薛家人進去搶你姊。我們林家絕不先動手，看薛家人怎麼辦？」

柱子立即招呼幾位和他平時一起玩的夥伴來堵住大門口。

薛家人也沒有更好的主意了，都不吭聲，雙方就這麼乾耗著吧！

櫻娘尋思著，到底哪位是新郎？她好像沒聽到陌生年輕男人的聲音。身為來迎親的新郎，不會是位縮頭烏龜吧？遇到這種事，他應該趕緊想辦法才是。

她才這麼一想，便聽到有人說：「二叔，要不我們還是想辦法湊出迎親禮錢吧，這麼耗著也不是辦法，爹娘還在家等著呢。」

這是個極為年輕的男人聲音，年輕到讓櫻娘覺得他估計沒滿十八歲。他就是她的相公？

「伯明，你可不能這麼懦弱，現在不是給不給錢的問題，林家人這麼不講理，以後你做了他們家的女婿，豈不是要受欺負？」這位薛家長輩就是新郎的二叔，之所以讓他跟著來迎親，就是因為他平時算是個比較厲害的人物，在村裡有不少人懼著他。

新郎薛伯明扯了扯他的衣袖，小聲央求道：「二叔，佛說，凡事以和為貴，能忍之人，事事稱心；易嗔之人，時時地獄。何況我們本就該帶迎親禮來的，當時爹娘還問要不要帶，你說不須帶，現在好了，鬧出事來了。」

薛二叔生氣了。「你這小子是怪我多事了？那好，你自己看著辦吧，以後有事可別找我！遇到麻煩事就唸你的佛吧！」他說完氣哼哼地甩袖走了。

「二叔！二叔，我不是這個意思……」薛伯明緊張地跟在他後面追，薛二叔就是不理他，一會兒走得沒影了。

其他跟著來迎親的人都是一些後生，不敢說什麼，全看著薛伯明。

薛伯明抓耳撓腮，有些不知所措了。他身上只有二十文，一般迎親禮至少都要一百文的，還差很多。他只好厚著臉皮問其他人借錢。「你們……若是身上帶了錢，就先借給我吧，我一回家就還你們。」

這些一起來迎親的人見薛二叔走了，薛伯明又求他們幫忙，他們實在不好意思拒絕，只好紛紛解囊，全都掏空了也只湊成八十文錢。

薛伯明將八十文錢裝進一個荷包裡，窘著臉來到林老爹和李杏花面前，拱手作揖，語無倫次道：「爹……娘，是我……是女婿思慮不周，還望您們見諒。這會兒只能湊出八十文錢來，待後日回門，我再添上二十文過來……」

他話還未說完，李杏花就揶揄道：「你們這一群人才湊出八十文？」

林老爹見女婿都認錯了，還說到時候要補上二十文，覺得再為難他也沒必要，難道還真不嫁女兒了？「孩子他娘，我看還是算了吧，八十文就八十文，看樣子他們是再也湊不出一個子兒來了。」

「好吧，便宜你這小子了。」李杏花惱著臉接下了荷包。

櫻娘聽到這件事似乎已經解決了，她也跟著鬆了一口氣，只要沒打起來就好。

喜婆剛才一直在旁邊看熱鬧，這會兒她見事情已平息，便來到林老爹面前道：「時辰差不多了，新娘該出閨房了。」

林老爹點點頭，這時從迎親隊裡走出一位婦人和一位大姑娘，她們是薛家按照習俗帶來的伴娘。

兩位伴娘隨喜婆進了櫻娘的房。喜婆笑盈盈地道：「吉時到，新娘出閣嘍！」

櫻娘就這樣被兩位伴娘攙扶著出了房門。按常理，這個時候李杏花與櫻娘這對母女要哭一哭的，表示當母親的捨不得女兒離開，當女兒的捨不得離開爹娘嘛。

可是她們這一對母女，誰也哭不出來。

李杏花手裡拿著那個荷包，心裡尋思著這些錢除了攢一些留給柱子以後娶親，是不是還該拿點兒去買幾隻小雞？雞養大了，不僅能下蛋，還能賣錢，一顆雞蛋能賣一文錢，一斤雞肉能賣七文錢，嗯，明日就去買小雞。

櫻娘更是不可能哭，她才穿過來沒多久，而且離開對自己不疼不愛的爹娘，她幹麼要哭？她甚至感覺自己只是爹娘拿來換那八十文錢的一件物品。

只是女兒要走了，作為爹娘的總要說幾句意思意思一下。

李杏花終於將荷包塞進了衣兜，來到櫻娘面前。「櫻娘，娘是過來人，知道要怎樣才能當好新媳婦，沒別的竅門，就是少吃飯、多幹活。」

櫻娘點頭。少吃飯多幹活？這主意真是……絕。

林老爹也囑咐一句。「還要聽公婆的話，無論他們說的對還是不對，妳聽著就是了，可不能頂嘴。哪怕他們打罵妳，妳也要忍著。」

天，這哪是嫁人啊？被他們說得好像自己是去當受氣包似的。想到自古以來當受氣包的小媳婦可不在少數，她還真是有些忐忑。雖然她剛才感覺新郎還算靠譜，可也止不住他會向著他的爹娘啊！

薛伯明一直在旁邊站著，可他根本不敢看櫻娘。只是掃了一眼櫻娘那一身紅嫁衣，便立刻將眼神移向他處，他臉色漲紅，樣子十分緊張，比新娘子緊張多了。

櫻娘蓋著紅蓋頭，只能看見大家的鞋尖，自然看不見新郎那副緊張又害羞的模樣。單調的一聲炮竹響起，該啟程了。新娘嫁妝少得可憐，除了伴娘，來迎親的一共有十二個人，這些嫁妝哪怕他們一人拎一樣，都還有四個人是空著手。

櫻娘以為這時應該要被扶上大紅轎了，可是走著走著，似乎沒有停下來的意思。轎子不應該是停在門口的嗎？

她看著腳下的路，都走到大路上了，仍然一直被扶著往前走。

她實在忍不住了，開口問道：「喜轎停在哪兒，還沒到嗎？」

兩位伴娘聽了一怔。其中一位笑著解釋道：「妳是說那種被抬著的大花轎嗎？有錢人家才抬喜轎迎親的，我們窮鄉村的姑娘出嫁哪能享到這種福？薛家村離這兒也就十二里路，天黑之前肯定能走到的。」

十二里路要走著去？櫻娘心裡咯噔一下。想到剛才自己一不小心暴露了對這裡的無知，也不敢再說什麼了。古代新娘出嫁坐大花轎在電視裡看著是多麼稀鬆平常的事，原來並不是所有人都能享受得到。

薛伯明剛才一直在前面走著，離櫻娘有些距離。他聽到她似乎說了話，只是沒有聽清楚，但他回頭見伴娘這麼解釋，也就明白了櫻娘的話意。

莫非這位櫻娘是嫌他沒能抬喜轎來接她？他心裡也不知是什麼滋味，感覺挺苦澀的……

十二里路，對於櫻娘這副身體來說，走下來完全不費力氣。

兩位伴娘都走得有些喘了，額頭與鼻尖冒著一層細汗，櫻娘卻腳步輕快，身上乾爽得很，一點汗都沒有，看來過去的她平時不僅農活幹得多，估計還十分肯出力氣。

櫻娘見她們有些跟不上了，便放慢腳步，與她們保持一致的步伐，免得她走得太快、太急，被她們認為她這個新娘子趕著去婆家呢。

兩位伴娘雖一路上時不時會聊聊天，櫻娘卻也不好插嘴，作為新娘子應該是羞答答的，若蒙著紅蓋頭就聊東聊西，怕是要落下長舌的壞名聲。

這一路上，她都小心翼翼，畢竟她對這裡的風土人情幾乎一無所知，為了以後生活能順當，不留下話柄，她覺得自己還是謹慎一點好，一言一行都得注意著分寸，不能太過隨興。

新娘子比較容易引人關注，若是哪裡沒有做好丟了臉，說不定要被笑話一輩子呢！這裡沒有電視、電影、電腦、手機，老百姓們完全只能靠著一些鄰里的八卦來娛樂了。

只是如此一來，她也無法探聽相公的消息，她這相公似乎走在最前頭，離她甚遠，她是連他的腳都看不到的。他的模樣好不好看？性格好不好相處？她雖好奇，但這些都不是她此時最關注的，她最迫切想知道的是，他到底是什麼髮型！因為……她實在不喜歡光頭男。

此時的薛伯明在迎親隊前走著，也是一聲不吭，一個勁兒地往前走。他沈默不言，不是怕說錯什麼，而是緊張、羞澀又忐忑不安，一路上他也懷著各種心思。

他本來是不想娶親的，可這完全由不得他，男大當婚，女大當嫁，是千古不變的道理。即便他曾經是個和尚，如今還俗了，還是得走常人之路。

其實他的爹娘當年讓他出家，不為別的，只是為了替他消災解厄，因為他小時候生了一場大病，在床上躺了兩個月都無法好起來。那時山上一位老和尚正巧來薛家村化緣，他告訴他父母，送他上山當十年和尚，這一輩子的災禍就能全消了。都說出家人不打誑語，薛家人信了，立即送他到山上剃了髮。

果然，薛伯明健健康康地在廟裡生活了十年，如今還熱熱鬧鬧娶娘子了。

薛伯明擔心的是，自己沒啥能力，在廟裡當了十年和尚，只會唸經、煮飯和種菜。如今娶了一個女人回來，總得對她負責吧，可是他真的沒有信心能把日子過好。若是這個櫻娘到時候對他嫌東嫌西，往後日子該怎麼過？

剛才他在林家已經見識過岳父岳母的強勢了，若是櫻娘也像她的爹娘那般挑剔，以後他這日子怕是無法安寧了。

再想到她會不會喜歡自己，他的臉頰頓時滾燙了起來，這個……可不能繼續細想下去，與佛相伴多年，禁男女之情，以至於他平時見到女人都有些害怕。

可想起今晚還得洞房，他徹底慌了，手心都捏出汗來。

新郎與新娘就這麼各懷心思、一前一後走了十二里路，剛抵達薛家門口，便聽到一陣陣響亮的噼哩啪啦炮竹之聲。

就憑這響徹整個村的炮竹之聲，櫻娘已瞧出婆家肯定比娘家大方不少，至少捨得花錢買炮竹。

「抬腿，跨火盆。」兩位伴娘同時說道。

櫻娘從紅蓋頭下方看見火盆邊緣，她高高抬起腿，一個大步邁過去。據說火盆跨得好，將來的日子就能過得紅紅火火；若是沒跨好，踩翻了火盆子或是燒著了褲腿，那就完了，代表「一火兩斷」，怕是要引來圍觀的村民驚呼，說此婚不吉利了。

櫻娘這火盆子跨得乾淨索利，四周傳來一陣陣叫好。

「瞧，新娘子這火盆跨得真好，火苗燒得這麼旺，她的褲腿沒沾著一丁點兒火星，大吉大利啊！」

「伯明，你以後可有好日子過了！」

「伯明，你娘子不錯，一進門就來個開門紅！」

「伯明，迎親回來的路上，你和你娘子說話了沒？」不知是哪位油嘴男說出這麼一句話，引來大家一陣哄笑聲。

薛伯明窘迫得緊低著頭，手執著紅綢，遞了另一頭放在櫻娘的手心裡。櫻娘攥緊紅綢，被新郎牽進了堂屋。

之後就是拜堂，這些程序以前櫻娘都在電視裡見過，她十分配合且順當地完成了。被新郎牽進洞房後，她就一直坐在床邊。薛伯明害怕與她獨處，一句話未說就慌忙出去了。

薛老爹在院子裡招呼客人坐下，馬上就要開酒席了。薛伯明上前，跟他爹說了幾句，薛老爹便跟著進了房。

「這件事你二叔提前回家跟我說了，給了就給了吧，迎親禮我們家還是出得起的。」薛老爹從箱子裡拿出一長串銅板。「你趕緊拿去還給他們吧。不過，你娶這門親確實沒少花錢，家裡這下就沒什麼積蓄了。」薛老爹略微有些發愁。

薛伯明見他爹略有愁容，心裡更覺愧疚，因為自己娶親，怕是要讓這一大家子跟著苦一段日子了。

薛老爹怕兒子心裡有負擔，又安慰道：「娶親哪有不花錢的?你快去吧。」

薛伯明兜著錢出來了，一一還完錢之後，酒席已開，按理說，薛伯明是需要敬酒的，可是此時卻是薛老爹出面，代替兒子敬親戚、敬媒人。大家都知道薛老爹愛子心切，也知道薛伯明仍然保持著在廟裡的飲食規矩，不喝酒不吃葷，所以也沒人跟他計較。

薛伯明自己也正在努力想把這個習慣給改過來，可是每當他伸出筷子準備挾葷菜時，總是不知不覺又縮了回去。

「伯明，你過來一下。」一位三十七、八歲的中年婦人在堂屋招呼著，她就是薛伯明的娘，櫻娘的婆婆楊三娘。

「娘，什麼事？」薛伯明走了過來。

楊三娘將一碗堆得滿滿當當的飯菜遞到她兒子手裡。「你將這碗飯菜送到你阿婆那裡。我中午就跟她說過，叫她聽到炮竹響就過來吃，她又不肯來，若是不送去，她說不定又要說我們不孝，把她這位祖宗都給忘了。你快送去吧，再晚了她就要開罵了。」

「好，我這就送去。」薛伯明端著碗趕緊出院門了。他也知道他阿婆的脾氣，雖然她生了三個女兒、三個兒子，兒孫早已滿堂，如今都快七十了，還非要一個人在村北頭的那兩間破土坯屋裡獨居，自己做飯洗衣裳，不要後生照顧。三個兒子每年都要提一回，希望能接她到自家來住，她執意不肯，說見不得年輕人那般沒規矩地過日子。

阿婆如今已經成了薛家村有名的倔老太婆了。

薛伯明將飯菜送過來時，果然就遭到阿婆大罵。「哼，你這個臭小子，炮竹都響這麼久了，你才想到要送好吃的來給我，是不是娶了娘子就忘了我這個阿婆？雖然你爹前頭有三位姊姊，但你爹是我們薛家的長子，你是我們薛家的長孫，做啥事都得思前想後，這可都是我們薛家的臉面……」

薛伯明最怕聽阿婆沒完沒了的訓斥與嘮叨，只好不停地說：「孫兒知道了，孫兒記住了，孫兒再也不敢了……」

阿婆好不容易逮到個人來聽她的嘮叨，是不會輕易放人走的，薛伯明只好耐著性子，站在一旁聽著。

櫻娘坐在洞房裡，一開始還是規規矩矩的，可是坐久了身子都僵了，她扭動了幾下，再伸伸胳膊，抬抬腿。這會兒肚子又不爭氣了起來，咕嚕咕嚕響個不停。

她是真的餓了，早上只喝一碗粥，吃個窩窩頭，本來就沒怎麼吃飽，中午還餓了一頓，到現在都已經是傍晚了，早就飢腸轆轆了。

她似乎聞見房裡有一股什麼香味，好像是棗糕的味道，應該是擺在桌子上的。老實說，她真想走過去拿一塊先填一填肚子，可是又不敢，若是誰突然闖進來，見新娘子偷吃，那就丟臉丟大了。

她捣著咕嚕直叫的肚子。到底何時新郎才會來挑紅蓋頭？何時能讓她吃上飯啊？真是餓得快不行了。

這時她聽到堂屋裡有人在說話。

「仲平、叔昌、季旺，你們怎麼現在才回來？葛地主也太不通人情了，雖然你們是他家的長工，可今日畢竟是你們大哥的大喜之日，他竟然都不肯讓你們提前一個時辰回家，枉費平時那麼賣力為他家幹活了。」楊三娘埋怨道。

櫻娘一聽，有些怔住了。她的相公是家裡的長子，下面還有三位弟弟！這是不是……有點多啊？

伯明的這三位弟弟一回來，堂屋裡便好一陣熱鬧。他們並沒有急著去廚房蹭好吃的，而是圍在一起議論他們的長嫂。

「大哥已經把大嫂給接回來了，不知有沒有挑紅蓋頭，大嫂長什麼樣子？」最小的季旺站在洞房門口嘻嘻笑道，眼睛時不時從門縫往裡瞅，他真想推門進去瞧一瞧。

「要不我們進去喊聲大嫂？」老三叔昌慫恿著季旺。「你先進去吧，你最小，惹了大嫂，她也不會怪你的。」

還是老二仲平比較穩重，將他們倆拉了過來。「你們瞎鬧什麼？娘說大哥去送飯菜給阿婆了，不在屋裡面。我們做小叔子的哪能冒冒失失地跑進洞房裡去瞧新嫂嫂？」他還回頭朝外面瞧了瞧。「若是讓爹知道了，肯定挨揍！」

季旺和叔昌都怕挨爹的揍，不敢再提，便一前一後跑去廚房找吃的，仲平則來到院子裡，幫著他爹一起招呼客人。

櫻娘坐在洞房裡將他們兄弟幾人的話都聽進了耳朵裡，不禁失笑，這三位小叔倒挺有意思，這麼急著想看她這位大嫂。幸好老二懂事，知道攔著兩位小的別闖進來，否則她還真是尷尬，理他們不是，不理他們也不是。

這會兒她肚子又不聽話地叫了起來，她有些耐不住了，她的相公去哪兒了，怎麼還不進來？

這一頭伯明好不容易聽完阿婆嘮叨，終於可以抽身回來了。眼見著天色已昏暗，酒席也快散了，想到櫻娘還一個人坐在屋裡餓著，他一回到家，就先去廚房替櫻娘盛飯菜。

不管櫻娘以後會不會和他好好過日子，但人家來這兒的第一晚總不能餓著她才是。

伯明挑一個大大的碗公，裝了好些菜，還特意多挾一些肉，再從蒸籠裡拿一個大白麵餑餑。

楊三娘見了還以為兒子餓了。「伯明，你先送你大舅爺一程，回來再吃吧。他大老遠的來喝你的喜酒，不送一送會被他挑毛病的，快去吧，他這就要走了。」

伯明端著大碗公，臉色泛紅，有些犯窘。「哦……好，我這就去。」

楊三娘見他並沒有把碗放下，她便瞅了一下碗裡，見裡面裝了些肉才反應過來。「你這是為櫻娘盛的？她哪能吃得了這麼多？」

伯明用衣袖掩了掩碗口。「也……也沒有很多。我今天去林家，見他們家那樣，想必日子真的過得很苦，櫻娘肯定好久沒吃過肉了，所以……」

老二仲平趕忙過來說道：「娘，我去送大舅爺，讓大哥先送飯給大嫂吧。」他說著就跑出廚房了。

楊三娘見老二懂事，也就沒說什麼。看著伯明手裡那個大碗公，她心裡還是泛起了酸意，兒子一娶親，心裡惦記的就是他的娘子了。她半吃醋半笑話道：「若按這種吃法，我們家用不了幾日就會被她吃得斷糧了。」

叔昌和季旺兩人聽了笑作一堆。「大哥肯定是心疼大嫂了，生怕她餓著，哈哈……」

伯明羞紅了臉，瞪了他們倆一眼。「你們兩個臭小子，笑什麼笑，等我有空可得好好收拾你們一頓。」

叔昌和季旺兩人嘴裡塞滿了菜，還直朝伯明做鬼臉。

伯明端著碗進了洞房，見到櫻娘，他又緊張了。

「櫻……櫻娘，先吃飯吧，妳肯定餓了。」他的聲音小得像蚊子哼，這是他與櫻娘說的第一句話。

櫻娘聽見他進來的腳步聲，又聽見有飯吃，終於有了勁兒，可是她還蒙著紅蓋頭怎麼吃啊？

見他仍然沒一點動靜，她只好豁出去了，就當一回豪邁女吧！

「你……不打算挑紅蓋頭了嗎？」她提醒道。

伯明經她這麼一提醒才恍然大悟，挑紅蓋頭這件大事他還沒做，櫻娘的長相他也還沒見過呢。

他見桌上放著一根細長光滑的木棍，想來應該是用來挑紅蓋頭的。

他先把手裡的碗放下，拿起木棍，惴惴不安地走到櫻娘面前，有些緊張地閉上眼睛。

櫻娘已經看到他的腳尖了，一邊等著他動作，一邊心裡還默唸著，希望不要是光頭男，千萬別是光頭男。

當櫻娘的紅蓋頭被挑開時，她頓時眼前一亮，還好還好，不是光頭男，而是蓄著寸髮！與現代男人的短髮差不多，只不過沒有型而已，就是普通的平頭。

見伯明閉著眼睛不敢瞧她的模樣，櫻娘都覺得自己在褻瀆青年了，因為她正好奇地細細打量著他，反正他閉著眼睛看不到自己。

他身材偏瘦，個頭不算高，應該在一七三左右。櫻娘雖然不清楚自己的具體身高，但昨日對比她娘的身高，斷定自己約莫一百六。嗯，兩人的身高還挺匹配的。

他膚色不算白淨，但也稱不上黑；面容清瘦，但給人一種柔和圓潤的感覺，莫非這就是傳說中的娃娃臉？

他閉著眼睛，濃密的睫毛卻一顫一顫的，因緊張又帶羞澀，雙頰泛起一層紅潮，小嘴緊抿著。

對著這麼一個可愛、青澀又憨厚的小和尚，櫻娘突然失了自信，雖然自己五官長得還不錯，但她這粗糙的皮膚和一雙長滿繭的手，他不會嫌棄她吧？

櫻娘將他上下打量了一遍，然後輕咳了一聲，伯明終於睜開眼睛了，可雙目與櫻娘一接觸，他立即閃躲開來，估計還是沒能將櫻娘看個清楚。

他端了一把凳子放在桌前。「妳……妳快吃吧。」說完就慌慌張張地出去了。

櫻娘自忖，他怎麼這麼怕她？她又不是山下的母老虎！

她來到桌前準備吃飯，看到這麼一大碗公的菜與肉，還有一個大大的白麵饃饃，著實把她嚇著了。她雖然餓了，但又不是飯桶，他盛得也太多了吧。不過……這表明他是心疼她的，她的心忽然暖了一下，臉上不自覺地漾起笑容。

她知道自己肯定吃不完，就想騰出來一些，見桌上有兩個盤子，一盤擺著幾塊棗糕，另一盤擺著炒花生，她便把棗糕放進炒花生的盤裡，從大碗公裡騰出一半到空盤子裡，然後開始津津有味地吃了起來。

嗯，味道不錯，好吃！她果真餓壞了，這個大白麵饃饃被她吃完了，那半碗公的菜也吃淨了。天哪，她這食量估計是她前世的兩倍還不止。

她吃飽了，從袖裡掏出手帕擦淨嘴，然後又坐回床邊等著。

伯明吃完飯後，提了半桶熱水和洗腳盆進來，還為她找來兩塊新買的巾子。他仍然不敢正眼看櫻娘，低著頭匆忙地放下這些，再去收拾桌上的碗筷，便又走了出去。

楊三娘見伯明端出來的盤裡有這麼多剩菜，稍微安心了些，這種食量的兒媳婦還是可以容忍的。

伯明自己是在廚房洗臉洗腳的，他不好意思在房裡當著櫻娘的面洗。當他梳洗完畢，再次回洞房時，先將大紅燭點亮，才把櫻娘洗過的水和盆端了出去。

楊三娘見他們晚飯吃過了，也洗臉洗腳了，現在該上床睡覺了，她便去自己屋裡翻找出一張紙塞在伯明手裡。「你仔細看一下這圖上的姿勢，可別傻乎乎地弄錯了。」

伯明還在好奇這紙上畫的是什麼東西，他娘又塞給他一塊白帕子，湊在他耳邊說：「把白手帕放在櫻娘的屁股底下墊著。」

楊三娘見兒子一臉迷糊樣，只好再講得明白一點。「若是沒落紅，就說明她不是黃花大閨女，身子不乾淨，我們可得將她休回家！」

伯明被他娘這麼一說，面紅耳赤的，根本不敢進洞房。

「哎喲，兒子，今夜可是你的洞房花燭夜，瞧你這沒出息的樣子！快進去！」楊三娘將他往洞房裡一推，伯明一個趔趄進去了。

第二章

櫻娘見伯明趔趔趄趄地搡著進來，就知道他是被人推的。看來他很怕進洞房，怕看到她，更怕……「那個」。想來也是，對於一個當過十年和尚的男人，要他入洞房，著實是難為了他。

伯明進來便拉了把凳子坐在那兒，低頭頷首，手裡緊捏著那張紙和白帕子，他哪敢攤開圖看啊。他似乎感覺到櫻娘正在瞧他，他連眼皮子都不敢抬一下，好像渾身有刺在扎著一樣，坐立不安。

櫻娘見他像犯了錯的孩子似的，便尋思著自己是不是該主動跟他說說話，總不能一夜就這麼坐著吧？

櫻娘清了清嗓子。「你……叫什麼名字？」

伯明見櫻娘主動找他說話，他的身子終於稍稍放鬆了一些。「薛伯明。」

薛……伯……明？櫻娘在心裡默唸了下他的名字，莫名地有一種親近感。

「你今年多大了？」櫻娘又問。

「十九。」伯明一直未抬頭。

有十九了？櫻娘瞧著他，感覺他甚至未滿十八，看來是他那張娃娃臉和清亮的嗓音給人錯覺。

「你以前為什麼要當和尚？」櫻娘對這個很好奇。

「九歲那年，我生了一場大病，村裡人都以為我要死了。就在我奄奄一息之際，恰逢我師父來村裡化緣，他說讓我去山上廟裡當十年和尚，此生的災禍皆可消除，所以我就……我就當了和尚。」

「你師父太厲害了吧，連這個也算得出來？」櫻娘真的不大相信有人能算出人的生死與命運，可他師父居然還能算出具體十年，太不可思議了。

伯明聽櫻娘說他師父厲害，便深深感到自豪，這時他終於抬起頭了，頗為興奮地道：「我師父還說，待我還俗下山了，就能娶到貌美又能幹的娘子，一生安康。」

說完此話，他似覺不妥，又深深地埋下了頭。

貌美又能幹？櫻娘「虛心」地接受了，呵呵笑道：「你師父確實……確實挺厲害的，呵呵……」

兩人尷尬地坐了一會兒，櫻娘又想起一事，問道：「你頭上有戒疤嗎？」

伯明搖了搖頭。「沒有，師父說我是要還俗的，不讓我燃香點疤。」

櫻娘點點頭，安心了，若是要她和一位頭頂戒疤的人洞房，她腦子裡肯定會一直盤旋著色戒二字，這樣她哪能放得開讓他破戒？

「你手裡拿的是什麼？」

伯明將手裡的東西往身後一收。「沒什麼、沒什麼。」

明明手裡拿著東西還說沒什麼，說謊也太沒技術了。櫻娘不禁感到好笑，起身走近。

「給我看看嘛。」她對伯明的好感可不只是一點點，所以說話時，已帶著些撒嬌的語氣。

伯明本來是雙手藏在背後緊攥著的，聽櫻娘聲線嬌軟，他頓時渾身一酥麻，便乖乖地把手裡的東西交給了她，自己也沒看那圖，並不知道有多麼不堪入目，他只怕那塊白帕子會讓她誤會，連忙解釋道：「這是娘給我的，不是我自己……」算了，不解釋了，越解釋反而越顯得刻意。

櫻娘看見這塊白帕子，自然明白是怎麼回事，她再把那張被伯明捏成團的紙打開。

這是什麼？呃……紙好像拿反了，她將紙正過來一看——

櫻娘的臉唰地一下紅了，她猛地將紙往伯明手裡一塞，羞答答地說：「這是男人看的。」

伯明接過來一瞧，根本未看清楚，便嚇得雙眼一閉，又將那紙捏成了團。天哪，自己竟然把這種東西給櫻娘看了！她不會以為他是個大淫賊吧？

櫻娘脫掉嫁鞋爬上了床，嫁衣都沒有脫，就那麼鑽進了被子裡。

「啊呀！」才一躺下，她突然大叫一聲，整個身子頓時躍起。

伯明被她嚇了好一大跳，趕緊跑了過來，急道：「怎麼啦？」

櫻娘剛才被一堆東西嚇慌了神，掀開被子一看，原來是一床吃的！不對，應該是「早生貴子」擺床圖，因為有紅棗、花生、桂圓、瓜子，估計還擺成了桃心，只不過被她剛才給躺亂了。

伯明這才想起來，不好意思地撓了撓頭。「這些是我特意去鎮上買的，是娘和嬸嬸們擺的，我忘記告訴妳了。」

櫻娘看著這些擺床品，心裡溫熱了起來。紅棗、花生和瓜子倒不算貴，這些桂圓怕是不便宜，婆家也僅是戶農家，捨得花錢買桂圓來擺床，這足以表明長輩殷切的希望。

伯明年紀已經不小了，還當過和尚，這些外在條件確實不算好，難怪婆家捨得四百斤糧食和迎親禮，就連「早生貴子」擺床圖都這麼講究，一般人對於長子的親事都比較重視，看來薛家也是如此。

櫻娘再看著如此青澀害羞的伯明，若是等他主動，這一夜怕是要讓他的爹娘失望了。她乾脆當著伯明的面脫掉嫁衣，只穿著裡衣和褻褲躺下，將大紅的百子被拉過來，蓋在自己的身上。這時她感覺後腦勺不舒服，便又坐了起來，將簪子抽出，讓長髮散落下來。她躺回床上，望向站在床邊的伯明，這才發現他竟然背對著自己。

剛才她脫衣裳時，他一直背對著？

他連她脫衣裳都不敢看，還怎麼洞房？

莫非……真的要自己主動？

櫻娘心裡七上八下的。雖然她的前世男女觀念比較開放，但她也沒有主動去碰過男人啊。

「伯明，你不睡覺嗎？」櫻娘試探地問。

伯明慢慢轉過身，見她已躺好，答道：「睡，這……這就睡。」

他深吸一口氣，迅速地脫掉新郎喜服，裡面是一身灰色裡衣，他昨日應該也是洗過澡的，因為櫻娘聞見他身上有一股清淡的皂角味。

兩個枕頭是緊緊靠在一塊兒的，伯明卻躺在床沿，頭沒有枕在枕頭上，身上也沒有蓋被子。

「你這樣睡不怕著涼？」櫻娘提醒一下。

伯明壯著膽子，慢慢往裡挪了挪，終於可以蓋上一點被子了。

「你睡覺不用枕頭的嗎？」知道他害羞，櫻娘故意問。

伯明再把腦袋往裡挪了挪，枕上了枕頭一角。

櫻娘這時突然想起了那塊白帕子，她又掀被爬了起來。

伯明此時身子早已僵硬，也不敢問櫻娘下床幹麼，眼睜睜瞧著櫻娘跨過他的身子，下床趿著鞋，把剛才放在桌上的白帕子拿了過來。

他心口頓時突突直跳，怎麼辦？怎麼辦？他真的不敢啊。女人的身體是什麼模樣，跟男人應該差別很大吧？剛才那圖他也沒怎麼看清楚。

櫻娘將白帕子墊在了臀下，極小聲地說：「都準備好了，可以開始了。」

「嗯？」伯明愣了下，接著才反應過來。「好。」

他慢吞吞地將身子往櫻娘挪近了些，再側過身看向她，發現她早已側身瞧著他。見櫻娘的眼神含著些許羞澀，也有些許熱烈，他吞了口口水，喉結跟著動了一下。這時他才將櫻娘的面容看清楚了，她長著一雙極好看的眼睛，水汪汪的，像秋波一樣顧盼流轉，眸子黑亮，似有一縷溫暖的光芒射進了他的眼睛裡。

此時他的小心臟彷彿被攝住了一般，差點忘了跳動。

再往下看，她的鼻子小巧，嘴巴紅潤，就像山上的櫻桃一樣，讓人想嚐一口。她的膚色是深了一些，看來吃過不少苦頭，這讓他心裡突然竄出一個想法——以後他一定要讓她少吃苦、多享福。

櫻娘見他終於肯正視自己了，嬌聲軟語道：「你喜歡我嗎，會不會嫌我醜？」

伯明急辯道：「妳長得這麼好看，我哪能嫌棄？大家都說只有等我的頭髮長到可以戴綸巾，才會有人願意把女兒嫁給我。可是爹娘等不及了，說再等個一、兩年，怕我只能一輩子打光棍，所以託媒人到處說親，沒想到妳爹娘竟然同意了。應該是妳嫌棄我這不倫不類的模樣才對。」他說時還忍不住抓了抓他那頭寸髮，看似很糾結。

「我不嫌棄，我喜歡你這樣的髮型。」櫻娘溫柔地瞧著他。

「啊？真的嗎？」伯明不太相信，以為她只是哄他而已。

「當然是真的，這樣乾淨索利，洗頭也方便。男人若是留長髮，還梳頭戴綸巾，多麻煩，而且還不好看，我就喜歡你這樣。」櫻娘甜甜地笑著，伯明這髮型和現代男人一樣，看上去一點違和感都沒有，很舒心。

伯明聽櫻娘說她喜歡他，心裡一陣激動，羞澀地咧嘴笑了。

兩人相視害臊地笑了笑，便又尷尬了起來。

伯明一會兒瞧著櫻娘，一會兒躲閃，才將身子挪近了一些，隨即又怯怯地退回去。

櫻娘見他這般磨蹭，怕是等到天亮，兩人還一直這麼耗著，只好厚著臉皮道：「今夜是我們倆的洞房之夜，得由你主動，畢竟我是女子，不好……」

她話都挑明了，伯明此時臉皮也厚了一些，再次緩緩靠近。

可櫻娘實在等得有些著急了。「你看著我。」

伯明十分聽話，目光注視著她。

「親親我。」櫻娘自己都被自己的話臊紅了臉。

伯明身子滯了一下，鼓起勇氣，湊上去親了一下她的臉龐。

「還有這兒……」櫻娘指著自己的嘴唇。

伯明緊張得心跳加速，但是櫻娘的話他不敢不聽，他侷促不安地湊上前去，觸碰到了她的唇，就像蜻蜓點水那般。即便如此，也足夠銷魂。

櫻娘知道自己再不主動，他親完等下又會跑了，只好伸手摟住他的脖子。

伯明被她這麼一摟，身子顫抖了一下，兩人的唇此時緊緊貼在一起，這種溫溫軟軟、酥酥麻麻的感覺讓他有些癡迷，又有些害怕，下意識想逃開，卻被櫻娘緊緊摟住。

只見櫻娘緊閉雙眼，似乎很喜歡被他這麼親著，他自己當然也喜歡，而且不僅僅是喜歡，還想用力覆上去，想狠狠地咬她的唇瓣，想黏纏著吸吮。

可他雖這麼想，卻不敢真的行動，因為他感覺佛祖似乎就在頭頂上看著他，還不停地撥著佛珠，朝他唸：無慾無念，無念無慾……

但櫻娘則相反，她不僅這麼想，還敢行動！她微啟雙唇，輕輕含住了他的下唇，舔舐著，吸吮著。

伯明被櫻娘吮得身子癱軟融化了，魂魄似乎全飛了出去。他滾燙的臉，還有熾熱的唇，像烈火燃燒一樣，櫻娘知道他這是太過緊張且興奮了，可是他又不敢動彈，這麼憋著他不難受？

櫻娘睜開眼睛，含情脈脈、雙眼矇矓地看著他，似乎在催促著他主動。

伯明深深陷進了她這般幽深的眼神裡。她剛才說了，他是男人，得由他主動，她身為女子都已這般明示暗示他了，他再退縮，就是對不起她了。

他在心裡默唸：對不起，佛祖，現在我要和櫻娘洞房了，要和她過日子，不能再日日拜著祢了。祢快走吧，快走吧，別再看了。

懺悔完畢，他再也抑制不住了，緊閉雙眼，主動含住了櫻娘的唇瓣，一點一點吸吮著，情不自禁地越來越用力。

他已魂不附體。山下的女人果然是老虎，可她不吃人，而是攝魂……

「孩子他爹，你說伯明睡了他娘子沒？他不會傻躺著不敢碰櫻娘吧？」楊三娘隱隱有些擔憂。

薛老爹此時也正在為此事發愁，知子莫如父，他太瞭解自己兒子的性子了。他在床上輾轉翻了幾個身，嘆道：「隨他去吧，反正他已經將櫻娘娶回來了，早睡晚睡最後不都得睡。」

「那哪行？花那麼些糧和錢，新婚之夜可不能委屈了兒子。」楊三娘掀被子起床。

「妳幹麼？」薛老爹坐了起來。「妳不會是要去聽房吧？」

「我得去聽一聽，要是沒動靜，我就把伯明叫出來，你好好跟他說說，引導引導他，可不能白白浪費了這麼個大好的洞房花燭夜。」楊三娘說著就穿鞋出去了。

「妳何必在那兒瞎操心呢？」薛老爹無奈，也跟著起來了，準備將楊三娘拉回來。

等他一出房門，見楊三娘已將耳朵貼在伯明的房門上，他上前正要開口說話，楊三娘朝他比了個噤聲的手勢。

薛老爹只好閉嘴了。但他作為老爹，哪好意思聽兒子的房，只是站在一邊等著。

楊三娘豎起耳朵聽了好半天，沒聽到什麼動靜，她有些著急了，正準備敲門，便聽到櫻娘極小的說話聲。

「伯明，我熱。」櫻娘終於鬆開了緊摟著伯明脖子的胳膊。

他們倆一直這麼緊張又興奮地親吻，彼此身上都躁熱難耐，身子熱，心裡也熱。

伯明朝旁邊挪了挪，將櫻娘身上的被子往下拉了拉。

櫻娘見他沒明白她的意思，又道：「這樣我還是熱，你不熱嗎？」

「我……我也熱。」伯明說時抹了下額頭上的細汗，那張臉一直呈滾燙的火紅。

「要不我們把裡衣脫了吧。」櫻娘說出這話時，羞得將雙眼緊閉，簡直想鑽地洞，此話出自新婚娘子之口是不是太直白了點？

伯明愣住了，他看了看櫻娘身上，再看了看自己，都只穿著一件裡衣，再脫不就……光了？

這時他腦袋裡突然浮現出那張圖上一對赤裸的男女，再加上剛才接吻時身上沸騰的血液仍然在翻滾，他感覺到自己下面那物竟然慢慢撐了起來。

他慌了神，口齒不清地說：「熱的話就脫、脫吧。」

「你幫我脫吧。」櫻娘乾脆豁出去了，反正閉上眼睛看不到伯明是如何看她的。

伯明身子一僵，看向櫻娘的身軀，見她胸前高高聳起的那一對，他口乾舌燥到不行，捏著手心想動又不敢動。

這時他瞧見櫻娘臉色似乎有些焦急，她不會是生氣了吧？她說了要他主動，他一個大男人，卻怕這怕那，還需要她一個女子提醒……

他再也不遲疑了，伸手過去解開櫻娘的衣裳。他雙手並用，慌亂地解了又解，才將裡衣全數褪去，露出裡頭的大紅色肚兜。

接下來櫻娘自己將脖子後面的繩結一扯，胸前一拉，肚兜沒了，豐盈白軟的兩團袒裸在伯明眼前。

伯明感覺自己的雙眼都要閃瞎了，這兩團白白的東西上面還有粉紅的小花苞，他的身下像被什麼刺激了一下似的，昂首挺立了起來，硬邦邦的。

身體上的反應使他本能地將自己的衣裳一脫，壓在了櫻娘身上。

兩具炙熱的身軀一相疊，他們心下一陣激盪，體內火苗頓時竄起。伯明捧住櫻娘的臉，忍不住狠狠地纏上她的唇，輕咬重吮，完全不像剛才那麼戰戰兢兢。

櫻娘熱烈地回應他，因嘴唇被他堵得嚴嚴實實，呼吸急促得喘不過氣。櫻娘本想將舌尖探入他的口內，伯明卻被嚇得往後一撤。

她知道伯明不懂得更深入的吻，也不懂得要握一握她那兩團渾圓，她只好更直接了——她脫下自己的褻褲，全身已是不著寸縷。

伯明見她都脫了，自己當然也得脫，之後他再壓回櫻娘身上，那物正好抵在櫻娘的黑叢處。

而屋外的楊三娘還在豎耳偷聽，薛老爹把她往自己屋裡拉。

進了屋後，薛老爹小聲問道：「妳聽到什麼了？」

楊三娘焦急道：「好像就聽到說熱，要脫衣裳，之後就聽不到了，隔著門聽不清楚。」

「衣裳都脫了，那應該差不多了。我們睡覺吧，別管了。」薛老爹上了床。

楊三娘還猶豫著要不要再去聽。

「快睡吧，都什麼時辰了。我們一把年紀還去聽兒子的房，讓人知道了豈不被笑話？」薛老爹催道。

楊三娘被薛老爹這麼一說，也覺得這張老臉有些擱不住了，只好上床。可是她哪裡睡得著，生怕兒子這一夜就這麼睡過去了，放著新娘子不知道好好享用，多可惜，她還想明早起來等著看白帕子上有沒有落紅呢。

而另一頭的櫻娘也頗為著急，她見伯明似乎不知道怎麼進來，但他的神情及那雙意亂情迷的眼睛，明顯是很想很想要了。

櫻娘只好伸手握住他的那物，伯明渾身一酥麻，全身的血液都流向那物的頂端，膨脹到極致，實在難耐。

櫻娘握住他對準自己的蓊鬱入口，她手一鬆開，伯明便本能地往裡一頂……

他的動作越來越快，撞得櫻娘的身子不停地晃啊晃，整張床也跟著嘎吱嘎吱響，雖然這是張新床，好似也不是太穩。

櫻娘伸出一隻手抓住床頭，穩住自己的身子，再抬起雙腿緊緊夾住伯明的腰身——

隔著堂屋的另一間房裡，楊三娘實在睡不著，正好又想小解，她便很有理由地起了床，用自己屋裡的夜壺小解後，她輕手輕腳地來到伯明的房門口，再次貼著門板偷聽。

現在有動靜了，而且動靜還挺大的。她聽到他們肢體撞擊的噼啪聲響，還聽到兩人混雜在一起的吟嘆之聲，而且床還不停地嘎吱作響。

她笑咪咪地回了自己的房。

薛老爹本來睡得迷迷糊糊的，卻被楊三娘吵醒了，見她才出去一會兒便又進來，遂問道：「怎麼樣了？」

楊三娘喜色道：「成了，這會兒正弄著呢，床都搖響了。」

「我就說妳是瞎操心吧，伯明好歹是個正常的男兒，若是這事都不會弄，豈不是個大笑話？」薛老爹頗為他兒子驕傲。

「喲喲，現在說得這麼得意，剛才你不是一樣著急？快睡吧。」楊三娘現在終於能安安心心地睡覺了。

而伯明屋裡的床仍然嘎吱嘎吱的，越晃越快，越搖越響。兩人的精華之物此時混合在一起，他們成了真正的夫妻……

只是伯明剛才還那麼狂熱，這下又突然變回了原本羞極的他。他趴在櫻娘的身上，羞赧道：「剛才有嚇著妳嗎？」

櫻娘搖頭，給了他一個柔媚的笑容。臉上泛著濃郁的紅潮，使她看上去很嬌美。

兩人就這麼相擁著，你看著我，我看著你，忍不住又迎上雙唇，貼在一起。

櫻娘想著，兩人的身體結合了，自己已完完全全是伯明的了，她要做他一輩子的女人，但是感情還需要慢慢培養，她對伯明有信心，相信他一定會越來越愛自己的。

而伯明也真正嚐到了女人的滋味，看來山下的女人真的會吃人，因為他剛才感覺自己真像是丟了命，可他還是高興痛快地將性命往裡送，無法自拔……

櫻娘醒來時，還是黎明破曉時分。桌上那對喜燭已快燃到了底座，微弱的燭光輕輕閃動著。

她枕著自己的手掌，側身面向身旁熟睡的伯明，細瞧著他那張恬靜的面孔，聽著他均勻的呼吸聲。他的臉龐柔和溫潤，眉宇清秀，唇角還帶著一絲暖暖的笑意，都說相由心生，看他這面相，定是一個脾性溫和、與世無爭的人。不過想來也是，他當了那麼多年和尚，在修身養性方面自然是常人無法比的。

兩個不相識的人就這樣做了夫妻，本來應該是件很突兀的事，可她卻感覺一切都是那麼自然，眼前的他看上去是那麼熟悉，好似他們早已相識。

雖然她與他才度過一個銷魂的夜晚，還沒來得及互相瞭解，這種熟悉感也不知是從何而來，但她就是覺得嫁給他是命中注定……

櫻娘忽地察覺自己怎麼像個矯情的小女子，淨想這些東西，還是趕緊起床吧，新媳婦就得有新媳婦的樣子，應該表現得勤快一些才好。

起身時，她發現那塊帕子染紅了一半，床上也落了一小灘血跡，這下婆婆看了肯定會滿意吧。好在櫻娘這副身子沒因幹重活傷著自己，若是沒落紅，她可就慘了。

她躡手躡腳地下了床，來到門前輕輕地抽門閂。看來她太早起了，除了她，家裡沒有其他人起床。

此時堂屋裡很昏暗，靜謐無聲。她大致環顧了下，再踮著腳尖去開堂屋大門，模樣就像做賊一樣。

走到陌生的院子裡，她仔細觀察了一下這個家的格局。

薛家一共有三間坐北朝南的正房，中間是堂屋，東房自然是公婆的臥房，西房就是她和伯明的新房。

除了三間正房，還有四間小廂房。坐東朝西的兩間廂房應該是伯明的三位弟弟住在裡頭。坐西朝東也有兩間，一間是廚房，還有一間是雜物房。

院子裡有一口搖繩水井，井邊堆放著來不及歸還但已洗淨的碗、盤、瓢、盆，上面還都刻著名字，這樣就不怕分不清是誰家的了。

櫻娘推開廚房門，仔細瞅了瞅，尋思著早飯該做什麼好。看到櫥櫃裡有一些昨日擺酒席剩的菜，陶罐裡還有鹹菜。她再掀起旁邊一個大陶缸的蓋子，裡面放著兩個麻袋，一袋是玉米粉，另一袋好像是高粱米。那就煮一鍋高粱米粥，再煎幾塊玉米餅吧。

有了主意，櫻娘捲起袖子，開始忙碌了起來。把鍋子洗好後，她準備去院子裡抱柴火，卻迎面撞上了一個人，嚇得她差點喊出聲來。

「把妳給嚇著了？」伯明立在她跟前，因背著光線，表情看不太清楚。

櫻娘定神一看，才看清楚是自己的相公。「你怎麼也起來了？」

「我醒來見妳不在就趕緊起來了。妳再去睡會兒，我來做早飯。」兩人雖然有過肌膚相親，這時面對面說話卻仍有些侷促，不太好意思看著對方。

伯明說完就去院子裡抱了一堆柴火進來，然後坐在灶下生火。

櫻娘舀水來淘高粱米，伯明見了便去洗了手來到灶上搶她手裡的盆。

「妳才剛來我家，怎能讓妳做這些活兒？昨夜我們那麼晚……才睡，妳肯定辛苦了，要多睡會兒才行。我在廟裡經常早起做飯的，妳快去睡吧，等我做好了再叫妳起床來吃。」

櫻娘抿嘴一笑，她哪能等著吃飯？她來到灶下坐著，往灶裡塞柴火。「新媳婦可不能偷懶，我得表現好一點，好讓爹娘喜歡。」

伯明聽了朝她咧嘴一笑。「妳這麼好，爹娘肯定會喜歡妳的。」他又來到灶下拉櫻娘起來。「灶下燒火太髒了，妳別幹這個。」

見伯明這麼心疼她，櫻娘心裡舒坦極了，笑道：「我又不是大戶人家的千金小姐，若是這個不能幹，那個也不能幹的，那還得了？我都起來了，再去睡也睡不著的。」

伯明想想也是，就點頭同意了。「那……還是我來燒火，米已經倒進鍋裡了，妳在旁邊看著就行。」

「不行，我還要做幾塊玉米餅，平時家裡早上不會都只喝粥吧？」這個櫻娘可得先問清楚，免得到時候婆婆嫌她不節儉，大清早的就做玉米餅吃。

「娘平時早上除了煮粥，一般也都會做窩窩頭或玉米餅的。」伯明撣了撣手，好奇地過來看櫻娘揉麵團，瞧著自己的娘子幹活也是一種樂趣。

櫻娘加水揉麵團，發現水放多了點，只好再舀一些玉米粉進來。「家裡一共七人對嗎？我是不是做多了？」

伯明往盆裡瞧了瞧，搖頭道：「不多。弟弟們在葛地主家當長工，幹活很辛苦的，早上得多吃些才行，因為中午他們不回來吃，可是在葛地主家根本就吃不飽，完全靠早上的飯墊著。」

櫻娘有些不解，遂問道：「聽我爹娘說，家裡有不少地呢，怎麼三個弟弟全都去地主那兒當長工受罪？」

「家裡的那些地雖然不算少，但是有我和爹娘一起幹就能忙得過來。村裡好多人都在葛地主家當長工的，弟弟們也不想在家閒著，就去幹活掙些糧食。」

櫻娘朝廚房門外瞅一眼，見家裡還沒有人起來，便問道：「弟弟們都去了，你身為長子反而沒有去，不會被說話嗎？」

提起這個，伯明臉上頓時有了愧疚之色。「我從山上還俗回來後，就一直想替四弟去，讓他回來幫著爹娘幹家裡的活，可他就是不同意，說那些長工裡有好多是同齡人，還有好多是鄰鎮的，他交了許多要好的夥伴，不捨得與他們分開。」

「哦，原來是這麼回事，看來四弟是個愛交朋友的人。不過，我可不希望你去當長工，受苦受累且不說，說不定還要挨罵挨打，哪有在自家幹活自在。」櫻娘說話時，雙手還在用力揉著麵團，手勢不是很熟練。

伯明將這些看在眼裡，很想伸手過來幫忙，只是見櫻娘揉得那麼起勁，也不好打擾她，見她袖口鬆落，他便伸手替她捲起來，一不小心碰到她的胳膊，他連忙將手縮了回來。

櫻娘見了有些忍俊不禁，昨晚他都將她那樣了，現在竟然連碰個胳膊都緊張。她抬起胳膊。「你看，袖口又掉下來了，你幫我捲緊一點。」

伯明抬手仔細地幫她捲袖子，只是紅著臉，低頭不敢看她。

「還有這一隻。」櫻娘又抬起另一隻胳膊，嘴裡帶著笑。

伯明聽見櫻娘嗓音帶笑，才抬起頭瞧著她，也羞赧地對她回以一笑，兩人笑臉相迎，四目對望，頓時臉都泛起了紅暈，映染了一片。

櫻娘趕緊低頭揉麵團，大清早的，兩人這樣有點像在調情啊……

「哎呀，灶裡的火都熄了。」伯明迅速地往灶下跑。

櫻娘又是一陣偷笑，心裡歡喜得很。伯明真的很可愛，而且還對她那麼好，她是越來越喜歡他了。

他們倆一起將早飯做好，再一一擺上桌時，天色才泛起一點白，家裡人也陸續起床了。最先來廚房的是楊三娘，她是準備來做早飯的，沒想到一跨進廚房便見桌上擺著熱騰騰的粥，再朝灶上一看，見櫻娘正從陶罐裡挾鹹菜呢。

櫻娘見楊三娘進來了，趕緊放下手裡的東西，有些緊張地叫道：「娘。」

「喲，妳怎麼這麼早起做飯？」楊三娘說話時一雙眼睛緊盯著櫻娘，上上下下打量了一番，還算滿意。

櫻娘被她看得有些手足無措，一雙手在圍裙上亂抹著。

伯明見櫻娘有些緊張，忙解圍道：「娘，櫻娘天還沒亮就起來了，等我來廚房時，她都已經開始忙了，這些玉米餅都是她做的，我剛才嚐了一塊，挺好吃的。」

楊三娘瞅著盤子裡的玉米餅，雖然餅的模樣看上去很一般，但新媳婦這麼勤奮，她這個做婆婆的也不挑剔，眉開眼笑地說：「櫻娘還真是勤快，這麼早就將一大家子的飯都準備齊了。平時我都是這個時辰才起床，妳以後也別這麼早起，多睡會兒精神才足。」

櫻娘微微笑著點頭。

這時薛老爹從廚房門口經過，他扛著鋤頭準備先去田裡幹一下活再回家吃早飯，沒想到卻被楊三娘叫住。「孩子他爹，先吃早飯再去幹活吧，櫻娘都做好了。」

薛老爹進來了，先是瞧了一眼兒媳婦，再看著桌上擺好的碗筷，慈眉善目地笑了一笑，說：「櫻娘，妳這麼早就將早飯做好了，豈不是摸著黑起床的，真是辛苦妳了。」

只不過早起做頓飯而已，櫻娘都被他們說得有些不好意思了，她小聲道：「爹，不辛苦，起床時也能看得清東西，不算太黑。」

薛老爹點了點頭。「從明日開始還是由妳娘做早飯吧，妳起床後掃掃院子、擦擦桌椅就行。我們家裡是一堆兒子，也沒個閨女，以後收拾家裡還得靠妳了，妳娘一個人要顧家裡又顧田裡，還真有些忙不過來。我們也會把妳當閨女看待，妳不要太拘束，就像在娘家一樣。」

「嗯。」櫻娘含笑應著。這時她突然想起成親第二日早上要向公婆敬茶的習俗，她忙著去找茶壺和茶葉。

薛老爹知道她在忙什麼。「櫻娘，妳別找了，家裡沒茶葉了，昨日全都拿出來泡給客人喝了。我們這小戶農家，也無須講究那麼多。」

公公都這麼說了，櫻娘便沒再找了，只是立在一旁，手都不知該往何處放了。

「都去洗臉吃飯吧。」薛老爹說話時已經提起了木桶，隨後走到院裡井邊去打水。

公婆與兒媳婦就這麼見過了面，然後各自忙著洗臉漱口。

「仲平、叔昌、季旺，都起來了沒？」楊三娘在院子裡喊著。

「正在穿衣裳呢。」仲平在屋裡應著，還小聲催著兩位弟弟。「你們快起來吧，不是惦記著想見大嫂嗎？」

叔昌和季旺本來還想像平時一樣再賴一賴床，可聽二哥這麼一說，他們立刻就坐了起來，精神十足。

仲平出屋時，見到櫻娘正在井邊洗臉，便大大方方地對她一笑，叫道：「大嫂。」

櫻娘不知他是二弟還是三弟，只是微微笑著，不知該怎麼回話，伯明見了在一旁介紹。「這是二弟仲平。」

「哦，是二弟呀。」櫻娘才說完這句，就見兩位個頭稍矮一些的大男孩從廂房裡跑出來。

叔昌和季旺並排站在櫻娘面前，嘻嘻笑著齊聲道：「大嫂。」

櫻娘被他們倆的喜氣逗樂了。「是三弟和四弟吧，你們倆誰大？」

叔昌立即站出來。「大嫂沒看出來嗎？我是老三，我比他高。」

季旺在叔昌面前踮了踮腳。「也就高那麼一丁點兒，有什麼好得意的，你再不加把勁長一長，我就要超過你了。」

叔昌撇嘴道：「得了吧你，想超過我哪有那麼容易？」

伯明故意瞪了瞪他們。「你們兩小子別鬧了，快去洗臉吧。」

他們便嘻笑著一前一後往廚房裡跑。

「這早飯肯定是大嫂做的，玉米餅的模樣跟娘做的不一樣。」叔昌瞅著桌上的碗盤說道。

「是嗎?那我先嚐一嚐。」季旺伸手便從盤裡拿起一塊玉米餅啃著。

楊三娘過來將他手裡的餅奪了下來。「洗臉漱口後再吃,都十四歲了,還一點兒都不懂事,也不知道愛乾淨,你這樣以後哪能娶到娘子?」

季旺朝他娘嘿嘿笑著。「我年紀最小,娶親還早呢。」

廚房裡那張矮飯桌只坐得下四個人,薛老爹和楊三娘坐下後,伯明就拉著櫻娘過來,讓她一起坐下,櫻娘見座位不夠,不好意思坐下來。

薛老爹端起碗喝了一大口粥後說:「櫻娘,妳快坐下吃吧,別管他們三個,他們平時也都不上桌吃的。」

櫻娘見三位小叔都端著碗在院子裡蹲著吃,看樣子也習慣了,她便坐了下來,與伯明面對面。

院子裡那三兄弟一邊吃著,還一邊熱鬧地說話。而屋裡四人皆悶著頭吃,一聲不吭,只聽得見喝粥和啃餅的聲音。可能是突然加入了櫻娘這位新成員,他們都還不太習慣吧。

伯明吃飯時,偶爾抬頭瞧一眼櫻娘,嘴角含著笑意。櫻娘對他眨眨眼,意思是叫他趕緊吃飯,別看她。楊三娘啃著餅時,也時不時斜眼瞧瞧兒媳婦。櫻娘一觸到婆婆的眼神,立即低下頭,專心吃飯。

楊三娘見櫻娘只吃著自己碗裡的,便道:「櫻娘,妳怎麼不挾菜吃?這些菜雖然是昨夜剩下來的,但和平日比起來,算是很好的菜。吃完了這點剩菜,家裡怕是好久都吃不上肉的。」

「好，我這就吃。」櫻娘伸出筷子朝盤子裡挾了幾根馬鈴薯絲。

伯明見櫻娘還是有些放不開，便挾了一塊肉放在櫻娘的碗裡。

櫻娘小聲道：「別挾給我，你自己吃吧。」其實她不習慣早餐吃肉的。

楊三娘見兒子在爹娘面前都憋不住地想對櫻娘好，心裡又泛酸了。「伯明他不沾葷，說是不敢破戒，都還俗這麼久了，還管那些戒不戒的做什麼？」

伯明稍稍臉紅，吃葷這件事他想很久了，只是一直做不到而已。

櫻娘低頭吃飯，心裡卻在偷笑。伯明不敢破葷戒？他昨夜可是破了色戒呢，這應該比破葷戒需要更大的勇氣吧？

薛老爹剛才一直沒說話，聽了這些，他直接挾一塊肉到伯明的碗裡。「將它吃了，你再守戒也沒什麼意思了，昨夜不是已經破戒了嗎？」

伯明被他爹說得臉上的紅暈一路延伸到脖子，他狠下心，挾起這塊肉往嘴裡一塞。

櫻娘和他的爹娘沒想到他突然這麼痛快了，皆緊盯著他，看他吃了會做何反應。

伯明在眾人的關注下，將肉嚼碎了，然後慢慢地吞了下去，羞澀地朝他們笑了笑。

「還……還挺好吃的。」

薛老爹頓時喜上眉梢。「兒子，好樣的！」

楊三娘再挾兩塊肉放在伯明碗裡。「快，把這些都吃了。」

這時在院子裡的三兄弟似乎聽到了屋裡的動靜，全都跑了進來。

四弟季旺揚聲道：「大哥吃肉了？你不守戒了？」

三弟叔昌看到伯明碗裡還有肉，哈哈笑道：「真是新鮮啊，大哥竟然敢吃肉了，平時還說要誠心向佛守戒，怎麼今早突然就不守了？」

二弟仲平去灶上再盛上一碗粥，似乎很懂地說：「還守什麼呀，最不能破的戒律都破了，葷戒算什麼？」

楊三娘笑著將他們三個往外轟。「去去去！你們三個都出去，別鬧了。」

伯明見弟弟們笑話他，早就抬不起頭了，一心吃飯不理他們。

櫻娘也埋著頭，抿嘴笑著，覺得這一家子還真是挺有意思的。

全家人都吃過了早飯，東邊的那座小山才昇起半輪太陽。薛老爹和楊三娘扛著鋤頭去田裡，三位弟弟結伴著去葛地主家幹活。伯明當然也有事忙，但他得將這些碗、盤、瓢、盆先還給村民們。

這時伯明跑著去鄰里各家還餐具了，櫻娘拿起掃帚先將每間屋子仔細地掃一遍，然後再打一桶水，找條抹布細細擦拭所有桌椅。

伯明回來時，見櫻娘在廚房裡擦櫥櫃，忙得都出汗了，他有些心疼。「瞧妳，都出一身汗了，爹雖然說讓妳收拾家裡，可沒說要妳立刻全收拾好，而是慢慢來。才這麼一會兒，妳就把裡裡外外收拾得這麼乾淨，也做得太急了吧。」他找出一條巾子放在盆裡打濕，遞給櫻娘。「快擦擦汗吧。」

他又搬來一把椅子。「妳坐著歇息一會兒。」說完還跑去倒一杯水來給她喝。

櫻娘端著水杯喝光，不好意思地笑了笑。「我是個急性子的人，一想到要幹什麼，就想一下子通通幹完。」

「我性子稍慢，我們倆正好互補。」伯明微微含笑道，忽然覺得這句話有些曖昧，便趕緊低著頭將櫻娘手裡的杯子接了過來，送去屋裡。

他出來時，手裡還拿著一把大柴刀，蹲在井邊的磨刀石上磨著。

「你是要去砍柴嗎？」櫻娘問道。

「嗯，家裡快沒柴了，這幾日我都得去砍柴。等會兒我要上山去了，就只剩妳一個人在家了。」伯明抬頭瞧了她一眼，怕她一個人在家會不習慣。

但櫻娘是個適應能力很強的人，她連穿越都能接受了，哪怕獨自待在家。

「我也要出門，等會兒得去洗衣裳，平時大家都是在哪兒洗，你帶我去吧。」她說著就起了身，準備進屋去找髒衣裳。

「好，我帶妳去。」伯明看著櫻娘進屋的背影，體內湧起一陣暖流。之前他還跟爹娘說自己不想娶親，獨身一輩子也沒關係，反正他師父及師兄師弟不都是獨身？

可現在他明白為什麼那麼多男子都想娶親了，原來有娘子的感覺這麼好，從此以後他要過的將是另一種生活，一種有她陪伴左右、兩人甘苦與共的生活……

第三章

櫻娘尋遍每間屋，揪出許多髒衣裳。農家人都是在田裡進食，這些衣裳上面自然少不了泥土，汗味也很重。伯明見她一逕往大籃筐裡塞，眉頭都沒皺一下，一點兒也沒嫌棄汗臭味。

他一邊磨著柴刀一邊說：「妳是不是忘記帶皂莢和草木灰了？」

櫻娘愣了愣，才想起這裡洗衣裳可是沒有肥皂或洗衣粉的。幸好伯明只當她是找不到，他起身從窗臺上拿過來一個舊木匣子放在她的籃子裡。

櫻娘呵呵笑道：「你瞧我，竟然把這些都忘了。」

伯明抿嘴而笑，待他磨好柴刀後，兩人就一前一後出門了。

這時有一個七、八歲左右的男孩笑著嚷道：「和尚娘子出來嘍，和尚娘子出來嘍！」

緊接著一位婦人從隔壁院子裡走出來，訓斥道：「老么，別瞎喊，你要叫大嫂，什麼和尚娘子，真是不懂禮貌！」她訓孩子的同時，眼睛一直瞅著櫻娘。

伯明向櫻娘介紹。「這是二嬸。」

櫻娘連忙叫道：「二嬸。」

「噯。」這位二嬸笑盈盈地應著，她是伯明的親二嬸，也就是昨日迎親隊伍裡那位二叔的妻子，大家都叫她金花。

金花見櫻娘提著一籃子衣裳，便道：「妳這是要去洗衣裳呀，我也要去的，妳等我一下，我去收拾髒衣裳，我們結伴一起去！」

看來這位二嬸是個自來熟，才第一次見面就找人作伴，櫻娘不好意思拒絕，只好應道：「好，我就在這兒等著。」

金花急著進院子，她家小兒子也跑出去玩了，不過一路上他嘴裡仍然嚷著「和尚娘子」，招來些人家時不時從院前探出頭來瞅他們，讓伯明與櫻娘都窘迫得很。

櫻娘見伯明還杵在自己的身邊，便道：「伯明，你去砍柴吧，我和二嬸一起去，不須你帶路了。」

「好，那我……去了。」他似乎有些依依不捨，往前走時，忍不住停下腳步回頭瞧了她好幾次。

「快去吧。」櫻娘朝他甜甜一笑。

伯明也覺得自己這樣太黏了，等二嬸出來時，若是見他還沒走肯定要笑話他了，隨後他便邁著大步子離開。

過了一會兒，金花就出來了，她也是拎了滿滿一籃子衣裳。

她們倆一同往前走，金花一路滔滔不絕。「櫻娘，昨日妳二叔是不是鬧得妳爹娘不高興了？妳可千萬別放在心上，他也是瞧著妳公婆攢錢不容易，想著能省一點是一點。」

櫻娘微微笑著搖頭。「我沒有放在心上，沒事的。」

金花知道櫻娘才來薛家，還有好多事不清楚，又道：「妳二叔是尋思著仲平今年已十七了，也到了成親的年紀，可別因為伯明這次成親就把家裡積蓄花光了。雖說同一年內不能娶兩門親，但仲平今年也肯定要先定下親事，等明年再娶的。也不知辦了你們這件喜事後，家裡還有沒有錢為仲平說親了，唉。」金花這般嘆氣，似乎很為仲平憂愁。

櫻娘聽了眉心微蹙，家裡為她和伯明的親事把積蓄快花光了？仲平都十七了，若再晚，怕是又會像伯明那樣不好說親。

金花瞧了瞧櫻娘臉色，哂然一笑。「櫻娘，妳算是有福了，妳公公最疼的就是長子伯明，肯定不捨得在他身上節省，妳跟著伯明只會得福，吃不了虧。」

櫻娘根本沒法接話，她可不會因為公公偏心伯明而感到慶幸，她覺得做爹娘的對兒子們還是應該一視同仁比較好，這樣家裡就不會有太多矛盾。

有些婦人一張嘴就是閒不住，愛扯一些張家長李家短的，金花就是這種人，櫻娘也懶得較真，隨她愛怎麼說就怎麼說。

一路走了好久，她們才到洗衣裳的地方，原來這裡並沒有像林家村那樣有條還算深的河，以至於投河自盡都行，這裡只有一個大池塘。

櫻娘找到一塊磨得十分乾淨的石頭，在旁邊蹲了下來。池塘四周蹲滿了洗衣裳的姑娘、婦人、老婆子，頓時她們目光全集中了過來，接著櫻娘就聽到她們細聲碎語地對她評頭論足。

「模樣還成，就那臉色不太好看，曬得烏漆墨黑。」

「一般人家的姑娘在出嫁前一年都不讓下田的，瞧她這模樣怕是一點兒也沒養著。我當年出嫁可是在娘家養了一年半，平時只是做做飯和收拾家裡，還做些針線活，我那些嫁妝裡的鞋和被面全都是我自己親手做的呢。」

「聽說她娘家窮，而且就她一個閨女，還是排行老大，另外兩個是兒子。從這種家裡出來的姑娘怕是很能幹活的，家事和農事樣樣都拿手，長得黑就黑點唄，只要能幹就行，總比找了個嬌氣又不會幹活的要強許多，伯明這算是有福氣。」

「說得也是。我家小兒媳就是那種嬌氣的，才鋤半日草就說腰痠得不行，讓她去放牛，還差點被牛撞，嚇得哭喊著回來，可是她長得也不白嫩啊，真是沒一樣好……」

櫻娘只是低頭聽著，也不知道這些話到底是從誰口中說出來的。

聽她們說自己黑，她確實舒服不起來，畢竟誰喜歡聽人家這樣說自己啊？不都說一白遮百醜，她這是一黑遮百俏了。

又聽她們說她肯定能幹，櫻娘心裡不禁有些不安，自己這副身子力氣是有，至於能不能幹，這個……可不好說。

櫻娘才洗完衣裳，金花也正好洗完，她們倆又結伴一起回來了。

回到家後，櫻娘將衣裳晾在院子裡拉的粗麻繩上，再從井裡打水準備洗床單。她不好意思將帶有血跡的床單拿去外面洗，怕人見了會拿她說笑。至於那塊帕子她可沒敢洗，婆婆還沒看過呢。

不過連床單也洗好了，屋裡屋外該收拾的都收拾了，該洗的也都洗了，她不知道自己還能幹什麼活了。不知現在幾點鐘——不對，按這裡的說法，應該是什麼時辰了？

她用手遮著眼睛上方，瞧了瞧太陽，看樣子大概九點左右吧，按時辰來說也就是剛到巳時。在這裡讓櫻娘極不習慣的就是沒有手錶或手機，連幾點鐘都不知道，動不動就要抬頭看太陽。若是陰天見不著太陽怎麼辦，豈不是完全憑感覺？

現在離午時還早著呢，做午飯也不急，櫻娘便來到臥房，在衣櫥裡找舊床單想先鋪上。

衣櫥裡的東西實在少得可憐，除了她的兩套新嫁衣，還有伯明的兩套新衣裳，一般農家成親時能裁兩身新衣已經算很不錯了。而櫃裡剩下就是伯明以前的舊衣裳，居然還有兩件灰白色的舊和尚服。

她好奇地拿出來，放在身上比了比，可惜這裡沒有試衣鏡，否則她真想穿看看。在身上比劃了一陣子，她再把這些放了進去，可是……沒找到舊床單啊。

為了布置洞房，婆婆也只做一套新的，那舊的呢？就這麼些東西，她翻來覆去找了好多遍，最後眼神定格在一塊洗得發白且薄得快透光的布上。

她拿出來攤開一看，上面補了好些補丁，她心裡感嘆，婆家的日子也不好過啊！

鋪好了床，她感覺自己有些餓了，早上吃飯拘謹了些，沒吃太飽，看到桌上的棗糕和花生還在盤子裡，昨晚床上擺早生貴子圖的那些吃的也都還放在一旁。她忍不住拿了一塊棗糕吃，再嗑了一小把瓜子，剩下的她可不敢再吃了，她怕婆婆留下這些還有其他用處，像是送親戚什麼的，吃光可就不好了。

這時她忽然想起做午飯還沒有菜呢，可她又不知菜園在哪兒，本來想去問二嬸，還沒走出院子她又猶豫了。因為她對這裡極不熟悉，哪怕二嬸向她報路，自己仍是找不到，總不能要二嬸放下自家的活兒不幹而帶她去吧。

正當她發愁時，伯明竟然挑著一擔柴回來了。

櫻娘驚喜地迎上去。「你怎麼這麼早就回來了？」

伯明見了她也十分開心，憨厚地笑著。「我怕妳一人在家沒意思，就砍得快了些，只砍大半擔就回來了，沒有平時砍得多。」

櫻娘聽了心裡甜滋滋的，見他滿頭大汗，她趕緊去打盆水讓他洗把臉。

她瞧著那一擔柴。「你這哪裡是半擔，明明是滿滿的一擔子嘛。還說你是慢性子，可幹活還挺快的啊。」

「平時也沒這麼快的，今日……」伯明不好意思再說出更深的表白，只是用巾子蒙住臉洗著。

「你累成這樣，肯定餓了吧？」櫻娘沒等他回答，就跑到臥房裡拿出一塊棗糕、一把花生，還有她剛才都沒敢吃的桂圓給伯明。她知道伯明平時肯定很少吃這些東西，若不是成親，家裡是不可能買的。

但伯明卻將糕點塞回她的手裡。「我不愛吃零嘴，只愛吃飯菜。這些東西一年難得買一回，妳趁這次多吃些，下次也不知何時才能吃得到。」

既然一年難得買一回，他怎麼可能不愛吃？櫻娘知道，他只是捨不得吃而已。

在前世，她可是看不上這些東西的。穿越之前的那個早上，她還在家吃了香草蛋糕，還有哈密瓜及核桃呢！

櫻娘又硬塞在伯明手裡。「我剛才已經吃過棗糕和瓜子了，你再不吃，我就生氣了。」

伯明見她真的嘟起嘴，像是很生氣的樣子，只好道：「那好，我們一起吃。」

「嗯。」櫻娘滿臉帶笑。

兩人面對面，開心地吃了起來，偶爾抬頭互相看著對方，傻傻地笑。

吃完了手上的這一些，櫻娘撣了撣手。「我們一起去摘菜吧，我不知道菜園在哪兒。」

「好，我們一起去。」伯明喜歡跟她走在一起。

但他們倆可不好意思並肩走，只好伯明在前，櫻娘提著個籃子跟在後頭。才走出村口，便迎面碰到一位三十出頭的男子，櫻娘發現他長得和公公有些神似。

「喲，伯明怎麼不到午時就回來了？不會是想娘子吧？」這位男子笑得意味深長。

伯明赤紅著臉。「三叔，你怎麼也學著人家取笑姪兒？」

櫻娘聽伯明這麼叫他，也趕緊叫了聲三叔。

三叔點頭笑了笑，只是稍瞅了一眼櫻娘，姪兒的娘子他可不敢多看，他又瞧著伯明。「三叔不是取笑你，我早就說過還了俗比在廟裡當和尚要好。你瞧，夜裡還有人暖被窩，若是冬天的話，兩人擠著睡覺就不會冷了。」

「三叔，你還說！」伯明又羞又氣又急。

「好好好，我不說了。這有什麼好害羞的，昨夜你不都睡過了！」三叔笑著走開了，他平時和他們這群姪兒經常在一起打鬧說笑，說話都是直來直往的，從不忌諱。

告別三叔，兩人繼續往前，菜園離家不算遠，他們倆走了不到一刻鐘就到了。

剛走進菜園裡，櫻娘突然嚇得直蹦起來，大驚失色喊道：「有蛇！」接著便往回跑。

伯明趕緊追了上去，拉起她的手。「沒事，有我在，不要怕。」

櫻娘本來已嚇得渾身發毛，雙腿發軟，一聽伯明這麼說，再感受著他溫暖的掌心，她才驚魂稍定。

她壯著膽子看向剛才蛇出沒的地方，只見它朝反方向扭著走，鑽進別家的麥田裡去了。

伯明見蛇已走遠，才放開了櫻娘的手，安撫道：「別怕，剛才那是條土蛇，沒有毒性。以後妳若是碰到蛇，千萬不要亂跑，而是看清它的方向，往相反的地方跑，妳要是順著它的方向跑，它扭得可比人跑得還快。其實蛇也沒那麼可怕，我敢抓的，剛才怕嚇著妳才沒去，不然蛇也能賣錢的。」

櫻娘也知道蛇能賣錢，但是她最怕的動物就是蛇，所以還是希望伯明不要抓這種東西回家。「這種錢我們還是不要掙的好，以後即便我不在你身邊，你也不要去抓，太危險了。若是不小心被咬了一口，掙的錢還不夠買藥的。」

「嗯，我聽妳的。」伯明答得很爽快。

櫻娘見伯明那副乖乖聽話的模樣，腦子裡頓時蹦出來一個詞，那就是「忠犬」。

來到古代，生活條件差，使她有些挫敗感。但是，能收服這樣一位忠犬老公，又讓她倍感幸運，也許這就是所謂的禍福相依吧。

因為正處春季，菜園裡長成的菜還挺多的，有茼蒿、黃瓜、茄子、辣椒，看樣子再長幾日也可以摘了。

伯明饒有興趣地蹲在旁邊看著葉子長得很茂盛的那一區。說實話，櫻娘真的不認識這是什麼，她在前世吃過那麼多種蔬菜，但確實沒見過這種。當然，她不敢說自己不認識。

「櫻娘，這些馬鈴薯大概再過半個月就可以挖了。我的師父和師兄師弟們最愛吃的就是馬鈴薯了，到時候我想挖一些送到山上去。」

馬鈴薯？櫻娘心裡緊了一下，剛才她還以為這些葉子是什麼蔬菜呢，自己差點兒就露餡兒了，若是把馬鈴薯的莖葉認成是一種蔬菜，這會讓伯明多吃驚啊？

細細想來，這裡好多東西她都不認識，不僅是農作物，就連平時用的器具她也不知道該叫什麼，畢竟古今叫法不同。為避免自己說錯，以後儘量少開口為妙，等弄明白了再說。

「伯明，你怎麼這麼早就回來了，去砍柴了嗎？」熟悉的聲音從他們倆身後傳來。

櫻娘回頭一瞧，是婆婆楊三娘，趕緊起身叫道：「娘。」

伯明也起了身，有些不好意思地撓撓頭。「我去了，砍了大半擔就回來了。」

「哦，砍了就好，家裡快沒柴了。」楊三娘本來是想來摘些菜送回家的，她擔心櫻娘找不著菜園，無法做午飯，既然他們小倆口一起來了，也就沒她的事了。

「你們倆摘吧，我再去鋤一會兒草。」楊三娘說著就走了。

楊三娘再回到麥田裡，見薛老爹坐在田埂上抽著旱煙，便酸不溜丟地說：「孩子他爹，你知道我剛才去菜園裡碰見誰嗎？」

「碰到誰了？妳不是要摘菜送回家嗎，怎麼這麼快就回來了？」薛老爹沒明白她為何語氣這麼酸。

楊三娘彎腰鋤著草。「還能有誰，碰到你的大兒子了。伯明可惦記櫻娘了，平時砍柴都是午飯前才回來，今日可好，未到午時就回來了，還和櫻娘在菜園裡有說有笑的。」

薛老爹哼笑道：「妳這當娘的怎麼回事？兒子和兒媳婦相處得好，妳該高興才是。」

「我哪是不高興了，就是覺得心裡有些空蕩蕩的，感覺都快不認識自己兒子了。他以前那麼靦覥害羞，不肯娶親，見到女人從來都是低著頭走過去。昨夜洞房我們還擔心他不敢碰櫻娘，現在想來，真是瞎操心，他們小倆口好得像一對糖人似的，黏得很啊！」

薛老爹笑得一雙眼睛都瞇成了縫。「小倆口新婚燕爾，自然黏了些，這是人之常情。」

薛老爹放下煙袋子，也過來鋤草，忽而又道：「妳可別在他們倆面前擺臭臉，叫人見了笑話，哪有娘見不得兒子好的。」

「這不須你提醒，你還真當我不知道怎麼當婆婆？明日櫻娘要回門了，我還為回門禮發愁呢，家裡沒多少錢了，再花真的要空了，怎麼辦？」

說到這兒，薛老爹也蹙起眉來，思慮了一陣。「伯明房裡不是還有一些吃食嗎？把那些包上，再買兩斤糖和兩斤肉吧，少是少了點，可是我們家就這點能力了。」

「瞧你說的，這些禮哪夠？親家公不是還有兩位哥哥嗎？還得為他們兩家各備上一份，你說的這些只夠親家一家子。」

薛老爹嘆道：「那就只能再多買兩斤糖和兩斤肉了，這些確實不能省，都是臉面上的事，做門親事真是不容易啊。仲平的親事也得抓緊時間了，得託媒人去尋姑娘，若是晚了就不好找，到時候又得多花采禮。」

「你說得倒是容易，若真有人家願意把姑娘嫁給仲平，我們家也沒錢去娶啊。」

「船到橋頭自然直，妳急什麼，到時候再想辦法吧，也可以問親戚借一些。」

「錢哪有那麼好借？」楊三娘嗆道，她心裡苦得很，感覺這種日子沒完沒了，年年愁這個愁那個。

薛老爹沒再吭聲了，楊三娘說得沒錯，錢本來就不好借。十年前，伯明病得快要死了，除了從伯明二叔和三叔那兒借了一百多文錢，從別處卻是一文也借不到。

伯明和櫻娘摘了一籃子菜就回家了，開始準備著做午飯。兩人面對面蹲著一起挑菜、一起洗菜，然後去廚房開伙，配合得十分有默契。

他們倆一個灶上，一個灶下，時不時還開心地搭著話，溫馨甜蜜得很。

飯菜都做好後，兩人就用大碗把熱呼呼的菜給蓋起來，等著爹娘回家一起吃。

而楊三娘一回家就想起了白帕子的事，她把伯明叫到一邊。「你快去把櫻娘昨夜墊的那塊白帕子給娘看看吧。」

伯明窘著臉。「娘，別看了，這有什麼好看的。」

「她昨夜可有落紅？」楊三娘緊張地問道。

昨夜伯明根本沒敢往櫻娘的下面看，哪知道有沒有落紅。但見娘這般緊張地問，他便一個勁兒地點頭。「嗯，落紅了，不需要看了。」

楊三娘怕兒子護著櫻娘會瞞她什麼，仍然催道：「既然落紅了，給娘看看又怎麼了？」她見伯明一臉為難。「你是不是不知道她放哪兒？你去跟她說，讓她拿出來。」

「娘，妳真的不須再看了，我都看過了。」伯明實在不想因為這種事去問櫻娘，他根本不在乎櫻娘有沒有落紅，他還怕櫻娘若是沒落紅會遭娘嫌棄，所以他想將此事推拖過去。

櫻娘在廚房雖然聽不清他們母子倆在說什麼，但也能猜到一二，只是這種事，她不好主動上前去說。

楊三娘見兒子不肯，只好自己開口了，她走進廚房，笑咪咪地說：「櫻娘，昨夜那個帕子給娘瞧瞧吧。」

「好，我這就去拿。」櫻娘就知道婆婆很在意這個，幸好自己不糊塗，沒急著洗。

當櫻娘從臥房裡拿出染紅的帕子給楊三娘看時，楊三娘這才放心了。「嗯，有空妳洗一洗，家裡就這一塊白綢帕子，還得留著以後給老二、老三、老四娶親時用呢。」

櫻娘聽了差點笑出來，心裡暗忖，這塊白綢帕子不會是當年婆婆用過的吧？

吃過午飯，櫻娘本來是想和伯明一起上山砍柴的。她才找出一把柴刀來，卻被婆婆給叫住了。「櫻娘，妳拿柴刀幹什麼？」

「我……想和伯明一起去砍柴。」櫻娘囁嚅著，說出這樣的話來，她有些害羞，好像她離不開伯明似的。

在一旁的伯明聽了心裡一陣熱，趕緊進屋子為櫻娘找麻布手套去了，畢竟砍柴時徒手握柴刀會很疼的。

楊三娘想了想，便道：「砍柴可是個體力活，妳才進我們薛家的門，還是做些輕省的吧。菜園裡的榨菜可以收了，妳去收一籃子回來，洗洗再切成片，攤在簸箕裡晾曬起來，到時候醃著吃。」

「喔。」櫻娘乖乖地放下了柴刀。

這時伯明已經找來了麻布手套，見他娘吩咐櫻娘去收榨菜，他有些失望，但也不好反駁娘的話，只好默默地將手套放在一邊。

他又要去砍柴了，走時他朝櫻娘擠了擠眉眼，還一步三回頭來瞧她，櫻娘忍不住會心一笑。

她一回過頭，見婆婆正在看著她，她立即斂起笑臉，有些尷尬。婆婆看到她和伯明這般眉目傳情，心裡說不定在笑話她呢，她趕緊拎著籃子出了院門。

櫻娘來到了菜園裡，幸好在前世吃的鹹榨菜夠多，看模樣就知道哪些是榨菜。她收了滿滿一籃子回到家，就開始洗洗切切，忙得還挺起勁的。

「妳就是櫻娘？」一道蒼老的聲音從院門外傳來。

櫻娘抬頭一瞧，見一位老太太拄著枴杖站在院門前，她頭髮花白，佝僂著背，腰幾乎彎成了九十度，神色看來似乎很生氣。

櫻娘不知道她是誰，更不知道她為何生氣，只是回答道：「我是櫻娘，您是……」

老太太顫顫巍巍拄著枴杖進來了。「我是誰？我還能是誰！你們這些不肖子孫，一點禮數都沒有，老規矩都丟到腦門後了！」

櫻娘嚇得起了身，被老太太罵得有些莫名其妙。莫非她是伯明的奶奶或外婆？可是沒聽伯明說過呀，此時她也不好瞎叫，叫錯了人豈不是笑話？

她趕緊搬了把椅子出來，扶著老太太坐下。

老太太仍然氣憤不已。「我是伯明的阿婆！我還沒死，怎麼全家就把我當成死人了？新媳婦都進門了，竟然不帶去給我瞧瞧？孫媳婦難道不用給阿婆敬茶嗎？」

哎呀！還真是伯明的奶奶。櫻娘趕緊進屋去倒水，公公說家裡沒茶葉了，那就用白開水代替吧。櫻娘捧著茶杯，雙手遞到老太太的面前。「阿婆請喝水，家裡……沒有茶葉了。」

老太太坐穩了，將枴杖往地上一扔，見櫻娘還算恭敬，就接過了杯子，癟著嘴問道：「妳公婆和伯明怎麼沒讓妳去看我這個阿婆？」

櫻娘愣住了，一時語塞。慌忙之中，她匆匆找了個理由。「可能是他們都太忙了，給……給忘了。」

「哼！這種事也能忘？忙什麼忙，一年到頭都是忙忙忙，不就那麼些地嗎？我就知道這些兒孫們一個個都靠不住，早就不把我這個老太太放在眼裡了，暗地裡怕是嫌我活得太長，巴不得我早點進棺材吧。好在我心裡透亮，才不願和他們住在一起，否則每日眼前見著，我不死也給氣死了！」

櫻娘暗忖，伯明的阿婆這脾性夠火爆啊。不過，聽說很多人老了後，脾氣也見長，她能夠理解，便笑咪咪地說：「阿婆，我瞧您這身子骨和這等好氣色，肯定能長命百歲。」

老太太聽櫻娘說自己能長命百歲，心情立即愉悅了起來，只是嘴仍硬著。「嗯，就怕我活到一百歲，他們都不樂意！」

「怎麼會不樂意呢？都說家中有老如有一寶，大家都盼望著您能健健康康，給家裡帶來福氣呢。只不過正逢春季，家裡農活太多，忙了些，難免會有些事沒能顧及到。以後我若得了空，會經常去看您的。」櫻娘小時候在奶奶家長大，和奶奶很親，平時在老人家面前就愛說這些哄人的話，如今倒是派上用場了。

老太太聽了心裡很舒坦，再仔細地瞧了櫻娘，她一雙老眼已經花了，如此近距離，她也看不太清楚。以她看來，只要不缺胳膊不缺腿，勤快能幹活，對老人恭敬，那就是好媳婦。

櫻娘顯然達到了她這種要求，她點了點頭。「嗯，伯明有福氣，娶了妳這麼好的娘子，比妳婆婆強。妳婆婆在我跟前幾十年了，也沒聽她說過幾句好聽的話，估計背地裡還不知說我什麼壞話咧！哼！」說到這兒，老太太又是氣哼哼的。

阿婆批評婆婆，櫻娘可不敢瞎插嘴，只是站在一旁陪笑著。

老太太見地上放著榨菜，才切了一半，便道：「妳趕緊幹活吧，可別沒幹完受妳婆婆的氣，我走了。還有，等妳公公和伯明回來了，叫他們倆去我那兒賠罪，若是敢不去，我可饒不了他們這對不孝兒孫。」

櫻娘趕緊為她拾起地上的枴杖，再扶著她出了院門，終於把這位看似難對付其實特好哄的阿婆給送出門了。

忽然，櫻娘覺得就這樣讓阿婆一人回去，似有不妥，便又趕緊跟了出來。「阿婆，要我扶您回家嗎？」

「不用！我還沒老成那樣呢！」就憑老太太這音量，怕是真的還要活好些年頭。

櫻娘放了心，回院裡繼續忙幹活，到了傍晚，已經將這些榨菜切好了，隨後來到雜物房，將榨菜片攤在簸箕上，等明早出了太陽，再端出去曬。

等她忙完了這些，正準備洗菜做晚飯，伯明就挑著滿滿一大擔的柴進來了，看樣子有一百多斤，壓得伯明脊梁都有些彎了。

櫻娘走了過來，有些擔憂地說道：「伯明，你怎麼砍這麼多柴，挑這麼重的擔子就不怕把自己給壓壞了？」

「沒事，以前我確實很少挑重擔，所以身子不夠強壯。我想趁此練練肩力，聽說鎮上最近需要短工，就是挑石磚的活兒。過幾日我想去試試，掙些錢幫襯著家用。」伯明尋思著既然娶了櫻娘，可不能讓她跟著自己過苦日子。

櫻娘正想說不希望他去掙這種血汗錢，卻見公婆一前一後回來了，她也不好再多說。

「爹、娘，阿婆下午來了，她——」

櫻娘話還未說完，楊三娘就接著問道：「她不會又生氣了吧？」

櫻娘點頭。「阿婆說要爹和伯明去她那兒賠罪。」

楊三娘臉色很不好看了，朝薛老爹大發牢騷。「瞧你娘，這次肯定是因為沒讓伯明帶櫻娘去看她，她就生氣了。可是上個月老二家的梁子娶親，帶著綠翠去她跟前敬茶，還不是被她罵了一頓？她還說自己壓根兒不想見這些沒禮數的後生，以後無論是誰娶了親都不須去她跟前敬茶了。」

「瞧妳，娘年紀大了，上個月說的話，這個月或許就忘了，妳何必計較這些？娘說要我和伯明去賠罪，我們就去唄，不就是挨一頓訓，又不是沒挨過。」薛老爹放下了鋤頭，帶著滿身汗涔涔的伯明出去了。

楊三娘癟著嘴，氣哼哼地進了廚房，櫻娘趕忙跟進去，和婆婆一起做晚飯。做飯時，婆婆一直氣悶著不說話，櫻娘更是緊閉著嘴，就怕不小心說錯話惹了她。

晚飯做好，薛老爹和伯明也受完訓斥回來了。可能是他們經常挨訓，都習以為常了，所以回來時臉色都輕鬆得很，像是啥也沒發生過一樣。

稍過一會兒，仲平、叔昌、季旺也都回來了，一家七口又熱熱鬧鬧地吃飯，婆婆也忘記了剛才的不悅，有說有笑的。

伯明因為白日幹活出了一身汗，飯後他便去洗了個澡。若在以前，他出了汗也未必會洗澡洗得這麼勤，但是現在要和櫻娘一起睡，他可不敢大意。

櫻娘本來也想洗澡的，可是伯明剛才還被婆婆說是窮講究，公婆和三位弟弟幹了一整日的活，都只是洗臉洗腳，自己今日都沒去田裡幹活，若是也說要洗澡，婆婆一定也會這麼說她。她只好趁伯明還沒進房時，把門拴了起來，用半桶溫水擦拭身子。

拭淨身子也洗了腳，她找出另一套還未穿的新衣裳當睡衣和睡褲。她換上新衣裳後，便打開了門出去倒水，這時伯明也跟著進房來了。

為了省燈油，這裡的人家大都是吃完飯就上床睡覺的，不過伯明沒有吹熄燈就上了床，他不想這麼早睡，還想和櫻娘說說話。

如今兩人躺在同一張床上，似乎挺自然的，他們側著身子，面對面瞧著對方。伯明的臉龐在微弱油燈的照耀下，顯得更是溫潤，眉毛生得濃密乾淨，眼眸黑亮。

櫻娘想像了下自己的模樣，覺得似乎有點配不上伯明，她捂住自己的臉。「伯明，別看了，我太黑了。」

伯明瞧著櫻娘捂臉的模樣，彎著眉眼笑道：「沒事，那是因為妳日頭曬多了，養養就白了。」

「若是養不白，一直這麼黑呢？」櫻娘急道。

「即便一直這麼黑，我也喜歡。」說完伯明忽然覺得自己這句話有點肉麻，連忙轉移話題。「忙了整整一日，妳累不累？」

櫻娘搖搖頭。「我又沒下田，幹的都是輕省的活兒，有什麼好累的。倒是你，砍了一日的柴，還挑那麼重的擔子。」

想起他的脊梁被柴擔子壓彎的情景，她趕緊伸手翻開他的衣領，想看看他的肩膀怎麼樣了。

伯明一時沒意會過來，見櫻娘扒開他的衣領，還以為她是想脫他的衣裳呢。他將身子挪近一些，好方便櫻娘為他脫，沒想到櫻娘大叫一聲。「哎呀，你瞧，你肩膀都磨破皮了，還紅腫腫的。」

伯明身子一僵，有些發窘，原來櫻娘是為了看這個呀，看來他誤會大了。他紅著臉，連忙捂住肩頭。「真的沒事，多挑挑就好了。」

櫻娘再看他另一邊肩頭。「這邊好些，只有一些印子。你今日幹麼發狠挑這麼多？」

「平時我只能挑一百斤左右，所以肩膀上只留一點印子。可是挑一百斤太少了，娘都能挑得動。聽說鎮上挑石磚的短工，每副擔子都有一百三、四十斤，下午我就多砍了一些試試，其實還好，也能挑得動。」

「你還真想去當短工呀？」

伯明點頭。「聽說挑一趟就有一文錢，一日能挑十擔左右，就能掙十文錢。」

「蛤？一擔才一文錢？」櫻娘急得坐了起來。「不行不行，你不要去。你這肩膀都磨成這個樣子了，若是去幹那份苦差事，哪能好得了？家裡又不是窮得沒飯吃，幹麼要去掙這種血汗錢？」

伯明見她反應過大，起來輕輕按了按她的肩膀，讓她躺下。「這有什麼好奇怪的，男人不都得想辦法養家餬口嗎？光填飽肚子可不行，我還希望妳能……吃好一點、穿好一點。還有，仲平也快要訂親了，來年還得成親，家裡沒一點錢可不行。」

本來櫻娘想說自己根本不在乎吃與穿，不需要他去掙錢，可後面聽他說還得掙錢為仲平訂親成親，她就不好說什麼了。他們倆成親把家裡的錢花光了，確實不能不為二弟著想。

櫻娘尋思著，要不到時候自己與伯明想點別的法子吧，靠賣苦力掙錢根本不是長久之計，累壞了身子，還得花錢來養。

伯明見她眉心稍蹙，似乎在思慮著什麼，他怕是因為自己剛才說的話讓櫻娘有了壓力，便柔聲道：「妳別想那麼多，這些都是男人該考慮的事，我們睡覺吧。」

櫻娘朝他舒眉一笑。「嗯，先睡覺，掙錢的事以後再說。」

可是誰也捨不得去吹油燈，總覺得怎麼看對方都不夠似的。他們一會兒閉上眼睡覺，一會兒又睜開眼來看對方。

伯明腦子裡不禁浮現昨夜洞房的情景，頓時臉又滾燙了起來，再看著櫻娘那紅潤的唇，像是磁石一般吸引著他貼上去。

櫻娘見伯明主動來親她，心裡有些欣喜，看來伯明也沒有她想像的那麼拘謹，以後自己不必再厚著臉皮主動了。

炙熱的雙唇貼在一起，由輕柔至熱烈，直至唇舌緊緊纏在一起，難捨難分，氣息急促，兩人體內如同燃起了火苗正上下亂竄，很快地便脫淨了衣裳。

就在他們滾燙的身子交疊在一起時，院子裡忽然傳來動靜。

「伯明，你們倆還沒睡嗎，怎麼油燈還亮著？」楊三娘可沒想到他們倆會亮著燈幹那事兒，她和薛老爹從來都是摸黑幹的，所以她以為這小倆口還沒有上床睡覺。

伯明羞赧難當，啞著嗓子應道：「這就睡。」

櫻娘緊抿著小嘴，見伯明那表情真的可愛得讓人想發笑。伯明不好意思當著櫻娘的面光著身子下床，就遠遠的隔空對著油燈吹，奈何距離太遠，他鼓足了氣也沒將油燈吹滅。

這時櫻娘再也忍不住，捂住嘴小聲地笑了起來。她怕笑太大聲被婆婆聽見，若是闖進來問他們倆不睡覺在瞎笑什麼，那就完了。

伯明忍不住也朝櫻娘笑了笑，還是下床去吹吧。為了不光著身子在櫻娘面前晃來晃去，他只好先鑽進被子裡將衣裳穿好。

就在他下床時，櫻娘發現他的衣裳都穿反了，實在憋不住，格格地笑了起來。

伯明迅速吹熄了油燈，再爬上床來，他趴在櫻娘的身上，嘟嘴問道：「妳笑什麼？」

「你衣裳穿反了。」

黑漆漆的伯明也看不清，他乾脆又脫個乾淨，接著剛才未完的步驟。

「唔……你壞死了。」櫻娘被伯明撩撥得渾身難耐。

這一夜，伯明把男人想幹的事都幹遍了。昨夜他對櫻娘那兩團白嫩好奇但不敢觸碰，今夜他就敢吃它了，之後該怎麼做，也不需要櫻娘來引導了。

只是兩人在激烈之時，這床嘎吱響得實在太厲害。櫻娘沈醉之餘，心裡還有些擔憂。

「伯明，爹娘和弟弟們不會聽得見吧？」

伯明停了一下，其實他昨夜就想到這個問題，以他那極為害羞的小心思，怎麼可能沒想到，他小聲安撫道：「應該不會，爹娘和我們隔著一間大堂屋，而弟弟們睡的廂房是和爹娘的屋連在一起的，與我們相連的只有廚房。他們肯定聽不見的，妳別擔心。」

「嗯，不過我們得了空還是把這床穩固一下，以防萬一，這動靜實在是太大了。」櫻娘含羞道。

「好。」

兩人又開始一輪翻江倒海，雙雙沈浸其中，把動靜太大這事也拋於腦後了。

次日，他們還在睡夢中，就聽到楊三娘在門外叫道：「伯明，快起床吧，今日上午你要和櫻娘回門，還得去鎮上買回門禮哩。」

「哦，知道了。」伯明迷糊地答應著，睜開眼睛朝窗外瞧，天色早得很，還是昏昏暗暗的。

只因薛家村離林家村有十二里路，還得去鎮上買東西，楊三娘怕他們倆去晚了，又被親家挑剔，所以早早就來催他們倆起床。

櫻娘昨日還早起做飯，今日竟然是被婆婆叫醒的，她有些不好意思，趕緊坐起來穿衣裳。

伯明見了便道：「別急，時辰還早得很。」他說完還忍不住摟著櫻娘，親一下她的臉頰。

櫻娘被他惹得有些不矜持了，湊向前去與他交頸親吻了起來，沒想到楊三娘又在外面催道：「伯明，別賴床了，快起來吧。」

伯明趕緊放開櫻娘，大聲應道：「起來了、起來了！」

當櫻娘來到廚房時，見婆婆已經差不多將早飯做好了，看來為了讓他們倆早點回門，婆婆特意比昨日起得更早了。

怕耽誤趕早去鎮上，他們沒有等三位弟弟起床，就先吃了早飯。

薛老爹從房裡找出錢來，交到伯明的手裡。「你們去鎮上買四斤糖、四斤肉，送給你岳父家每樣兩斤、兩位岳伯父家每樣一斤。還有這二十文錢是補前日的迎親禮，既然當時你答應了再補上，就得說到做到。」

「嗯。」伯明接過了錢。他心裡有些憂慮，覺得買這些禮是不是有點少，但考慮到家裡確實沒錢，也沒多說什麼。

這時楊三娘走了過來。「櫻娘，把妳房裡的那些吃食都包起來也送給妳娘家吧，希望這些禮不要被妳爹娘挑剔才好。」

櫻娘不懂回門禮該送多少，覺得以這裡的生活水平，有這些應該差不多了，便笑咪咪地說：「娘，應該不會的，有這麼多夠了。」

櫻娘不知道薛家村離鎮上有多遠，一路乖乖地跟在伯明身後走著。伯明手裡只是拎一個裝著幾包吃食的籃子，輕便得很，所以走得也比較快。

沒想到還挺近的，他們走了不到半個時辰就到鎮上了。才進鎮口，櫻娘就瞧見好些健壯男人挑著沈沈的石磚擔子往一家石磚鋪裡去，他們應該就是伯明說的短工。

雖然他們足夠強壯，但是見他們挑擔子的那副神情，就可以瞧出他們在咬牙苦撐。

伯明見了有些心癢癢。「櫻娘，妳在這裡等我一會兒，我去那個鋪子裡問一下老闆還缺不缺短工。」

「我們還是先買東西吧，別耽誤時間了。」櫻娘壓根兒不想讓他去問。

伯明聽櫻娘這麼說，也不好堅持去問了。但除了做短工，他真的想不出還有什麼掙錢的法子，可是櫻娘又不想讓他幹這個活，那該怎麼辦？

櫻娘仔細瞧著這個鎮，路兩旁搭的攤子只有六家，店鋪大約就二十多家，這是一個很小的鎮，來往的行人也不多。按理說，因為白日要幹活，一般人家都是趁清早來買些必需品，既然這個時辰來買東西的人不多，那麼到了上午或下午，怕是更冷清了。

看來大家確實生活窮困，根本沒有餘錢來買東西。櫻娘一開始還盤算著來鎮上搭個攤子，隨便賣點小吃什麼的就能掙錢，現在想想，那完全是異想天開。大家能填飽肚子，偶爾能穿上一件不帶補丁的衣裳就不錯了，哪裡還捨得花錢來買這些玩意兒？雖然也有一些稍微富足的人家，但那絕對是少數，靠那麼幾家，生意是做不起來的。

他們倆先進了一家鋪子裡買四斤糖，再到路旁的肉攤上秤了四斤肉，東西就買齊了。幸好都沒漲價，薛老爹早上還擔心物價上漲，多給了伯明兩文錢。

從薛家村到鎮上大約只有三里路，他們倆出了鎮，還得走九里路才能到林家村。

再走了將近一個時辰，他們倆才到了林家村，來到娘家門前，兩人覺得煞是奇怪，因為冷冷清清一個人也沒有。一般人家在女兒回門之日，肯定早早備好了炮竹，一家人等著女兒女婿前來呢。

可是林家沒有放炮竹，也沒有人在院子裡等，更沒有人出來迎接。他們進了院子，見堂屋大門是開著的，想來應該有人在家。

櫻娘知道這一家子不把她當回事，也懶得計較這些，反正她也只不過是來露個臉而已，她和這一家子之間並沒有親情。

她和伯明走進堂屋，再放下籃子，才見李杏花苦著張臉從房裡出來。

伯明趕緊叫了一聲娘，李杏花也只是淡淡地應了一聲。「你們倆來了。」

櫻娘見她娘像是有心事，便問道：「娘，妳這是怎麼了？」

李杏花深深嘆了一口氣。「昨日我去買了六隻小雞回家，剛剛死了一隻。」

櫻娘沒吭聲了，看來娘是前日才收迎親禮，昨日就迫不及待地買小雞回來了。

伯明見岳母很是心疼，安慰道：「娘，妳別憂心，不還有五隻嗎？等這五隻長大了，也能下好多蛋啊。」

李杏花聽了似乎心裡真的舒服一些，這才回過神來看伯明帶來的回門禮，她假意笑道：「伯明，難為你了，還送這麼些回門禮來。」當她將這些禮一一拿出來時，覺得不太對勁。「你們不會是忘了給櫻娘兩位伯父家的隨禮吧？」

伯明站在一旁發窘，知道岳母是嫌禮少了。

櫻娘不管不顧地走過來，將兩斤糖和兩斤肉拿了下來。「這些就是送大伯和二伯家的，剩下的是給我們家的。伯明，我們一起把兩位伯父家的禮給送去吧。」

伯明還在那兒怔怔的，便被櫻娘拉著出去了，留下李杏花一人繃著張臉盯著籃子瞧。一見兩人出去，她不停地翻著籃子，翻來翻去，也就這麼些，翻不出更多東西來。

她氣嘟嘟地拆開一包棗糕，拿上一塊吃著，可能是好久沒吃了，三口便將一塊棗糕狼吞虎嚥地吃下去了，噎得她去廚房裡舀口涼水喝。

因為兩位伯父家和娘家是相連的，而且前日櫻娘出嫁時，兩位伯母也來看過她，所以她認得她們。伯父們都出去幹活了，只有兩位伯母在家，櫻娘與伯明送了禮，再與她們稍稍寒暄幾句就回來了。

這時李杏花坐在院子裡挑著韭菜，見他們倆回來，說道：「知道你們今日要來，我特意去割了好些韭菜來，等會兒用韭菜炒雞蛋，可是道好菜，咱們家好久沒吃過了。櫻娘，妳再去把辣椒和白菜洗一下，今日中午可要炒三道菜哩！」

櫻娘聽出來了，娘的意思是炒三道菜來招待女兒女婿，算是很給面子了。

菜都洗好了後，李杏花心裡一直在猶豫著，要不要從伯明送來的那兩斤豬肉上割下一點來炒辣椒。可是想到薛家才送這麼一點禮來，她就捨不得了。

但女婿送了肉來，不炒一點似乎又說不過去，李杏花便找了個理由。「伯明，你以前是當和尚的，肯定不吃肉，是吧？」

伯明臉唰地一下紅了，不好說他昨日剛開葷，他尷尬地笑了笑。「嗯，我不吃肉的。」

李杏花聽他這話，高興道：「那好，我就不炒肉了，柱子和根子總是不長個兒，就留著煮給他們吃吧。」

櫻娘知道娘是小氣故意找理由，聽見他們倆這般詭異的對話，她覺得真是難為伯明了。待李杏花進了廚房後，她趕緊拆開那包桂圓，拿出一大半揣在自己袖兜裡。這些伯明在家一顆都不捨得吃，櫻娘也不想讓娘家人吃了都不記得伯明的好。

伯明見櫻娘這樣，上前攔她，小聲地說：「娘知道了會不高興的。」

「沒事，這包她都沒拆開過，不知道裡面裝的是桂圓。你瞧，她只拆開那包棗糕。」

伯明見櫻娘這樣似乎有些不妥，但他才剛這麼想，就見柱子和根子回來了，他們兄弟倆一進來，就翻找籃子裡的東西吃。

眼見他們倆一會兒工夫就將那些東西吃得差不多了，連句謝謝都沒有，伯明這才覺得櫻娘剛才那樣做也沒有什麼不對。

櫻娘見兩位弟弟只顧吃，生氣地說：「你們倆沒長眼睛嗎，見了姊夫都不叫一聲？」

小弟根子趕緊抹了一下嘴，帶著笑臉朝伯明叫了一聲姊夫。

大弟柱子見櫻娘竟然罵他沒長眼睛，他狠狠地瞪了她一眼，嘟囔地叫了一聲姊夫就跑出去玩了。

見伯明頗為尷尬，櫻娘安慰道：「你別理他這個沒禮貌的東西。」

李杏花想到了什麼，從廚房裡跑了過來。「櫻娘，妳快去廚房接著炒菜。伯明，前日你說還要補上二十文錢，沒忘吧？」

「沒忘沒忘。」伯明趕緊掏出早已包好的錢交到岳母手裡。

李杏花笑盈盈地接過了錢，忽而又問：「怎麼沒給你兩位小舅子帶些東西呢？按一般的規矩，小舅子為大，再怎樣也得給他們扯些布做衣裳，或是給些喜錢的。」

櫻娘正要去廚房，見伯明這時準備再摸出剩下的那兩文錢，她連忙上前說道：「娘，伯明家一點錢都沒有了，這二十文錢還是借來的呢。剛才那好幾包吃食，可都是花不少錢買來給柱子和根子吃的。妳瞧，根子都快吃飽了，怕是午飯都吃不下了。」

李杏花見閨女竟然幫著婆家說話，心裡很是生氣，但是瞧著根子還在那兒剝著花生吃，也就沒再說什麼，想來多說也沒用，這二十文錢都是借來的，再要也要不出一個銅板來。

櫻娘直朝伯明使眼色，意思是叫他別傻乎乎地把這兩文錢也掏了出來，自己留著用有什麼不好？

若不是怕場面不好看，她真想和伯明就這麼回家去，根本不想留在娘家吃這一頓午飯。李杏花還在那兒嚷著要她去燒火，總共才炒三道菜，搞得好像多忙似的。

待午飯做好了，林老爹也扛著鋤頭回來了。

林老爹對伯明沒有冷臉，但也沒有多熱情，與伯明客套了那麼幾句，神情都是淡淡的。女兒嫁出去如同潑了盆水，女婿就更不須說了，何況伯明以前當過和尚，林老爹也瞧不上，總歸是沒有讓伯明太難堪而已。

這頓午飯吃得教人真是彆扭，林老爹悶頭吃著不吭聲，李杏花也只是假客氣地叫伯明挾菜。柱子和根子之前肚子裡已經填了那麼多吃食，這會兒仍然吃得跟搶似的。

伯明因為拘謹，還沒怎麼吃，桌上的菜盤子就都空了，窩窩頭他也只吃一個。而櫻娘心裡不痛快，也沒吃飽。

放下碗筷，櫻娘就朝伯明使了使眼色，伯明瞬間領會櫻娘的意思。「爹、娘，我和櫻娘這就回去了。」

李杏花也不挽留他們。「好，你們早點回家也行，等會兒我和你爹還要去鋤草，也沒空陪你們。」

她說著就去把伯明帶來的籃子騰空，只留一斤糖當回禮。伯明接過籃子，與櫻娘走出門口，便被兩位伯母叫住了，她們也是一家拿一斤糖當回禮。

走在回家的路上，櫻娘因有著這樣的娘家，心裡有些堵，便拿出袖兜裡的桂圓嗑。「來，伯明，你也吃幾顆。」

伯明也瞧出櫻娘不得她爹娘的疼愛，從小到大肯定吃了很多苦頭，很能理解她為何不開心，便上前安慰道：「聽說有好多人家不願養女兒，趁她們六、七歲大的時候，就送到別人家當童養媳了，在男方家不知遭多少打罵咧。爹娘只有妳這麼一個女兒，將妳養在身邊，比起那些童養媳還是強上不少，妳也別心裡不痛快。」

櫻娘被伯明這種對比的安慰方式給逗樂了。「你說得也對，爹娘至少沒在我小的時候把我送去給別人當童養媳。你說以後我們怎麼與娘家人相處？逢年過節的，避不了要回娘家的。」

「我們做好自己的本分，問心無愧就行。」伯明唸佛多年，早養成淡泊寬懷之心境，林家人對他態度苛刻，他絲毫不放在心上。

「嗯，我聽你的。」櫻娘挺佩服伯明能有如此寬大心胸，若是一般男子，這一路上估計不知要怎樣抱怨林家的不是了。

他們經過鎮上時，櫻娘忽然止住腳步。「伯明，你剛才肯定沒吃飽吧？」

伯明老實地點了個頭，這一路上走著，他肚子都叫了兩回了。

「你把那兩文錢拿出來吧，我去買兩個肉包子來。」櫻娘心想，幸好這兩文錢沒被娘要了去，不吃白不吃。

伯明聽她說要買兩個肉包子，又連忙搖頭。「我也不是很餓，其實剛才也吃得差不多了，妳買一個就行。」

「你哄我呢，剛才我都聽到你肚子咕嚕叫了。」櫻娘拿著錢飛快地跑去了。

伯明與櫻娘一人拿著一個大肉包子走在路上吃著，這情景看在路邊田裡幹活的村民們眼裡，倒是一道亮麗的風景，覺得這小倆口挺愜意也挺捨得花錢。

櫻娘懶得理會別人的眼光，笑問伯明：「好吃嗎？」

「嗯，好吃。我記得我上一回吃肉包子可是十年前的事了，不過這些年來素包子也沒少吃。」伯明可能是餓急了，所以吃起來覺得特別的香。

他們倆正吃著，忽然見對面跑來了一群人，大都是長輩帶著十六、七歲的男子，跑得滿頭大汗。

伯明和櫻娘甚是奇怪地看著他們，不知道這些人如此著急到底是要去幹麼。

而這群人裡有一位小夥子認得伯明，他滿臉興奮地跑了過來。「伯明，顧家村來了一批從山裡逃荒過來的人家，還有不少姑娘。聽說只須給兩百文錢，人家就願意把姑娘許人，什麼采禮都不要，也無須辦喜事，只要來了以後能吃個飽飯——」

這位小夥子的爹立刻過來將他拉走，不讓他繼續透露。

伯明與櫻娘聽得一愣一愣的，之後便聽小夥子的爹小聲嗔怪道：「臭小子，你告訴伯明幹麼，他家裡還有三位弟弟呢，若是他們都跟著來了，我們就挑不上好的了。」

接著那群人裡又有人急道：「不要說能否挑得上好的姑娘，就怕等我們過去，那些姑娘已經被挑光了，還不趕緊跑！」

只見這群人飛快地跑開了，櫻娘與伯明還傻愣在原地。櫻娘忽然靈光一閃，回過神來催著伯明。「我們趕緊回家告訴爹娘，準備好錢去為仲平挑個姑娘吧！」

伯明還在猶豫。「家裡好像已經沒有兩百文錢了。」

「不管錢夠不夠，我們先回家把這個消息告訴爹娘。若是我們得知此事，卻不告訴他們，到時候爹娘會怪罪的。」這下伯明也醒悟了過來，和櫻娘趕緊往家裡跑。

第四章

幸好他們剛才離薛家村已經不遠了，一會兒便到了家，伯明再去玉米田裡找爹娘，過沒多久，薛老爹和楊三娘都急急地跑回了家。

他們怕到時候兩百文不夠，便把家裡僅有的二百八十文錢全都揣在了身上，一路跑著去顧家村。看來，家裡餘下的錢比伯明想像的要多一些。

因為仲平還在葛地主家幹活，已經來不及去找他了。平時一般人家的姑娘許親，都不知道自己許給了什麼模樣的男子，如今這種情況，怕是更不會在意對方的長相了，因此有薛老爹與楊三娘兩人去就足夠了。

看著公婆跑著去為仲平挑姑娘，櫻娘心裡忽然不安了起來。自己可是婆家花了四百斤糧食和一百文錢迎親禮給換來的，若是只花兩百文錢挑來了一位比她還漂亮、還能幹的，公婆會不會覺得娶她進門虧大了？

櫻娘趕緊找出鋤頭。「伯明，天色還早，我們去玉米田鋤草吧。」

伯明抬頭瞧了瞧太陽。「也不算早了，要去也是我去，妳就別去了。」

「不行，我也要去，能多鋤一點是一點。」櫻娘此時心裡苦啊，這時只有趕緊表現得勤快點兒了，如此或許會讓公婆心理平衡一點。

來到玉米田，櫻娘見雜草與玉米苗都緊挨著長，她有些擔心，怕自己鋤雜草的同時，把玉米苗也給鋤死了。

但當她真正鋤起草來，她才發現剛才完全是瞎擔心，因為櫻娘這副身子可是幹活的老手，一舉一動都顯得十分老練，下鋤頭順手得讓她自己都沒法相信。

伯明見了有些吃驚，也自嘆不如，因為櫻娘一會兒就鋤到前頭去了，他還落在後頭。

「櫻娘，妳鋤得可是比娘還要好，也更快。不過妳還是別這麼拚命幹，坐下來歇息一會兒吧。」伯明自己鋤一會兒就覺得腰痠，所以他想櫻娘現在肯定很累。

沒想到櫻娘回頭笑了笑。「我一點兒都不覺得累。」

接著她手腳俐落地，很快就將一塊地給鋤完了。她見伯明那頭才鋤完一半，又過來幫他。

伯明有些著急了，直催道：「妳還是去田埂上坐著歇息會兒吧，幹活不著急的。」

「不行，我們得趁天黑之前把這剩下的地都給鋤了，爹娘知道了肯定高興。」

伯明這時才明白，原來櫻娘是為了哄爹娘開心，怕等會兒被爹娘領來的姑娘給比了下去。他瞧著櫻娘那積極模樣，覺得煞是可愛，心裡只是偷樂著，沒再說什麼，由著她去。

待太陽落了山，這塊玉米田全都被鋤完了，櫻娘與伯明才扛著鋤頭回去。

回到家，他們倆又忙著做晚飯，因為公婆及三位弟弟都還沒回來。待晚飯做好了，三位弟弟才相伴著回了家。

仲平見大哥和大嫂將幾盤菜都擺上桌了，爹娘卻還沒回家，覺得甚是奇怪，便問道：「天都快黑了，爹娘怎麼還沒回家？要不我去田裡喊一聲吧，這是自家的活兒，又沒有人拿著鞭子催著幹，沒必要這麼辛苦的。」

伯明朝門外瞅了瞅。「應該快回家了吧，爹娘不在玉米田，而是去顧家村給你挑姑娘去了，聽說山裡又來了一批逃荒的。」

伯明說得很平靜，仲平卻驚得瞪大了雙眼，呆在原地不動，他一時還反應不過來。

櫻娘在一旁打趣道：「二弟，等會兒就有娘子了，高興不？」

「我……」仲平的臉紅得跟抹了濃胭脂似的，他窘迫著，一句話也說不出來。

這時叔昌與季旺一起跑了過來，嘻笑道：「啊哈哈，二哥也要娶娘子嘍！今夜是不是就要洞房了？」

「瞎說什麼，到一邊去！」仲平說話時趕緊拿起葫蘆瓢舀水喝，掩飾他心裡的激動與不安。

這時叔昌與季旺雙雙跑進了東廂房，忙著把被子抱往另一間廂房。

仲平走了過來，納悶道：「你們倆這是幹麼，那邊床上都沒有褥子，只鋪了一層麥稈。」

季旺笑道：「麥稈就麥稈吧，難不成今夜我和三哥還要和你一起睡，然後看你怎麼洞房？」

仲平這下被惹得羞極，跑過來揮起拳頭，作勢要揍季旺與叔昌。

就在這時，薛老爹與楊三娘進了院子，臉色似乎不太好看，接著他們後面跟著進來了一位緊低著頭的姑娘。

本來這兄弟三人正鬧得歡呢，櫻娘與伯明也在一旁瞧著熱鬧，這會兒見爹娘似乎都不太高興，便都住了嘴。

他們都很想瞧瞧領來的姑娘到底長得如何，可是這位姑娘卻緊埋著頭，似乎很怕見人，他們只能瞧出她又矮又瘦，瘦得跟竹竿似的。

櫻娘大略明白了，肯定是公婆去了後，好的都被挑光了，領回來的這個姑娘是公婆相不上的。

楊三娘拿著裝錢的荷包往房裡去，自言自語道：「好歹只花五十文錢。」

薛老爹招呼著仲平。「老二，這是爹娘給你領來的娘子，你瞧瞧成不成？若是不想要，你就把她送回顧家村去，還有人等著要呢。先說了，不是爹娘不仔細幫你挑，是我們去時已經晚了，就剩這一個了。」

仲平還不大明白這位姑娘到底哪兒不好了，不就是矮一點再瘦一點嗎？莫非是臉長殘了？可是她都快把臉埋到胸口了，他根本沒法看到她的模樣。

這時楊三娘從房裡出來了。「招娣，妳抬起頭來，讓我家老二瞧瞧吧。妳放心，若是他不想要，把妳送回去後，還是會有別人要的。」

招娣緊張得雙手捏成小拳，抖得厲害。她慢慢地抬起了頭，惴惴不安地睜著一雙惶恐的眼睛。

大家一瞧，都愣住了。

她的五官雖說沒太出挑，也算不上醜，但若僅僅是長相平平，這會兒大家不知道有多高興，花五十文錢就能找到這樣的姑娘很不錯了。可是，偏偏她右臉上還有一大塊紫紅色胎記，她的臉又瘦又小，乍看之下，這塊胎記幾乎大得要占去半邊臉了。

其實，櫻娘在前世有一位好朋友就是臉上長著胎記的，初見時，確實覺得不太舒服，但處久了熟悉了，也就不覺得有什麼了，而且對方特別好相處，她們甚至成了無話不談的朋友。

可能是櫻娘見習慣了，所以她的驚愣大大低於薛家兄弟。

仲平瞧了招娣後，臉上頓時蒙了層灰，看來他真的很不滿意。

大家都沒吭聲，等著仲平作決定。可是他又遲遲不說話，因為招娣惶恐不安，且又可憐兮兮地瞧著他，他似乎想拒絕卻又不忍心。

薛老爹輕輕咳了一聲，朝仲平道：「我瞧著也沒啥不行，看久了就順眼了，只要心眼好，人也實誠，這就夠了。不過，這還得看你自己的意思，你若是真的不喜歡，爹娘也不會強塞給你。」

仲平心裡正激烈拉扯著，若是不要，家裡又沒有錢為他訂門好親事，怕是熬到來年，也只能找個馬馬虎虎的，到時候還得四處借錢，需好幾年才能還得清。

若是要了……他再瞅一眼招娣，心裡又嘆了口氣，要是沒那塊紫紅色的大胎記就好了。

招娣知道大家都在嫌棄她，心裡一委屈，眼淚頓時嘩啦地流，但又不敢哭出聲來，緊緊咬著唇，渾身顫抖著。

仲平瞧她那可憐的模樣，心一軟，呼了一口氣。「就這樣吧，別再送回去了。」

伯明見二弟已經作出了決定，就招呼著大家。「都來吃飯吧，再不吃就涼了。」

因為飯桌只坐得下四個人，櫻娘盛了飯，再挾了些菜，就端著碗坐在井邊的石頭上吃。畢竟招娣剛來，得讓著她坐才是。

伯明見櫻娘來院子裡吃飯，他也端著碗跟出來了。

只是招娣哪敢坐在飯桌前吃，她連廚房都不敢進。聽仲平說不再送她回去，她心裡是激動萬分，可是瞧著這麼一大家子人，她還是有些發怵，便一直站在院子中央，一下也不敢動。

「招娣，快進來吃飯吧。」楊三娘在廚房裡朝外喊了一聲。招娣只是腳步稍往前挪了挪，仍然不敢進廚房。

櫻娘見仲平不好意思去搭理招娣，而婆婆也已經喊招娣了，她仍膽小不敢進去，心想讓招娣坐在飯桌前同公婆一起吃飯估計是不太可能的事了，怕是那樣她壓根兒不敢吃，櫻娘便自作主張去廚房為招娣拿了一塊大玉米餅，再為她盛一碗高粱米粥，還挾了不少菜在粥裡面。

當櫻娘將這些端出來遞給招娣時，招娣用那種深懷感激的眼神瞧著櫻娘，但又不好意思說「謝謝」二字。

招娣也學著櫻娘坐在井邊的石頭上吃了起來，可能是見院子裡有仲平他們幾個，她吃得格外小心，本來就餓極了，可又不敢大口吞嚥，結果就嗆著了，嗆得臉紅脖子粗。

仲平見她嗆成那樣，抬頭瞧了一眼，隨即又低頭吃飯。伯明及三弟、四弟也是只瞅她一眼，然後便一副沒事樣吃著自己的飯。他們知道她緊張，嗆到也是極為正常的事。

招娣見自己吃個飯都嗆成這樣，覺得很丟臉，好在大家都沒啥反應，並沒有盯著她的窘態瞧，她才放心不少，接著細嚼慢嚥，努力不讓自己再嗆著。

櫻娘吃完後放下了碗，見招娣碗裡的粥吃淨了，手上的玉米餅也差不多吃完了，也不知道她是否有吃飽，想來若是問她，她就算沒飽也肯定會說飽了，櫻娘便問也不問，逕自去廚房再拿了剩下的最後一塊玉米餅出來。

其實招娣都餓了好幾日了，還真是沒吃飽，可是她卻直搖頭，不肯接過櫻娘給她的玉米餅，反而起身低著頭，匆匆拿碗送去了廚房，然後又站回院子裡。她怕自己吃得太多，婆家人會嫌棄她。

櫻娘只好將玉米餅給了季旺，然後進廚房幫著婆婆一起收碗。

楊三娘似乎在思忖著什麼，忽而說道：「櫻娘，妳洗了碗後就燒一大鍋水，等會兒好讓仲平和招娣都洗個澡，今夜就讓他們倆洞房。」

「嗯，我這就來燒水。」櫻娘應著。

楊三娘來到院子裡，將櫻娘洗好的那塊白綢帕子收了起來，然後又去櫻娘房裡為招娣找換洗的衣裳，結果發現櫻娘也只有兩身換洗的新衣裳。她只好再去自己的屋裡找，最後找出了一件舊藍布衣裳，褂子的肩頭上縫了一塊大補丁，褲子的兩個膝蓋處也都有著圓形補丁。

雖然這身衣裳很破，但對於楊三娘來說，已經算是好的了。

「仲平，你把洗澡盆端進你的屋裡去。老三、老四，你們從今夜起就睡隔壁的廂房，快把被子抱過去。天氣開始越來越熱了，沒有褥子墊著也沒什麼不行的。」

「娘，我們倆吃飯前就將被子抱過來了。」季旺嘻嘻笑道。

楊三娘舒展著眉眼。「嗯，你們倆還挺有眼力的。」

這時楊三娘又將仲平拉進他的廂房，將白綢帕子塞在他的手裡，仲平卻死命不肯接。

楊三娘以為他是在嫌棄招娣，小聲道：「你彆扭什麼？爹娘來不及給你們買大紅燭，你也不必通宵亮著燈。你吹了油燈摸黑幹，又看不見她的臉，有什麼不行的？」

「娘，妳說什麼啊？」仲平偷瞄了一眼招娣。「好歹讓她吃幾日飽飯再說吧。」

楊三娘再瞅了瞅院子裡的招娣，確實乾瘦得不行，好似一陣風就能將她吹倒似的。她再瞧瞧仲平，塊頭比伯明還大，長得精壯，想著招娣那孱弱模樣，或許還真禁不起仲平的折騰，若是折騰出病來，還得花錢請郎中，豈不是太虧了？

楊三娘嘆了口氣。「那好吧，等她吃幾日飽飯，養足了精神再說。」

她走出廂房來到院子裡，對招娣說：「妳別杵在這裡了，快去廚房幫幫妳大嫂，水燒好了就洗個澡。」

招娣得了令，趕緊來到廚房，見櫻娘正往鍋裡舀水，她便坐在灶下燒火。

這時正在抽菸斗的薛老爹忽然想起了什麼，招呼著仲平。「你趕緊帶著招娣去你阿婆那兒一趟，可別等到明兒又得挨訓了。」

「喔。」仲平應著聲，他來到廚房也不說話，就是那麼瞧著招娣。

招娣也聽到了公公說的話，起身乖乖地跟在仲平的後面，走出了院子。

仲平個頭大，走路的步伐也大，而招娣這嬌小身材，走起路來自然要比仲平慢了許多，她跟不上仲平，便在後面小跑步著。

幸好這時天已黑，並沒有多少人來圍觀她這位只花五十文錢換來的新娘子。

只是沒想到他們這一去，又遭到阿婆責罵。雖然屋裡點了油燈，但以阿婆的眼力，她是看不清招娣臉上胎記的，她哼道：「我不瞧也曉得好不到哪兒去，若是花五十文錢能換來好的，那就沒天理了，我活了一輩子也沒見過這等好事。還有，你爹和你娘的腦子是被草塞住還是怎麼了，哪有晚上讓你帶新娘子來瞧阿婆的，見長輩得清早來！」

仲平只是一個勁兒地應著，而招娣已被阿婆嚇得眼淚都出來了，但是絕對不敢哭出聲。

待仲平帶著招娣回來，櫻娘也已經燒好了水，就由著他們倆自己去打水洗澡。

櫻娘提了一桶水來到自己的房，見伯明正在搗飭著床腿，昨夜她說這張床搖晃得太厲害，他便放在了心上，趁這時趕緊穩固好。

櫻娘抿嘴笑了笑，喚道：「伯明，弄好了嗎？我們共用著水洗臉洗腳吧。」

伯明雙手晃了晃床，略微紅著臉道：「嗯，現在穩多了。」他來到櫻娘面前，坐下來與她一起洗臉。

此時房門「嘎吱」一聲被人推開了，楊三娘一聲招呼都不打就逕自走進了他們的房，手裡還拿著五十文錢。「櫻娘，明日妳帶招娣去趟鎮上吧，仲平每日都得趕早去葛地主家幹活，我和妳爹也得去玉米田鋤草，沒有空陪招娣去。妳幫招娣買十二尺布，讓她給自己縫兩身衣裳，她就這麼隻身來的，連換洗的衣物都沒有，做衣裳剩下的碎布還可以做兩雙鞋，我瞧她腳上的那雙鞋都破兩個洞了。」

「好。」櫻娘伸手接了錢。

楊三娘準備出屋，卻被伯明叫住。「娘，明日妳和爹無須再去壟上那塊地了，剩下的那些我和櫻娘今兒個下午已經鋤完了。」

楊三娘不大相信。「蛤？已經鋤完了？你們倆幹活怎麼那麼快？」

「是櫻娘幹得快，大多都是她鋤的，她鋤得不僅快，還極好咧。」伯明誇起櫻娘來有些得意。

楊三娘聽了也高興，心裡想著不知招娣幹活如何，希望也能像櫻娘一樣能幹。

這時伯明若有所思地問道：「娘，家裡還有剩餘的錢嗎？」

「給了招娣爹娘五十文，再加上這五十文，家裡現在只剩一百八十文錢了，你問這個幹什麼？」楊三娘以為兒子想要為櫻娘買什麼，還未待他說話，又接著道：「伯明，家裡積攢的錢與糧幾乎都花在你頭上了，你可不許再要錢花了。」

伯明見娘誤會了，便將自己的想法說了出來。「我是想二弟這也算成親了，我成親時家裡做了新床和新桌椅，二弟卻住在廂房，除了一張破床，屋裡什麼都沒有。那剩下的一百文要不要給二弟做副桌椅和幾張春凳，再買一面銅鏡？想再多做一張新床這一百文錢怕是不夠。」

楊三娘聽伯明這麼一說，甚覺有理，不能大兒子什麼都有，輪到老二就這麼寒酸。這要說出去，外人肯定會說他們太偏心了。「你考慮得很周全，我去跟你爹商量商量。」

楊三娘出屋後，櫻娘便將婆婆給的五十文好好收了起來。

伯明心裡又想著做短工的事。「櫻娘，家裡真的是快一文錢都沒有了，掙錢之事迫在眉睫，妳趁明日帶招娣去鎮上，幫我問一下短工的事好嗎？別人能幹，我自然也能幹的。」

「好，我去問一問。不過，你得再砍幾日的柴才行，家裡那幾擔柴確實燒不了多久，等柴砍得差不多了，你再去鎮上也不遲。」話雖這麼說，可櫻娘其實是想讓伯明先緩一緩，說不定這幾日她就能想出掙錢的法子了。不掙錢的話，這日子還真的不太好過，除了能填飽肚子，什麼東西也買不了。

清晨，櫻娘從伯明的懷裡醒來，她輕輕地挪動身體準備起床，伯明也跟著醒了。

「櫻娘，妳不必每日都這麼早起的，這個時辰大家都還沒起床，妳再多睡會兒吧。」伯明說話時，還將身子挪了過來，又摟抱著櫻娘。

櫻娘心裡一陣偷笑，初見伯明時，他羞澀成那個樣子，連看她都不敢，好似她會吃了他。這才過兩日，他就這麼黏，睡覺都愛摟著她，也許這就是所謂的新婚燕爾吧。

她在伯明的懷裡賴了一會兒，實在睡不著了。想起前世，她幾乎沒有在晚上十二點之前睡覺過，早上都是六點半起床，開始忙著洗漱吃早餐，再去上班，每日算起來，睡眠的時間不足七小時。

如今在這裡，吃完晚飯沒多久就上床了，大約八點之前就準備睡覺，再看看現在外面的天色，大概是清晨五點多吧，這樣算起來可是睡了九個多小時啊，早就睡飽了，哪還能睡得著。

櫻娘輕輕刮了刮伯明的鼻子。「小懶蟲，睡這麼久還沒睡夠嗎？」

「其實已經睡夠了。」伯明瞇著眼睛，慵懶地笑了笑，他就是喜歡這樣摟著她，捨不得起床。

這時他們聽到院子裡有了動靜。

「招娣，妳起這麼早啊。妳拿那邊的柴吧，這邊的柴是新砍來的，還帶著濕氣，不好燒。」這是楊三娘的聲音。

「欸。」招娣小聲應著。然後就聽到拽柴火，還有楊三娘在井邊打水的聲音。

櫻娘趕緊坐了起來，反正已經睡不著了，她可不能落後。

伯明知道櫻娘的心思，也跟著起來了。「今日我要到遠一點的南山上去砍柴，聽說那裡有不少野桃樹，說不定能摘來些野桃。」

櫻娘以前只吃過買來的大桃，野桃可沒吃過。「嗯，你帶個袋子去，多摘些回來，家裡人多。還有，你可不許再砍那麼多的柴了，路那麼遠，別把自己給壓壞了。」

伯明朝櫻娘甜甜一笑。「好，今日要摘野桃，肯定砍不了多少。」

家裡多了櫻娘和招娣兩位新媳婦，氣氛與往日不太一樣，帶些喜慶，又帶些緊張。

廚房裡有婆婆和招娣在忙，櫻娘就不去湊熱鬧了，而是掃地、擦桌椅。

伯明出去放牛，順便牽牛到池塘喝水，這頭牛是與兩位叔叔家共用的，從今日起該輪到他們家放了。薛老爹已經扛上鋤頭出院子了，他要去瞧瞧田裡麥苗的長勢，等會兒再回家吃早飯。仲平三兄弟因為白日幹活辛苦，所以多賴一會兒床。

到了吃早飯時，仍然只有薛老爹與楊三娘坐在矮飯桌前吃，其他人都端著碗到院子裡，院子裡一陣呼呼啦啦的喝粥聲，甚是熱鬧。

吃完早飯後，招娣拾起她和仲平的衣裳裝進籃子裡，然後來到櫻娘面前。「大嫂，妳和大哥有衣裳要洗嗎？」

櫻娘搖頭。「我們倆就換了襪套，我在井裡打水洗洗就行。對了，妳肯定不知道池塘在哪兒，我帶妳去。」

櫻娘回自己的屋裡拿上她和伯明換的襪套，再去找皂莢和草木灰。招娣去各屋都沒找到其他人的髒衣裳，就這樣和櫻娘一起出院門了。

楊三娘看著兩位兒媳婦相伴著出門，心裡樂著呢，待幾個兒子也都出門了，她笑咪咪地對薛老爹說：「你先去田裡幹活，我去我的娘家楊家村找貴子來打桌椅，他手藝好，我也好順便把仲平與招娣的事告訴我爹娘一聲。」

薛老爹沈默了一會兒。「家裡就那麼一棵粗木，怕是不夠做桌椅的，今日上午我就不去田裡了，我把屋後那棵杉樹給砍了吧，這樣還可以多打張新床。妳和貴子好好商量價錢，做這些估計也就十二、三日的工夫，問一百文錢夠不夠？」

楊三娘眉頭稍蹙。「平時他替人做一日都得算十文工錢呢，我們家要是少給二十多文錢，不知他樂不樂意。不過，說來我與他都是楊家村的人，說不定他願意給這個情面。」

楊三娘稍微裝扮了下自己，將頭髮梳得俐落，整了整衣裳就出門回娘家了，薛老爹則找出大鋸子去屋後鋸樹。

櫻娘與招娣並肩走著來到了池塘邊，因為不熟，一路上也沒有聊太多。

今日洗衣裳的人少，但是仍然少不了有人七嘴八舌地說笑，奇怪的是，她們看著招娣那一張臉，要麼是驚愕，要麼是吐了吐舌，一句議論的話也沒有，只是笑談著哪家花兩百文挑來了好媳婦，真是划算，又感嘆得知消息太晚，否則肯定也要為自家兒子去挑一個來，哪怕兒子還沒到年紀。

洗完衣裳回來後，櫻娘就帶著招娣去鎮上。

招娣見櫻娘與賣布老闆討價還價那麼久，費了許多口水，最後才便宜一文錢，她扯了扯櫻娘的衣袖。「大嫂，要不我們少買點布吧，我身上的衣裳還能穿，只須再做一身就行了，有這麼些錢，攢著多好。」招娣見櫻娘掏出那麼些錢來只為買布，心疼死了。

櫻娘瞧了瞧招娣的衣著。「妳這身衣裳是娘的，她可能還要穿的，而且妳昨日穿來的太破也太小了，褲腿都吊小腿上了。娘既然給了錢，就還是買吧。」

招娣這才點了點頭，咬牙看著櫻娘將銅板一一數給老闆。

這時她們見路旁圍著一群婦人，嘰嘰喳喳，說說笑笑。櫻娘與招娣好奇，湊上前去聽一聽。

「聽說這位甄員外以前在朝廷裡可是一位大官呢，否則哪能得這麼一大片山和幾十頃地？」

「可不是嗎？聽說他樹大招風得罪了不少人，朝廷不好再用他，便將他打發到這永鎮來了。看來甄員外也不是個安分的人，才剛落腳就想做大買賣，也不知這個織布坊要多少女短工？」

這些婦人都隱隱有些擔憂，怕輪不上自己，此時她們見到櫻娘與招娣走了過來，立刻凶悍起來。「妳們兩個不是鎮上的人，還輪不到妳們！」

「就是，村裡來的土包子也想幹這好事，快走快走！」

櫻娘與招娣被她們唬得直往後退。

這時，從大院子裡走出來一位中年男人，那副裝扮似是管家，他瞧了瞧來的這些婦人，稍稍點了一下人數。「妳們都過來吧，將名字報上來。」

那群婦人立即爭先恐後地湧了上去。管家皺眉道：「不要搶，妳們這總共才二十幾個人，還不夠數，有什麼好搶的。」

櫻娘旋即明白了，這肯定是在招織布女工。她拉了拉招娣。「我們也去報個名吧，人數還不夠呢。」

招娣有些膽怯。「可是我不會織布怎麼辦？」

「我也不會的。不過，我瞧著她們都不像是會織布的樣子，先報上名再說吧。」櫻娘說著就湊了過去。

招娣見櫻娘去了，她當然也要去，反正大家都不會。

其中一位婦人報上了她的姓名，又獻上一張奉承的臉，笑問道：「殷管家，織布坊需要多少女短工，若是還要的話，我能幫我大妹報個名嗎？」

殷管家捋了捋鬍子。「行，報上吧，總共要三十個，還差六個。而且還要招男短工去山上開荒，每日工錢是九文，管一頓午飯，妳們回了家後把家裡的男人也叫來報名吧。」

「真的？」那群婦人驚呼起來。

「當然是真的，我還能唬妳們嗎？可妳們也無法替家裡男人作主，叫他們自己來報名，妳們可不能幫他們報。」殷管家此話一出，一些婦人立即跑開，回家去喊男人。

「女短工一日多少工錢，有管午飯嗎？」剛才那位問話的婦人小心翼翼地再問，她家裡地多，男人沒空來幹開荒的活兒，所以指望著自己能多掙些錢。

「頭半個月沒有工錢，只管午飯，半個月後也要看各自的手藝學得怎麼樣，好的話就留下來，每日工錢是七文，不好的話就別來了。」殷管家說完就指向旁邊。「妳們來了就去那隔壁的小屋裡，到時候會有人來教妳們。記住，每日辰時必須到，遲到了就取消名額。」

大家都順著殷管家指的那間小屋瞧去，其實就是一間土坯房，當然，這比一般農家的屋子還要強些。雖然眼前就是甄員外家的大院子，但絕不可能讓她們進去的，能讓她們在旁邊那樣的小屋裡織布，已經算是不錯了。

櫻娘報上了名後，心裡尋思著，還得等半個月後過了關，每日才能掙七文錢，真是夠少的，但是有錢掙總比沒有的好，男短工幹的可是開荒的活兒，也才九文錢。

她忽然想到，這開荒的活兒與那些挑石磚的活兒相比，不知會不會輕省一點，伯明可不可以來幹？嗯，還是回家跟伯明商量一下吧。

櫻娘與招娣正準備離開時，忽然又想到一個問題，她回過頭來問殷管家。「幹這種短工活，若是覺得不合適，自己可以辭嗎？」她是考慮到，若是實在太辛苦就不讓伯明幹了，或是自己不想織布，這殷管家應該不會逼著她做下去吧？

殷管家沒想到櫻娘會問出這樣的問題，哼笑道：「男短工做足了一個月，之後想幹就幹，不想幹就拉倒，反正是按日數結工錢。女短工可不行，至少得做足三個月，否則不是白費力氣教妳們了？」

哦，原來做短工有這麼個好處。

櫻娘欣喜地與招娣回家去，尋思著家裡人聽到了這個消息應該會高興吧？

回到家後，櫻娘見有一位中年男人在院子裡鋸木頭，就明白了是怎麼回事。

「招娣，爹娘這是要替妳和仲平做新家具呢。」

招娣又驚又喜，卻又不敢相信。「真的嗎？」

這時楊三娘端了一碗水從堂屋裡出來，遞給了木匠。她再瞧了瞧招娣那羞答答的模樣，確實不算醜，就是臉上那塊……唉，還是別看了。「當然是真的，爹娘是不會虧待妳和仲平的。妳公公在屋後砍樹，還要給你們做張新床咧。」

招娣心裡暗自歡喜，準備把做女短工的事告訴婆婆，但她不知道該怎麼說，便望著櫻娘，櫻娘明白，便將事情從頭至尾都說給婆婆聽了。

楊三娘聽了喜上眉梢。「真有這等好事？若是妳們倆都學好了，加起來每日不就能掙十四文錢回來？」

櫻娘與招娣雙雙點頭。

楊三娘樂得不知該怎麼辦才好了，見她們倆手裡拎著布，忙道：「妳們倆今日就別幹活了，待在家裡裁布做衣裳吧。伯明不知能不能早點回來，可別去晚了就輪不到他了。」她急著往院門外張望。

「娘，妳別擔心，聽那位殷管家說要不少人呢，肯定排得上。」

楊三娘聽說要不少人，便放心多了。忽然，她又嚷道：「仲平他們要是也能去該多好，不知葛地主放不放他們兄弟三人。」說著她就跑向屋後，找薛老爹商量去了。

薛老爹聽了自然是萬分欣喜，但是又聽楊三娘說想讓三兄弟也去，卻連忙搖頭。「這可不行，雖然葛地主家一年總共才給他們七百斤糧食，但折合起來也有兩千文錢呢。何況糧食越來越金貴，還有可能漲價，家裡不就是靠這七百斤糧食往上繳賦稅嗎？除了繳稅還能剩個兩百斤自家吃，如今家裡多了兩口人，糧食可不能少，今年自家的玉米收成怕是不好了，淨是飛蟲，吃掉了不少。」

經薛老爹這麼一提醒，楊三娘也想明白了。「還是你考慮得當，是我糊塗了。葛地主家的是長工活，可不能給扔了。若是執意扔了，到時候想再回去，葛地主肯定不願意，怕是還要罵人。而甄員外家要的是短工，說不準哪日就沒活兒幹了。」

「就是這個理，作任何決定可都得想清楚點。來，幫我一起推推這棵樹。」

楊三娘與薛老爹合力一推，就將這棵已經鋸得歪斜的杉樹給推倒了，然後兩人合力抬著這棵樹，一前一後地進了院子。

櫻娘在招娣的房裡幫她一起裁布，說是幫她，其實是跟著她學。櫻娘雖然手算巧，可她沒有前身的記憶，只能說幹起活很順手，也渾身是力氣，但是技巧這玩意兒，她還待學習。

招娣可能是好久沒做過新衣裳，裁布時手都微顫著，生怕把布給裁錯了。

「招娣，妳娘家一共幾口人？」櫻娘坐在旁邊閒著，就找她聊聊。

「七口人，除了爹娘，我上頭有兩位姊姊，下面還有兩位弟弟。兩位姊姊都嫁到我們那個齊山的村裡，這次鬧旱災，也不知她們兩家怎麼過活。爹娘昨日傍晚收了公婆五十文錢，就帶著兩位弟弟到縣城裡要飯去了。」招娣說時兩眼淚閃閃的。

櫻娘忙安慰道：「妳也別著急，待旱災一過，還能種些雜糧，妳爹娘肯定會再帶兩位弟弟回家的。」

招娣卻十分憂愁。「待夏季來了雨水，爹娘能回家再種些別的，但也不知能撐多久。我們那山裡每隔兩、三年就鬧一次大旱災，春季的麥子幾乎都枯死了，那種挨餓的日子何時才有盡頭啊？」

「可不可以把家遷出來，去別的村落腳？」

「哪有這麼好的事?官府不同意，誰也不敢往外遷。遷到山外來，別人不給地，照樣得挨餓。」招娣深深嘆了一口氣。「還是永鎮這邊好，雖然算不上富裕，至少能吃飽。」

就在這時，她們聽到楊三娘在院子裡嚷道：「喲，伯明回來得挺早，快!快去鎮上，甄員外家招短工去開荒，每日九文工錢，還管午飯呢，快去吧!」

伯明還沒放下柴擔子，就被楊三娘一個勁兒地催。

「真的？櫻娘知不知道？」伯明放下擔子，四處瞅了瞅。

「她當然知道了，還是她回來跟我說的，你快去吧！可別去遲了最後輪不上你！」楊三娘著急得很。

伯明來不及問清楚情況，急道：「我只摘到半袋子野桃，山上的那些都被別人摘光了，你們先吃吧。」他說完就撒腿往外跑，出院門時回了下頭，見櫻娘從招娣屋裡走出來瞧著他，他便朝她笑了一笑，急步跑了。

薛老爹幫著木匠劈砍樹的枝幹，見楊三娘急成那樣，哼笑了一聲。「真是一點兒都沈不住氣。」

楊三娘不好意思地瞥了薛老爹一眼，然後打開伯明放下的袋子，咂嘴道：「桃都沒長熟就被搶光了，瞧，個頭都這麼小。櫻娘，妳來把桃洗一洗，不管有熟沒熟，大家都嚐個鮮吧。」

她自己拿了一個，只是在衣裳上蹭了蹭，便放在嘴裡咬了起來。「嘶……真酸。」然後進廚房端一大盆曬乾的玉米粒出來。「我去妳二嬸家磨些玉米粉，家裡剩的不多了。」

櫻娘過來把野桃倒進籃子裡，總共也就五、六斤吧，全都是青的，瞧上去都覺得酸。

她打了井水將野桃洗了洗，遞給公公和木匠幾個，再拿幾個到招娣的屋裡來。「招娣，妳也嚐一嚐吧。」

招娣放下手裡的布，接過桃子一咬。「酸是酸，但也很好吃。」

櫻娘被酸得感覺牙齒都快掉了。「妳娘家在山裡，平時上山應該能吃到不少野果子吧？」

招娣直搖頭。「吃不到幾個，因為經常鬧旱災，山上的那些樹都乾巴巴的，結不出幾個果子，而且還沒成熟就被摘光了。也曾有人留過種子，種在家門口，但可能是這些種子都是沒成熟的，根本不發芽，種也是白種。」

櫻娘本來是很喜歡吃桃的，可是這種青青的小野桃，她真的有些吃不下去。她心裡暗忖著，等掙了錢，就能買得起大桃吃了，或許還能買來桃樹苗，種在家門口，還怕沒桃吃？

兩人吃過了桃，又接著裁布，瞧著時辰不早了，櫻娘和招娣準備來廚房做午飯，只見楊三娘抱著盆子又回來了，臉上紅一片又白一片的。

「孩子他爹，你快去二弟家勸勸吧，那兩口子又鬧起來了。」楊三娘慌慌張張的。

薛老爹頭也不抬。「鬧什麼？成日不清靜的，不用管他們。」

「本來我一直在她家院子裡磨著玉米，也當沒聽見他們吵，懶得管，可是……」楊三娘欲言又止，她瞅著木匠，心想還有兩個兒媳婦也在屋裡，可不能讓他們聽見。

「可是什麼？」薛老爹終於肯抬頭了。

他見楊三娘直朝他使眼色，又十分焦急的樣子，便跟著她出了院子。

楊三娘站在院子外，四處瞧著，見沒有人來往，才敢小聲地說：「這事真是丟死人了，若是被傳出去了，咱們薛家真沒臉見人了呀。」
「到底發生什麼事？」薛老爹有些不耐煩了。
楊三娘頓了頓。「金花說你二弟和才進門兩個月的兒媳婦綠翠有染，你說她這不是瞎鬧嗎？哪有公公和兒媳婦的，她這心思怎麼長的？」
「這不是胡謅嗎？家裡有了點錢不好好去田裡幹活，在家裡胡鬧什麼？」薛老爹氣哼哼地直跳腳，轉身就要去二弟家裡。
楊三娘跑上去拉住他。「你別瞎嚷嚷，先鎮住他們，叫他們別大聲吵鬧，若是讓旁人聽去了，那還得了？」
薛老爹氣得將手裡的柴刀往自家院子一扔，和楊三娘一起到隔壁院子裡了。
只見金花像瘋子似的從堂屋往院子跑，正在張嘴大罵，被進來的楊三娘一下摀住了她的嘴。
緊接著薛家枝，也就是伯明的二叔氣沖沖地跟了出來。「妳這個臭娘兒們！妳——」
「住嘴！」薛老爹朝他二弟喝道。「快進屋去，你再大聲嚷嚷是想讓全村的人都聽見嗎？」
「這個臭娘兒們發瘋了，我得將她休回家去！」薛家枝不罵出來無法解氣。
「你還不快進屋！」薛老爹又是一聲厲喝，薛家枝不好意思不給大哥這個面子，只好轉身回屋裡。

薛老爹跟著他二弟進了堂屋，聽到裡屋傳來一陣啜泣聲，好像是綠翠在哭。

薛老爹朝外面的楊三娘道：「妳快將院門給關起來，別讓外人進來了。」

楊三娘這才鬆了手，好讓金花喘口氣。她跑過去關上院門，這時金花忽然騰的一下坐在地上，捶胸道：「老天爺呀，作孽喲……」

她這一哭嚷，嚇得楊三娘又趕緊來摀住她的嘴，急道：「哎喲，妳別大聲嚷嚷，可別讓外人聽見了！」

第五章

櫻娘和招娣一起將午飯做好了，公婆還在二叔家沒有回來。櫻娘來井邊打水洗洗手，便見伯明興沖沖跑回來了，她打趣道：「你怎麼這麼快就回來了，跑這麼急，莫非是怕我們吃飯不等你？」

伯明嘿嘿笑著。「我報上了，以後每個月就能掙二百七十文錢了。」

櫻娘從籃子裡挑了一個稍大一些的桃子遞給伯明。「活兒還沒開始幹，你就把掙多少錢都算好了，也不知開荒這活兒累不累，能不能堅持下來還不知道呢。」

伯明咬著桃子吃，嘴裡還直道：「不累不累，比挑石磚要輕省多了，只不過一日少掙一文錢而已。有好些挑石磚的人都不肯幹了，要來甄員外家幹開荒的活兒，結果這兩家鬧起來了，石磚鋪老闆和殷管家吵得可凶了，不過甄員外家勢力大，石磚鋪老闆是吵不贏的，最後他只好每日加兩文工錢，又拉了幾個人回去。」

櫻娘見伯明說得開心，就在旁邊高興地聽著。

在院子裡幹活的木匠聽了這些，有些羨慕地說：「伯明，你每日能掙九文錢，你娘子到時候每日能掙七文錢，以後你們小倆口的日子肯定過得滋潤。唉，我那臭婆娘若不是挺著八個月的肚子，我也想讓她去甄員外家做織布短工，這一胎懷得真不是時候。」

伯明一驚。「櫻娘，妳……妳上午也報……」

「有什麼好大驚小怪的，上午我和招娣去買布，就順便報了名，若不是我們倆去了鎮上，你還攬不上這活兒呢。」

櫻娘正說著，就聽到隔壁二叔的院子裡傳來一個年輕小夥子的聲音。「爹、娘，我回來了，你們瞧我買了什麼？」

說話的是二叔的大兒子梁子，他進了院子就將手裡的一斤豬肉晃了晃，以為家裡人見了會高興，沒想到卻見他娘金花在抹眼淚，他爹鐵青著臉在和大伯說話。

「怎麼了，娘，妳和爹又吵架了？」梁子見慣爹娘吵架，並沒有察覺與平時有所不同。

楊三娘直朝金花使眼色，生怕她說了出來，金花也懂得顧慮兒子的心情，憋屈地說：「你好好管管綠翠吧，要她幹點活都慢吞吞的，我只不過罵了她幾句，她就哭了起來。誰知道你爹上午跑回家，見我罵綠翠，就說我這個婆婆虐待兒媳，所以就吵了幾句。」

梁子聽了直覺好笑。「娘，妳和爹這是怎麼回事？這點事也能吵起來。綠翠不會幹活，該罵就罵，該打就打，爹，你也無須護著綠翠，哪家兒媳婦幹不好活都要受打罵，不會有人說你們刻薄的。」

他們見梁子這麼說，也不知該說什麼好了。

這時梁子又朝屋裡喊道：「綠翠，快出來做飯，都什麼時辰了，還是冷鍋冷灶的！」

綠翠趕緊低著頭從屋裡跑了出來，接過梁子手裡的豬肉進廚房做飯去了。

薛老爹見粱子這一回來，事情似乎就這麼壓下去了，便小聲對薛家枝說：「粱子已經回來了，若是不想丟臉，就不要再吵了，都閉嘴吧。」

薛老爹與楊三娘回到自家院子後，都黑著臉，一時還無法從剛才的事情緩過神來。

「娘，二叔和二嬸又是為了何事吵架？」伯明隨意問道，只覺得這次吵得應該很凶，否則爹娘的臉怎能黑成那樣？

楊三娘嘆氣道：「也沒什麼，就是你二叔不好好守著他的活兒，上午跑回了家，恰巧碰見你二嬸罵綠翠，兩人就吵了幾句。」她哪敢說其實是金花洗衣裳回家，撞見薛家枝在兒子的房裡，和綠翠拉拉扯扯，至於有沒有做那種齷齪事，或是以前有沒有發生過，誰也說不準。

伯明聽了也甚覺奇怪，就這點事須鬧得爹娘過去嗎？不過，他並不關心這事。

這時在院子裡幹活的木匠卻接話道：「你二叔這幾年有了一點錢，是越來越霸道了。他年輕時就經常帶人打群架，聽說來賣海貨的販子見了他都會繞道走，怕他搶錢。葛地主見大家都有些怕他，便請他去當監守，平時誰幹活偷懶，他打人打得可凶了。不過聽說他從來不打仲平他們三個，你們家可是從中沾了不少福。」

薛老爹連忙道：「沾什麼福，仲平他們平時幹活可都是卯足勁兒，從來不偷懶的。孩子他娘，快擺飯桌，大家先吃飯吧。伯明，去把你成親那日剩的半壺酒拿出來給你貴子叔喝喝，他這次來幫忙做家具，可是便宜了二十多文錢。」

吃過飯後，薛老爹與楊三娘去了田裡，伯明接著去砍柴，櫻娘進了招娣的屋裡，看她做衣裳，招娣好幾年沒穿過新衣裳了，那興奮的模樣簡直不可言喻。

待天色稍黑，木匠已經收工回家去了。伯明砍柴回來，又是滿身大汗，櫻娘去廚房燒水讓他洗個澡。

櫻娘想到自己自從嫁過來就沒好好洗個澡，總是用水擦擦而已，趁婆婆還沒回家，她多燒些水，自己也來洗個痛快的澡。

她在屋裡邊洗澡邊想，連洗個澡都得趁婆婆不在家，搞得像做賊一樣，想想都覺得好笑。

過沒多久，伯明在屋外催道：「櫻娘，妳快一點，別拖太晚了。」

櫻娘知道，伯明是怕婆婆這就要回家了，會嫌他們倆窮講究。果然，待櫻娘穿好衣裳，再把澡盆裡的水倒掉，婆婆就挑著柴進院子了。

楊三娘進院後就直接去廚房找水喝，根本沒注意到這些，櫻娘與伯明兩人擠眉弄眼地直偷笑。

晚飯也是櫻娘與招娣兩人一起做的，她們讓婆婆歇息著。待仲平他們三人回來後，家裡又熱鬧起來，特別是得知伯明和櫻娘、招娣都找到活兒幹了，更是一陣喧鬧。

吃過晚飯，櫻娘與伯明再和一家人說笑了一陣後，便來到了自己的屋裡。

伯明嗅了嗅鼻。「櫻娘，妳身上好像有股清香味。」

「有嗎？」櫻娘抬起胳膊聞了聞。「哪有，我怎麼聞不出來？我剛剛洗澡用了皂莢，莫非是皂莢味？」

伯明湊近聞了聞她的脖子。「不是皂莢味，是妳本身就香。」

「討厭。」櫻娘捶了一下伯明的胸膛。「你淨會哄人。」

伯明再抬胳膊聞了聞自己。「我也洗了澡，我身上就沒這種清香味，真的是妳身上會散發香味嘛。」

櫻娘將臉湊到伯明面前。「我也來聞聞你。」

因為她靠得極近，身上的淡香環繞著伯明，令他身子有些發僵，特別是瞧著櫻娘那粉潤的唇，他好想湊上去親一親。

櫻娘聞了聞後，不經意對上他那雙矇矇矓矓的眼睛，心裡咯噔一下，感覺自己被他這雙眼睛迷住了，魂也被攝住了一般，竟然情不自禁地又湊近他一些。

伯明嘴唇動了動，再瞧著櫻娘水靈靈、欲語還休的眼睛，想親她的衝動已經無法抑制了，便伸出雙手捧住她的臉頰，慢慢地貼上她的唇。

被他溫熱的唇這麼一貼，櫻娘的身子像被什麼刺激了一下，她伸出胳膊，緊緊勾住他的脖子，熱烈地回吻他。

兩人閉上眼睛，陶醉地纏吻著，雖然之前他們已吻過幾回，但都沒這次熱烈，也沒有這般沈醉。因為他們現在有了更多交流，已由最初那種一見鍾情的感覺轉變為現在這般濃濃的情意。

吻到激盪時，伯明抱起了她，來到床上。櫻娘勾著他脖子的那雙胳膊始終沒有鬆開過，她喜歡緊緊和他纏在一起的感覺。

當他們倆正在床上激烈時，院子裡響起一陣倒水聲。因為今晚他們倆上床的時辰有些早，其他人這個時辰都還在洗臉洗腳呢。

「伯明，你和櫻娘怎麼不來燒水洗臉？」楊三娘在院子裡喊道。

伯明與櫻娘正在房裡熱烈著呢，聽楊三娘這麼一喊，他們倆瞬間停住了。伯明尋思了一下，大聲應道：「今晚不洗了。」

「啊？不洗了？」楊三娘納悶問道。

接著又聽到薛老爹的聲音。「妳管他們，不洗就不洗，一日不洗又不會死人。」

櫻娘與伯明聽了忍不住偷笑。

其實招娣知道他們倆洗過澡了，下午兩人忙著燒水倒水那麼大動靜，她怎麼可能不知道？只不過她心裡也透亮，知道他們倆肯定是怕婆婆說，才會提前洗，所以她一聲不吭，假裝不知道。

楊三娘嘴裡還嘮叨著。「前兩日還窮講究要洗澡，今日連臉都不要了。」

不要臉？伯明與櫻娘羞赧地瞧著已經交疊在一起的身體，不要臉就不要臉吧，兩人繼續……

隔天櫻娘是在一陣極輕的腳步聲中醒來的，她睜眼一瞧，見伯明已經穿好了鞋，正踮著腳往前走。

櫻娘趕緊爬起來，急問道：「現在什麼時辰了？殷管家說辰時就得趕到呢。」也就是說七點要到鎮上，可是這裡沒有時鐘，她一點時間概念都沒有。

「妳別著急，天才剛亮。」伯明說話時朝她看去，見她正往赤裸的身上穿衣裳，他又趕緊回過頭來不好意思再瞧著她。

「都起來吧，飯快好了。」楊三娘在院子裡喊道。

櫻娘和伯明趕緊出去了，其他人也陸續起床。吃過早飯後，伯明與櫻娘、招娣三人一齊上路，高興地往鎮上去。

來到甄員外家的大院子時，已經有幾十個男人整齊地排在那兒。殷管家正在點名呢，伯明趕緊跑了過去。

櫻娘和招娣則去了旁邊的小屋子裡，三十位婦人也都到齊了。緊接著進來了一位穿著紫色緞子衣裳的端莊婦人，她綰著乾淨俐落的斜髮髻，化著細緻的妝容，耳朵上還戴著一對翠綠玉耳環，衣裳的領口和袖口皆繡著精緻的梅花。

一看就知道她不是本地人，打扮如此講究應該是從城裡來的，甄員外以前在京城為官，櫻娘猜測著此婦人肯定是甄員外從京城請來的。

果然，此婦人一開口便是京腔。「我姓姚，大家就叫我姚姑姑吧。妳們都給我聽好了，既然妳們想幹這份活，想掙這份錢，首先得把心思擺正了，不是隨隨便便學一學就行的，手腳笨拙的、腦子不靈光的，可別指望能蒙混過關。」

原來她是宮裡出來的姑姑呀，看來一定是從皇宮司織局出來的。坐在底下的婦人們都被姚姑姑這等雍容氣度、嚴肅神情與不容置喙的語氣給鎮住了，剛才還在交頭接耳，這會兒腰桿都撐得直挺挺的，動都不敢動一下。

就在此時，家丁們將一架架嶄新的織布機抬了進來，要知道，這些婦人們可是從未見過織布機的，因此她們是既欣喜又緊張，這麼高等的東西，她們害怕自己操作不來呀！

等織布機一擺好，姚姑姑便開始講解使用方法。因為她說話帶京腔，而且用詞也比較專業，除了櫻娘，多數人都聽不太明白。

最憂愁的是招娣，她是從山裡來的，聽永鎮的人說話她已有些吃力，更別說是姚姑姑的京腔，她好多都聽不懂。

之後姚姑姑再解說了下織布機的運作原理，還親自示範，只是這種織布機可是腳踏式的「三綻三線」紡織機，比起原始手搖式的機子，這種更大臺也更複雜，好多梭要穿來穿去，腦袋不靈光的怕是一時半刻弄不明白的。

櫻娘仔細瞅了瞅，就明白了這種機子的構造和原理，好歹她是從現代穿過來的，這點原理還是懂的，何況她聽姚姑姑的京腔太順耳了，與現代中文差不多，可其他婦人們則亂成一團，急得滿頭是汗。

招娣慌得都快哭了，坐在鄰座的櫻娘見狀便湊過身來教招娣，卻被姚姑姑一聲喝住了。「妳很有能耐是嗎？今日妳若是教她，那以後她的活兒都由妳幹好了！」

櫻娘嚇得身子一縮，只好回自己的位子上。

這一上午只是學怎麼將棉線裝在織布機上，但光這些，招娣和另兩位婦人都沒能弄好。其實招娣手挺巧的，只是腦子不夠靈光，她將棉線全穿亂了。

到了午時，開飯前，姚姑姑將招娣和那兩位婦人叫了出來。「妳們三人回家吧，以後不用來了！」

這是緊張又害怕地忙了一上午，連一頓飯都不給吃就趕人回家呀。招娣頓時淚眼婆娑，昨日還因找到工作高興得活蹦亂跳，這下被趕了回去，多丟臉啊。

櫻娘本想去安慰安慰她，又被姚姑姑喝住。「吃飯！現在不吃，等會兒就別吃了！」

櫻娘早就餓了，怎麼能不吃飯呢？只能看著招娣與那兩位婦人低著頭一起出去了。

招娣走在回家的路上，淚水嘩啦啦地沒停過。當她回到家時，公婆和木匠三人正坐在飯桌前吃午飯。

他們見招娣眼睛都哭腫了，就知道肯定是被打發回來了。瞧她那可憐的模樣，薛老爹嘆了嘆氣道：「快來吃飯吧，那織布的活兒哪是那麼好幹的，下午妳就跟著我們去田裡幹活吧。」

招娣再瞧向婆婆，害怕婆婆因此嫌棄她。

楊三娘見招娣眼巴巴地望著自己，也明白她的意思。「叫妳吃飯，妳就趕緊來吃吧，磨磨蹭蹭的幹什麼？唉，這一日七文的工錢是指望不上妳去掙了。」

招娣畏首畏尾地去拿玉米餅，再到桌前挾了點菜，就趕緊去院子裡吃。吃著吃著，眼淚又滾出來了，她怪自己怎地就這麼笨，大嫂弄得那麼好，她卻怎麼也學不會。一共也只有三個人被趕回家，其他二十七個人可都好好的留在那兒，為何她就不能留下呢？

不知仲平晚上回來得知這件事後會怎麼看她，他會不會更加嫌棄她？他昨夜可是又沒碰她的……她越想越傷心，淚水都流到玉米餅上了。

此時櫻娘也在吃飯，她邊吃邊感嘆甄員外真是個小氣鬼，也不知這飯菜是誰指定的，只有一大盆窩窩頭、一大盆白菜以及一盤鹹菜。

若是下人們自作主張這麼做，她倒覺得沒什麼，可能是有人中飽私囊。可若是甄員外命人這麼做，她簡直太瞧不起他了，他好歹也當過京官，怎麼把大家當豬養呢！

不過櫻娘也確實餓了，她吃了兩個窩窩頭，就著鹹菜再喝了一碗白菜湯。因為葉子都被搶光，等她來盛菜時只剩下湯湯水水了。

這時有兩位婦人搶了起來。「喲，妳都吃三個窩窩頭了，我才吃兩個，這個給我。」

「誰先拿到就誰先吃，誰叫妳吃得慢！」

眼見這兩位婦人就要吵起來時，姚姑姑正好回來了。她們見姚姑姑來了哪還敢搶，盆裡那最後一個窩窩頭就剩了下來，誰也不敢再拿起來吃。

飯後休息了一陣子，下午就從最簡單的織布方法開始學起。聽姚姑姑說，這織布方法可是有十幾種呢，最後她們要學會最繁複的一種，得織出雞花紋、馬尾紋或是各種雲圖紋和花朵圖。光聽姚姑姑這麼說著，大家都覺得頭大了，幸好是在半個月內學會就行，否則就連櫻娘這種腦袋算活絡的恐怕也是辦不到。

下午又有一位婦人被姚姑姑趕回家，鬧得個個緊張兮兮的，生怕自己一個不小心就被打發回去。

櫻娘是學得最快的一個，也是織得最好的一個，她已是高枕無憂。而姚姑姑見她學得快，對她的態度似乎比對其他人都要好許多。

傍晚時分，櫻娘踩著輕快的步伐準備回家，恰巧遇見伯明從鎮北的一條山路下來。兩人相伴著回家，一路說說笑笑，各自將這一日的事都說給對方聽。

「伯明，以後不管是誰先到路口，都在那兒等著，我們每日都一起回家好不好？」櫻娘覺得這種夫妻雙雙把家還的感覺還真是不錯。

伯明微笑著點頭。「嗯，我們倆早上一起來，晚上再一起回去。幹一整日的活都見不著妳，還挺……想妳的。」說到後一句伯明的音量有點小，其實他無時無刻都想著她。

「我也是。」櫻娘笑盈盈地瞧著他。

這般互相表白令伯明有些不好意思，他連忙轉移話題。「妳忙了一日，累不累？」

「不累，幹這個活不太費體力，就是手腳忙了些，但比你去開荒要輕省多了。」

「我也不累，就和在自家幹農活一樣。咦？招娣呢？」伯明這才想起，早上可是和招娣一起來的。

櫻娘就把招娣的事跟伯明說了，伯明聽了為招娣感到可惜，接著又直誇櫻娘能幹。畢竟自己的娘子能幹，當相公的都會高興，伯明則更甚。

兩人開開心心地回到家，可顧慮到招娣，他們倆趕緊斂起笑容。

招娣見櫻娘回來了，更是自慚形穢。她低著頭醃鹹菜，將曬乾的榨菜往罈子裡塞，再一層一層地加鹽，根本不好意思抬頭瞧櫻娘和伯明。

櫻娘也知道招娣心裡難受，蹲下來和她說說話。「招娣，其實織布這個活兒也不是什麼好活，每日要受姚姑姑的管教，幹活時總得提心弔膽的，生怕弄錯了招罵，哪有在家裡幹農活好。」

招娣知道櫻娘是在安慰她，便抬頭朝櫻娘勉強地笑了笑，只是那擠出來的笑容真的很不好看。

這會兒仲平他們三人也回來了。招娣見了仲平就一臉緊張，她放下手裡的榨菜，雙手在身上抹了抹，然後磨磨蹭蹭地走到仲平的面前。

「妳這是怎麼了？」仲平見她這模樣像是犯了大錯一般。

「我……我把織布這活兒搞丟了，姚姑姑她嫌我……嫌我笨，在吃午飯之前就把我趕回來了。」招娣覺得自己做錯了事，所以想著先認錯較好。

仲平聽了先是一怔，半晌他才反應過來。「哦，丟了就丟了吧，以前家裡沒人去掙這份錢，不也過得好好的。」

招娣聽仲平說得輕鬆，並沒有怪她的意思，她心裡才好受些，再蹲了下來繼續醃榨菜。

櫻娘見招娣情緒終於放鬆了些，也就放心了，她走到廚房舀水喝。

楊三娘正在炒菜，見櫻娘回來了，她笑呵呵地問道：「櫻娘，聽招娣說妳手巧，腦子也靈活，織布活幹得極好，半個月後妳肯定能留得下來。」

「嗯，應該行，只是工錢有點少，一日才七文錢。」櫻娘喝了幾口水，放下瓢，來到灶下燒火。

「七文錢已經不少了，大男人開荒拚死拚活才九文錢呢。伯明，你進來一下，我問問你，你中午吃了什麼，吃得飽嗎？」

伯明走了進來，也是先喝半瓢水。「吃窩窩頭、鹹菜，還有大白菜。」

楊三娘聽了蹙眉。「怎麼就沒個好菜，分量夠嗎？」

「分量夠，我有吃飽。櫻娘說她也是吃這種飯菜，而且吃別人家的哪能挑剔，又不像自家可以炒好幾道菜。」

楊三娘從鍋裡盛出一盤四季豆炒青椒，再來到牆角的一個小罐子裡掏出兩個雞蛋。「我給你們倆一人煎一個荷包蛋吃。」

伯明見了覺得不太好，平時家裡都捨不得吃雞蛋，哪能他和櫻娘獨食呢？「娘，要不就多煮幾個吧，仲平他們在葛地主家吃得也不好，要吃大家一起吃。」

這時老三叔昌跑了進來，嘻笑道：「娘真偏心，還打算偷偷煮雞蛋給大哥大嫂吃呢。」

楊三娘伸手敲了下叔昌的腦袋。「胡說什麼，娘哪是偏心，總共才剩六個雞蛋，家裡現在有八口人，一人連一個都吃不上，怎麼煮？」哪怕現在有八個雞蛋，她也捨不得全煮了。

叔昌抱著腦袋直喊疼。「偏心就偏心吧，大哥你等會兒吃荷包蛋時，給我嚐一口就行。」

「去去去，快出去，別搗亂。」楊三娘直轟他。

伯明尋思了一下。「娘，還是把這兩個煮成蛋花湯吧，這樣每個人都能吃上幾口。」

「對呀，我怎麼給忘了，那就煮蛋花湯。」楊三娘將雞蛋小心翼翼地磕在碗裡，蛋殼上留了一些汁液，她硬是擺弄了好久，確保不再剩一點一滴才將蛋殼給扔了。

伯明忽而想起岳母養雞的事，便道：「要不我們家也去買幾隻小雞來養吧！家裡為我辦成親酒席，把幾隻雞都殺了，若是不養雞，以後就沒雞蛋吃了。」

楊三娘嘆了一口氣。「家裡那點錢要給木匠，你們倆的工錢得一個月後才能領，待那時小雞都長大了，就怕不好買。」

櫻娘在灶下問道：「能賒嗎？反正一個月後就有錢還了。」

楊三娘有些動心了。「要不等吃完飯我去問問你三嬸吧，別人家的可賒不來。」

伯明聽了歡喜道：「我現在就去做雞籠，家裡正好有散木頭。」他跑去院子，仲平見了也幫著一起做。

這頓晚飯因為有蛋花湯，還炒了三盤菜，所有人都吃得很開胃，幸好楊三娘知道大家幹了一日活肯定都累了，做了好些玉米餅，每個人都吃得飽飽的才放下碗。

楊三娘在收碗時還說道：「明晚我給你們做白麵餑餑，家裡好久沒吃了。」

薛老爹在旁應道：「早就該做了，家裡來了櫻娘和招娣，麵粉還沒見妳動過一次。」

楊三娘紅了臉。「不是我故意不做，是家裡就剩一袋麵粉，還不是想留著過節或客人來時吃。」

收拾完畢，楊三娘去三嬸家買雞，伯明和仲平在院子裡繼續做雞籠，薛老爹抽著煙斗，叔昌和季旺在屋裡下圍棋，櫻娘和招娣在廚房裡燒著一家子需要的洗臉水。

待楊三娘買了八隻小雞回來後，各自也都洗完臉回房了。

櫻娘與伯明之前接連四夜都纏在一起，這一夜他們只是摟著睡覺，因為幹一整日的活確實累了。

沒想到，今夜仲平這邊的房裡卻有了動靜——

招娣一開始還坐在油燈下做衣裳，只是燈油太少，慢慢的都快燒乾了，燈芯上只是閃著一絲幽幽的光。

仲平已經上了床，他見油燈已經昏暗得看不清東西了，就朝招娣說：「燈都不亮了，別做了，把眼睛熬壞了可不值得。」

招娣揉了揉眼睛，確實感覺眼睛看得疼。這麼晚了她也不好再去廚房倒燈油，只好放下手裡做了一半的新衣裳。

她來到床邊脫衣褲，仲平面朝裡，不看她。當招娣爬上床，睡到床裡邊去時，仲平又翻了個身，將面朝外。

招娣瞧著他的背，睡得很不踏實，便壯著膽子問：「你真的……不嫌棄我嗎？」

前兩夜睡覺，兩人一句話都不說，就這麼僵著身子直挺挺地躺著，挺久了累了，然後就睡著了，所以仲平沒想到招娣會突然開口問他，他一時不知該怎麼回答。其實他不是嫌棄她，而是覺得面對面睡會很尷尬。

招娣見仲平良久不回話，以為他就是嫌棄她，她哽咽地說：「那日……你不該留我的，我長得醜，腦子又笨，到手的活兒都給弄丟了。你本來可以找個比我強上許多的女人，只不過爹娘去晚了而已。若是現在你後悔了也還來得及，反正我們又沒有同……」

「沒有嫌棄妳，妳不要胡思亂想。」仲平終於開口了。

「真的嗎？」招娣不太相信，若是他不嫌棄，怎麼會一直不理她？

「真的。雖然妳不算好看，但也沒妳說的那麼醜。若說腦子笨不笨的話，其實我也很笨，只會幹粗活，鄉下人不就圖個能幹活的嗎？」仲平仍然背著她說話。

招娣聽仲平這一番話，心中感動萬分，原來仲平並沒有嫌棄她，只是也沒有像大哥那般喜歡大嫂。但是，她也盼望著和仲平甜甜蜜蜜地相處，就像大哥大嫂那樣，有說有笑，還眉目傳情，別提她看了有多羨慕了。

在她眼裡，仲平長得健壯，可比大哥和兩位弟弟都強，就是有些不苟言笑，讓人摸不透他的想法。

「時辰還早，我們說說話吧。」招娣這句話說得像蚊子叫一樣，聲量極小。

仲平終於翻過身來，只是屋裡一片黑，他也瞧不清招娣的臉。既然招娣想與他說說話，那就說吧，可他不知道該說什麼，思忖了好一會兒才道：「過幾日新桌椅做好了，妳以後就可以坐在桌前做針線活了，不必將油燈放在窗臺上。」

「嗯，有沒有新桌椅都無妨的。」

「還有，到時候有了新床，我們就不須睡得這麼擠了。」仲平又道。

「擠也無妨。不是，我是說……我不怕擠的，也不是……」招娣不知道該怎麼解釋了。

本來仲平沒往那方面想，被她這麼一解釋，便有些心癢了，他忽而問道：「妳今晚有吃飽了嗎？」

招娣不知道仲平為什麼突然問起這個，她老實地回答。「吃飽了，好久沒吃得這麼飽了。」

「那妳現在有、有力氣嗎？」仲平說得有些結巴了，氣息也越來越紊亂。

招娣十分納悶，根本沒明白仲平問這話的意思，仍然老老實實地回道：「應該有力氣的。我雖然個子小，但是力氣不小，平時能挑能扛的，還——」

她話還未說完，仲平突然一下壓到她身上，嚇得她一聲驚叫，隨後趕緊摀住嘴。

而那邊房裡的櫻娘想小解，因為她不喜歡將夜壺放在屋裡，嫌味兒重。但最主要的原因，其實是她覺得當著伯明的面小解有些不好意思，所以即使在夜裡，她仍是出院子去上茅房。

伯明坐了起來，問道：「要不要我陪妳去，外面黑漆漆的，妳怕不怕？」

「不怕，雖然月亮被雲給遮住了，但是有星星照著也能摸著路，你就別起來了。」

而櫻娘剛剛走到院子裡，就聽到「咚」的一聲巨響，嚇得她尖叫一聲，魂都沒了。待她緩過神來時，才察覺這聲響好像是從招娣屋裡發出來的。

緊接著她聽見薛老爹喊了一句。「你屋裡怎麼了，老二？」

「爹，沒……沒什麼，床塌了，我這就給支起來。」仲平壓抑著聲音道。

這時伯明也披著上衣跑了出來。「櫻娘，怎麼了？」他還以為她見到什麼嚇人的東西了。

櫻娘窘道：「沒事沒事，好像是二弟屋裡的床塌了。」

這時仲平的屋裡亮起了幽幽的光，仲平來到院子裡找散木頭去支床。因為他們那張床實在太破了，稍一折騰，便「咚」的一聲塌了。
伯明怕仲平尷尬，趕緊牽著櫻娘去上茅房了，出了院子後，他們倆捣著嘴一陣偷笑。
「二弟和招娣在幹什麼呀？連床都給弄塌了。」
「看來我讓爹娘替他們做新床是對的，那張床實在沒法睡。」
此時屋裡的招娣慌忙地穿上衣裳，覺得這臉真是丟大了。因為他們和公婆的屋是連在一起的，這時她還聽見婆婆說：「嗯，我養的兒子都不傻，還知道要女人。」
半個月後，招娣和仲平換了新床，招娣也穿上了新衣裳。可能是大家對她熟悉了，對她臉上那塊胎記也已經看順眼了。
而織布坊只剩二十個人了，姚姑姑是個挑剔之人，絕對不肯湊合，所以，這剩下的二十個人都很不錯，可說是聰慧又手巧。當然，也有些人過於精明，心眼不少，鬧得大家有些不和睦。
櫻娘格外受姚姑姑器重，因為她手藝好，領悟力也高，偏偏還不驕不躁，也不和那些婦人們爭長論短。姚姑姑認為她沈得住氣，不像有些人，自認活兒做得好，便洋洋得意起來。
每日吃過午飯，有不到半個時辰的歇息時間，姚姑姑在這個空檔還經常找櫻娘話家常。櫻娘與她說話時用的是京腔，這讓姚姑姑聽了很是舒暢。因為她很不喜歡永鎮的方言，不僅僅是因為聽不太懂，她也認為這裡的方言太粗俗。

櫻娘很懂得姚姑姑這點心思，所以與其他婦人們說話時，她也儘量避免一些粗俗之詞，免得姚姑姑聽了反感，畢竟從京城來的貴人自然是瞧不慣這些鄉下農婦的。

這一日，天色一直陰沈沈的，到了下午就下起了傾盆大雨，還春雷滾滾，讓女短工們收工之後都不知該怎麼回家了。

就在這時，殷管家舉著把傘過來傳達甄員外的意思，說大家忙了半個月，明日就歇息一日，以後每半個月都會有一日假。

女短工們聽到這個好消息皆興奮不已，就這麼抱著頭衝進雨裡回家去。

櫻娘雙手遮眼簾，也準備往雨裡衝，卻被姚姑姑給叫住，她很快找來一把油紙傘遞給櫻娘。「快拿著，若是淋壞了，到時候哪有一副好身子來做工？」

櫻娘滿懷感激道：「謝謝姑姑。」

櫻娘來到和伯明每日會合的路口，見他正在一棵大樹下等著，她連忙跑了過去，把伯明拉進雨傘裡，然後遠離大樹。

「天上一直雷電交加的，你怎麼還躲在大樹底下？樹幹會導電的，你站在這兒多危險啊！」櫻娘掃了周邊一眼，見附近只有這棵大樹長得最高，她想想都有些害怕。

伯明似乎還沒意識到危險，他接過櫻娘手裡的傘，舉高一些，還將傘偏向她，自己的肩膀仍然在雨裡。「不是只說不能站在山頭上，大樹下也不能站？」

「當然不能了，難道你沒見過大樹被雷劈折了枝的景象嗎？」其實櫻娘也沒見過，只是在書上看過。

伯明這才恍然大悟。「去年二姑家的牛繫在大樹底下突然死了，大家說是被折斷的粗樹枝給砸死的，聽妳這麼說，真有可能是被雷電劈死的。」

櫻娘嚴肅地道：「以後若是打雷，你可千萬不要站在這棵大樹下了，去織布坊門口等我就行。別人瞧見也沒關係的，人家要笑話就隨他們去吧。」

「好。」伯明伸手攬著櫻娘的肩頭，兩人踩著滿是泥濘的路回家了。

兩人雖然撐了傘，身上還是濕了不少，鞋子更早已濕透，腳底還沾著一層厚厚的泥，一到家，雙雙趕緊換衣換鞋。

招娣已經將傘和木屐找了出來，準備給仲平他們三人送去，可還沒出院子，就見他們抱著頭跑了進來。

招娣高興地迎了上去。「仲平，你回來了。瞧，你身上全濕透了，還淨是泥，趕緊換下來，我給你洗洗。」

叔昌和季旺也去換下了滿身髒泥的衣裳，因為櫻娘正搓洗著自己與伯明的，就起身準備將他們兩人的也收過來一起洗，只見招娣跑過來一下全摟走了。

「大嫂，還是我來洗吧，妳也辛苦一整日了，我下午一直在家沒幹多少活，可不能就這麼閒著。」

自從仲平要了招娣的身子，招娣似乎變得有自信了，不再整日苦著臉，幹活也格外積極。

櫻娘將這些瞧在眼裡，如今她從鎮上回來幾乎都不用幹活了，全被招娣搶著做完了。

櫻娘一方面覺得輕鬆不少，另一方面又覺得自己一回家像甩手掌櫃似的清閒會不會不太好？雖然都是一家人，也許大家不會計較那麼多，可是她真的怕他們會把她看成那種自以為能掙錢就了不起的人。

這時楊三娘端來了熱水。「櫻娘、伯明，你們一起泡個腳吧。」

櫻娘見婆婆仍對她這麼好，並沒有嫌她回家了不幹活，也就放心了，不去多想。

第二日一早，雨勢絲毫未減弱。

櫻娘因為有了一日假便想睡個懶覺，她見伯明也沒起床，趕緊撓了撓他。「你們今日也放假？」

伯明翻過身來，親了親她的臉。「殷管家說了，若是今日還下雨，大家就不用去了，這樣也沒法開荒的。不過，少做一日工，就得少發一日錢。」

「那當然，在家歇著肯定不會發工錢了，又不是……」櫻娘差點說出帶薪休假，她窩在伯明的懷裡蹭著撒嬌。「睡懶覺的感覺真好。」

兩人摟抱著卿卿我我，又是一番纏吻。櫻娘情不自禁伸舌探進伯明的口中，害得伯明好奇又熱情，含著她的舌許久不放。

之後旖旎之事自然是免不了，好在外面的雨聲夠大，將櫻娘的嬌吟聲與伯明的酣嘆聲全都淹沒，身體激烈觸碰之聲與雨聲混合在一起，如同多重律奏。

浪潮退去之後，伯明吻上櫻娘的眼睫毛，愛撫著說：「累不累？」

櫻娘閉目養神，憨笑道：「嗯，挺累的。」接著又窩在伯明的懷裡。

「今日妳陪我一起上山去看我的師父和師兄弟們，好不好？」伯明撫了撫她額頭上微濕的髮。

櫻娘微微睜著眼睛。「啊？我跟著去……會不會不太好？那裡全是和尚。」

伯明又親了親她的唇。「去吧去吧，我還俗下山時，師兄弟們都纏著我，說等我成了親，要帶娘子去給他們瞧一瞧。」

「被一群和尚圍觀，會不會很不自在？」櫻娘還是有些為難。

「不會，他們都恪守禮數，只會稍稍瞧妳幾眼而已，我猜師父肯定也想知道我娶了什麼樣的娘子。等會兒我還要去菜園裡挖馬鈴薯，送去給他們吃。」

「那好吧，我記得你說你師父最愛吃燉馬鈴薯，多帶點兒去。」說完兩人趕緊起床。

吃過早飯後，伯明穿著蓑衣，挑著一擔籮，櫻娘則舉著油紙傘，兩人相伴著出門了。

雨還在下，一路泥濘。

幸好兩人都是穿著木屐，否則滿地泥濘，實在難走。他們先去菜園裡挖馬鈴薯，上頭全裹著泥，正好先放在雨裡沖洗。

伯明將馬鈴薯的藤枝放在一邊。「等我們回來時再來這兒一趟，將這些藤收回去餵豬。」

櫻娘見這些馬鈴薯長得挺大，上面的薄皮用手輕輕一搓便掉，鮮嫩得很，想了想問道：「伯明，你吃過馬鈴薯餅嗎？」

伯明搖頭。「馬鈴薯也能做餅？」

「嗯，等我們回來收藤枝時，再挖些回家，我做馬鈴薯餅給你吃，就是先蒸爛，磨成泥，再做成餅。」櫻娘自己這麼一說，已經有些嘴饞了。

伯明聽著都覺得好吃。「要不中午做些給師父和師兄弟們吃？」

櫻娘笑著應道：「好啊，就不知我做得好不好吃，他們不要嫌棄就行。」

「哪會呢，他們肯定喜歡。」

寺廟座落在北面的山頭上，山頭較高，因此村民們平時都只去南山砍柴，嫌北山路太陡，挑柴不好下山。

幸好今日沒再打雷，兩人抓著路邊的小荊條，還不算難爬。待他們登上山頂的佛雲廟時，已接近午時了。

佛雲廟雖小，廟裡和尚加上師父才十二個人，但在這一帶還算有名氣，因為周邊相鄰十幾個鎮，也就這麼一座廟。平時每日都有幾個人來上香求籤，也有人為積功德會投個一、兩文錢，就連今日下雨，都有三、五個人來。

伯明領著櫻娘從側門進去，當兩人跨進門的那一刻，一群和尚圍了過來。但他們只是和伯明打招呼，不敢和櫻娘說話，哪怕他們想瞧櫻娘一眼，也只是用眼角餘光。

還是伯明的大師兄舉止較大方，他一來便雙手合十，對著櫻娘說：「女施主請進屋喝口茶，今日雨大，怕是受了不少寒氣。」

櫻娘聽到女施主三個字就莫名想笑，不過她還是忍住了。她隨著伯明進去喝了幾口茶，然後坐在一邊，不敢隨意走動。伯明則與大師兄說些家裡的事，反正就是一切皆順利，大師兄聽了隱約有些羨慕，可能是在廟裡待久了他也覺得無趣吧，但櫻娘見他頭上都有戒疤了，看樣子注定是要當一輩子和尚了。

伯明與大師兄聊了一會兒，就帶櫻娘去見他的師父。他的師父法號空玄，是廟裡的住持，他似乎識得通靈，才聽到伯明的腳步聲，他就知道是誰了。

「伯明來了？」一道蒼勁沈鬱的嗓音從屋裡傳來。

櫻娘先在門口等著，伯明則輕步走了進去，跪在一個蒲團上，雙手合十，向他師父行跪拜禮。「師父，弟子不肖，現在才來看您。」

空玄剛才一直閉著目，此時他慢慢睜開了眼睛，和藹地瞧著伯明，觀察他的面相與氣色，點頭道：「嗯，看來你精氣神皆足，就是氣血偏旺了些。你成親還未一個月，氣血旺些也正常。」

他再伸手捏了捏伯明的脈搏，臉上又漾起些許憂慮之色。

伯明因雙目微垂，並未直視空玄，所以沒看見師父的神情。

他愧疚地道：「師父，弟子無狀，破了葷戒與……」色戒二字他難以啟齒，臉色已赤紅。

「你如今已不是佛門弟子，就得有凡俗之慾，自當不必再守戒。入哪門就得行哪門之事，凡夫俗子若是不吃肉，還壓抑著七情六慾，那與佛門子弟又有何區別？你放心過你的日子，只要不做虧心事，問心無愧即可。見你過得好，心情愉悅，萬事不憂心，為師自然也跟著開心。」

伯明微微笑著，再拜了拜。「謝師父開導。」

空玄眉眼稍彎。「你將娘子也帶來了？」

伯明略含羞澀，點了點頭，然後朝外叫了櫻娘一聲。

櫻娘低著頭進來了，說實話，她還有些緊張呢，平時伯明將他師父誇得神乎其神，害得她忐忑不安。他師父不會看出她是穿越來的吧？雖然這種可能性極小，她還是有些擔心，所謂智者，總有出人意料的地方嘛。

櫻娘與伯明並肩跪在蒲團之上，低眉垂首。

「請問女施主可否抬起頭來，讓老衲瞧瞧，看你們倆是否般配？」空玄語氣柔和又慈祥，櫻娘便大大方方地抬起頭來。

空玄和顏悅色。「嗯，甚是般配，伯明有幸娶妳為妻，此生必有福澤。伯明，當初為師說你還俗後能娶一位貌美又能幹的娘子並非是打誑語，你娘子聰慧且心淨，你當好好珍惜。」

伯明瞅著櫻娘笑了笑，然後對他師父恭謹道：「弟子定謹記在心。」

其實，櫻娘聽空玄這麼評價她，有些不好意思，覺得受之有愧。

伯明又道：「師父，我從家裡挖來了好些新鮮的馬鈴薯，弟子這就去做給你吃，好不好？」

空玄微笑道：「好好好，為師今日有口福了。」

伯明高高興興與櫻娘一起來到灶屋，聽師父對櫻娘這般肯定，伯明心裡十分歡喜，舉手投足之間都洋溢著幸福。

伯明對灶屋再熟悉不過了，平時師兄弟們都是輪流做飯的，他以前每隔三日就要和一位師弟一起做飯，今日本來輪到兩位年約十歲左右的小和尚，伯明讓他們倆在旁邊玩耍，由他和櫻娘來做飯。

「六師兄，你好似長結實了一些，肯定是破了葷戒吃了肉，肉好不好吃？」一位小和尚吞了吞口水問道。

伯明回味了一下。「還行吧，只是因為吃得少就覺得好吃，若是吃多了，應該也和吃青菜一樣。」

櫻娘在旁笑道：「小師父，你放心，這馬鈴薯餅做出來和肉一樣好吃。」

小和尚有了興趣。「哦？肉的味道和馬鈴薯餅一樣，那妳能不能多做一點？」

「好，做一盆！」櫻娘倒出一大盆馬鈴薯，兩位小師父也過來幫著搓掉皮。

這會兒小和尚腦袋裡又冒出新問題了。「六師兄，你娶了娘子，是不是破色戒了，晚上要和娘子睡一張床？」

伯明身子一僵，摸了一下他的光頭，窘笑道：「小孩子可不許問這些，作為佛門弟子也不要過問凡塵之事。」

小和尚舌頭一伸。「神秘兮兮的，不就是同床共枕？都說百年修得同船渡，千年才修得共枕眠，這沒意思，我只要修得哪一日能見著親生爹娘就行。」

伯明沒再說什麼，因為這位小師弟是師父在外撿來的，他極有可能是被爹娘遺棄在路邊的，可他仍然一心嚮往著能回到他的爹娘身邊。

幾人換個話題，繼續東扯西聊，很快地，午飯做好了。

這頓午飯伯明和櫻娘做足了分量，一盆青菜，一盆燉馬鈴薯，這是伯明的拿手菜，另外再加上櫻娘做的馬鈴薯餅，滿滿的三盆擺在桌上，和尚們瞧著就歡喜。

只是當大家坐在飯桌前時，吃相都十分斯文，哪怕再喜歡吃也不敢造次，佛門講究的是無慾無念，吃對他們來說只是果腹，若是貪吃，那就是犯了忌。

空玄並沒有與弟子們同桌，他是單獨吃飯的，因此伯明端著托盤將飯菜送過去。

空玄吃得很是舒服，但他吃得並不多，對食物的味道也不做任何評價，不貪不念。

放下碗筷後，空玄若有所思地說：「伯明，當年你生了一場大病，在這十年裡基本上已經痊癒。但是，為師希望你能每隔幾個月就來一趟廟裡，好讓為師為你診察脈象，以防舊病反覆。」

伯明點頭道：「是，師父，只要弟子得了空，定當來看望師父。只因最近幹了一份短工活，得日出而作，日落而歸，怕以後得逢氣候不便之日才能上山了。」

「無礙，只要記得來就成，你靠勞力養活自己，也算是一份功德。只是……人的一生太漫長，不可能事事皆順利，將來你若是遇到挫折，要沈著冷靜。所謂禍福相依，凡事看透就好。」

伯明深深點頭。「弟子一定謹記在心。」

下午，伯明再與師兄弟們敘敘舊，眼見天色不早了，就和櫻娘一起下山。他們順便來到菜園挖些馬鈴薯回家，再收回藤枝。

此時雨已經停了，夕陽照著這片菜園，顯得格外清爽，綠意盎然。

當他們回到家時，楊三娘正忙著做晚飯，櫻娘便趕緊洗一些馬鈴薯，準備來做餅。

這頓飯一家人都吃得很開心，因為有馬鈴薯餅吃啊！就連家裡的豬也吃得很歡快，因為伯明剛才已將馬鈴薯的藤枝剁了全倒進豬槽裡；而家裡新賒來的小雞也吃得飽飽的，因為櫻娘偷偷撒了一些高粱米給牠們吃。

第六章

接下來他們每日相伴著出門，再相伴著回家。到了滿月這一日，伯明領了二十九日的工錢，櫻娘領了十四日，他們高高興興地從鎮上買回了一斤豬肉。

楊三娘接過伯明與櫻娘的工錢，放在桌上撥來撥去，來回數了好幾遍。

薛老爹在旁哼笑道：「這些銅板看樣子已經被妳摸光亮了，妳都數多少遍了？」

楊三娘眉開眼笑道：「這可足足有三百五十多文錢呢，若不是買了一斤肉，還下雨歇了工，否則有三百七十多文錢！一個月就掙了這麼多，能不多數數好過過手癮嗎？」

「妳放心，以後每個月都有錢數，有妳樂的時候。」薛老爹說著就尋思起一件事來。「孩子他娘，雖然我們沒有分家，大家混在一起過，但也不能讓孩子們身上一文錢都沒有，這錢可還是他們掙來的。他們在鎮上要是想買個什麼，沒有錢多不方便，而且身上有點錢，需要時總能應個急。」

楊三娘摸錢的手停滯了一下。「說得也是，那就給櫻娘和伯明一人十文錢吧，幹活累了可以買肉包子吃。」

楊三娘將伯明與櫻娘叫過來後，把被她摸得熱呼呼的錢交到他們手裡。「這錢是你們掙來的，爹娘也想說給你們一些零花錢，你們已成家了，身上一文錢都沒有確實不像話。」

伯明與櫻娘開心地接過了錢，雖然十文錢少了點，但有總比沒有好。

這時伯明再瞧了瞧院子裡的仲平和招娣，還有眼巴巴望向他們的老三和老四，便覺得就他與櫻娘兩個人有零花錢不太妥當。「娘，雖然這錢是我和櫻娘掙來的，但是弟弟們也都沒有少幹活，他們是往家裡掙糧食，也該給他們一些才好。」

楊三娘雖然極為不捨，但他們都是自己的孩子，手心手背都是肉，確實不好厚此薄彼。「好吧，每人都發十文。記住了，你們可得省著花，這些錢得來不易啊。」

楊三娘發錢時，大家都樂呵呵地伸手接著，要知道他們幾個身上好久沒揣過錢了。其實根本無須楊三娘囑咐，他們哪捨得亂花錢。

招娣也得了十文錢，她覺得自己得這份錢受之有愧，但也不捨得推卻，便不好意思地對櫻娘說：「大嫂，我這是託妳的福了，等會兒我為妳和大哥縫兩個好看的荷包吧。」

櫻娘正愁沒有這個呢！「好，不急，慢慢縫。」

招娣又笑咪咪地對仲平說：「等會兒我也替你縫一個，你也沒有裝錢的袋子。」

這邊叔昌和季旺也吵著要荷包，招娣就答應也為他們倆做。楊三娘從屋裡找出一件她的破衣裳。「妳就從這上面剪布下來做，舊是舊了點，妳在上面縫幾朵花，也能湊合著看。」

招娣接過破衣裳，歡喜地到屋裡忙去了。

今日這頓晚飯與平時不同，除了幾盤新鮮蔬菜外，還有一道十分豐盛的菜，那就是馬鈴薯燉肉，楊三娘還特意蒸了白麵餑餑。

薛老爹似乎格外疼伯明，給他挾了好些肉。「多吃點，每日幹勞力，再不吃點葷的，怕體力跟不上。」

伯明現在吃肉一點兒都不怕了。「爹，我最近飯量都變大了，以前吃兩個窩窩頭就飽了，現在每頓都得吃三個才行。幸好甄員外家準備的分量足，大家都能填飽肚子。」

薛老爹又遞給他一個餑餑。「那是因為你幹活太累，體力消耗太多的緣故。」

伯明哪裡還吃得下這麼一個大餑餑，他把餑餑掰開兩半，一半給了櫻娘。

仲平他們三個蹲在院子裡吃飯，聽見爹在屋裡對大哥說那些心疼的話都笑而不語。別人家都說爹偏心大哥，看來此話不假。要說幹活，他們三人也都在幹，並沒有人閒著。不過他們早已見慣了，也都無所謂。

櫻娘見一家子和樂融融地吃飯，胃口十分好，這頓也多吃了半個餑餑。

本來這頓好飯好菜，大家都該多吃些才對，可是招娣卻吃得比平時還少，只見她吃得如同嚼蠟一般，一點胃口都沒有。

這就奇了，她今年可是頭一回吃肉啊。這一個多月來，她已經養得稍稍長了些肉，沒以前那麼瘦弱了。而且平時吃飯，她飯量還挺大的，這頓吃肉，她本來是饞得不行，可是吃下去又覺得渾身不舒服。

就在仲平看著她吃飯那難受的模樣，正覺奇怪時，便見她把肉都給嘔了出來。

仲平擔心地問道：「招娣，妳這是怎麼了，肚子不好受？」

招娣甚是可惜地瞧著地上的肉，愧疚道：「可能是昨日洗澡著了涼，今日一直沒精神，身子乏得很。沒事的，過兩日就好了。」

「喔。」仲平繼續吃飯，也沒當回事。平時家裡人有個頭疼腦熱的，只要不嚴重都沒怎麼在意，更沒有誰瞧郎中吃藥。

接下來幾日，招娣胃口越來越差，不僅吃不下，還頭暈得厲害，整個人有些恍惚。仲平怕她生病拖久了對身子不好，想到他們加起來有二十文錢，就去找村裡的赤腳郎中來給招娣把把脈。這一把脈不得了，郎中竟然說出了一個令全家都意料不到的事——

招娣懷孕了！

仲平聽了只是一陣憨笑，開心得說不出話來。可他好像又覺得自己對招娣做了什麼不該做的事一般，臉紅得通透。

楊三娘與薛老爹聽了先是怔怔的，二媳婦懷孕了？之後他們便齊頭瞧向櫻娘，還瞧著她的肚子。

櫻娘被他們這一瞧才明白過來，他們的意思是她來薛家要早些，應該她先懷孕才對，而且她是長媳，若是能比招娣先生孩子似乎更合適些。

可是她才早來了兩日好不好，雖然她是長媳，但年紀上與招娣是同歲的，只比她大三個月而已，招娣比她先懷孕也沒有什麼說不過去。

其實，櫻娘這段日子還特別害怕自己懷孕呢，她可不想這麼早生，才十五歲就挺著大肚子，她多少有些不能接受。

公婆的第二反應才是高興，家裡要添新丁了！他們沒想到招娣那副瘦弱的身子，竟然這麼快便懷起孩子。

楊三娘趕緊去屋裡拿出八文錢來交給櫻娘。「妳明日回來時順便買斤豬肉，大前日做的馬鈴薯燉肉她都沒吃下去。」

櫻娘剛接過錢，招娣就走了過來，連忙搖頭道：「我不想吃肉，一點兒都不想，到時候又嘔了出來，怪可惜的。」

櫻娘問道：「那妳想吃什麼，我幫妳買。」

「大嫂，不須花這個冤枉錢，我真的沒什麼想吃的。」招娣推卻道。她覺得自己比大嫂先懷孕，實在有些不好意思，她排老二，不能搶先大嫂才是，但這種事也不是她能控制的。

櫻娘再細細尋思了一下，問道：「要不我給妳買些瓜子來嗑嗑吧，再買一斤紅糖讓妳泡著喝，怎麼樣？」

招娣還沒回答，楊三娘就在旁應道：「嗯，這樣也好，招娣肯定好久沒嗑過瓜子了吧？紅糖也是好東西，多喝些沒壞處。」

招娣便沒再說什麼，笑咪咪地點頭了。

到了晚上睡覺時，伯明的手磨磨蹭蹭地摸上了櫻娘的腹部，有些羞澀道：「什麼時候妳肚子裡會有我們倆的孩子？」

櫻娘側身瞧著他，饒有興趣地問：「你喜歡小孩子？」

伯明不好意思地抓了抓頭，然後點點頭。「我覺得小孩子挺可愛的，肉肉的，白白嫩嫩的，墨黑明亮的眼睛滴溜溜地轉，舉手投足間那股傻乎乎的勁兒，讓人見了就想抱。我小時候可是帶過老三和老四的，整日抱著他們在村子裡玩，只是他們都不太記得了。」

櫻娘沒想到伯明竟然喜歡小孩子，這還真讓她吃驚。她在前世是獨生女，長大後也沒怎麼接觸過小孩，所以沒什麼感覺，也許只有等自己生了才會喜歡吧。

「那你也希望我們早點生孩子？」櫻娘撐著腦袋，瞧著伯明，覺得他怎麼看都不像當爹的年紀，還是個小夥子呢。

「也不是希望早點生，一切隨緣就好。若是真能早一些有，我自然是高興得不得了，當爹的感覺肯定很有意思。」伯明喜色道。

櫻娘覷著他。「沒想到你這個當過和尚的，凡心還挺重。自己還是個大孩子模樣，竟然惦記著當爹？」

「我也是娶了妳後才會這麼想嘛，以前可從來沒想過。連仲平都要當爹了，我當爹也沒啥不行，和我一般大的幾乎都當爹了。」說完伯明忽然一下壓在了櫻娘身上。

「你想幹麼？」櫻娘明知故問。

伯明把嘴湊近她的耳朵，耳語道：「幹什麼能生孩子，我就想幹什麼。」

櫻娘笑著將他身子往旁邊一推。「不行，你這個大壞蛋，就是存心想幹壞事了。再說了，我可不急著和你生孩子。」

伯明又壓了過來，哄她道：「快點嘛，得追上仲平的孩子。」

「哎呀，來不及了，哪怕今夜懷上，也排不上老大了。你……你輕點，你怎麼越來越愛耍無賴了……」

次日，伯明和櫻娘與平日一樣，早早起床吃了飯便去了鎮上。招娣因懷了孕，家裡人就不讓她幹重活了，讓她放放牛、中午做做飯就行。

眼見著麥子還有二十日左右就可以收了，薛老爹與楊三娘十分高興，因為去年的糧食還剩了一百多斤，正好能接著補上。

薛老爹已經下田去了，楊三娘還在餵豬，這時隔壁的金花神色慌張地走了過來。

「大嫂，妳說這可怎麼辦呀？綠翠她竟然懷孕了。」金花帶著哭腔說。

楊三娘愣了愣。「懷孕好啊，妳家梁子也已十八，可以當爹了。妳就要當阿婆，應該高興才是，有什麼好哭的？對了，我家招娣也懷上了，昨日傍晚才知道的。」

「綠翠能和招娣比嗎？綠翠她簡直就是個狐狸精！」金花咬牙切齒地說。「平時瞧她挺老實的，那是她在裝模作樣！但凡只有一個男人在身邊，她就像變了個人似的，竟勾搭起男人。昨日下午我讓她去池塘邊洗衣裳，發現她漏了老么的沒拿，我就送了過去，正巧撞見她和村裡的老缺說笑，那一臉狐媚樣！」

「綠翠不是這樣的人吧？那老缺都三十多歲了，一直沒娶上女人，見了哪個女人都愛往前湊，綠翠會不會是客氣才與他說話的？」楊三娘還不太相信。

金花急得直拍大腿。「哎喲，大嫂，妳可是被綠翠的假正經給矇騙了！上次我說家枝和她不清不楚的，你們都不相信，我活生生的把氣給吞了。可昨日我見她與老缺說笑時的模樣，我就再也不相信她了。他們倆蹲在池塘邊就這樣面對面地說話，比我們倆現在靠得還近。就她那騷樣，怕是別人一勾，在野外都能和人幹起齷齪之事來！」

楊三娘見金花氣得臉都快綠了，開始有點相信了，只好勸勸她。「她既然懷了孕，說不定會收斂點。」

「妳見過天生的狐狸能不發騷嗎？本來我想趁這段日子揪出她的錯來，讓梁子休她回家去，可是她偏偏懷孕了，還不只告訴了家裡人，昨日下午洗衣裳回來被我罵了幾句，她竟然跑回娘家，如今連娘家都知道她懷孕了，想休她可難了。到時候別人肯定會指著我鼻子罵，說我連自己的孫子也容不得，可誰知道她肚子裡懷的是不是我的孫子？」

楊三娘瞅了瞅外頭。「妳小聲點。綠翠進妳家門才三個多月，和外面男人接觸得少，肯定是梁子的種不會有假，妳別瞎猜疑。」

「不是我瞎猜，就怕她給我家養出個野種來，惹出大禍！妳想想，她連家枝都勾……」金花實在不想再提那件噁心之事了。「大嫂，我是想求妳一件事，十年前妳請來給伯明看病的那位喬郎中是哪兒的人？聽說他下的藥可厲害了。」

「妳問這個幹麼？他是縣裡的郎中，當年還是伯明他爹託人請來的，妳找他做什麼？」

金花猶豫再三，頓了頓，最後還是說了。「我一定要想辦法讓綠翠滾回娘家去！她不是懷孕了嗎？若是她肚子裡的孩子不小心掉了，梁子怎能不生氣？我再攛掇幾下，有了這個藉口，家枝也不好為她說情的。」

楊三娘聽了臉色大變。「她懷的若是梁子的種，妳豈不是把自己孫子給……給害了？」

金花發狠地說：「我不管了，梁子以後還可以再娶一門親，我還怕沒有孫子？我已經沒法留綠翠在我家了，一刻都容不下。只要見了她，我就想上前去掐死她！大嫂妳快告訴我吧，當年大哥是託誰找來喬郎中的？」

楊三娘有些害怕。「做這種事會不會蹲大牢？」

「蹲什麼大牢，孩子在她肚子裡才一個多月，連個形都沒有，不算個人！只要她掉了孩子，我家就有理由將她休回家去，然後再把她與老缺的事到處傳一傳，準能成。妳就幫幫我吧，我這些日子愁得根本睡不上一個好覺，時刻都想著怎麼弄死她！既然弄死她算犯法，那我就弄死她肚子裡的孩子！」

楊三娘是個膽小的婦人，怕惹事，更怕招惹別家的事。這要是出了人命，不會惹出什麼官司吧？

楊三娘很害怕，可又覺得金花也苦，不禁感到為難。「金花，妳先別急，等會兒我去田裡，問一問孩子他爹。」

「哎喲，大嫂，這種事怎麼能讓大哥知道？妳就看在我們同是薛家媳婦的面上，告訴我一聲又何妨？何況那個喬郎中是縣裡的，不容易走漏風聲，這周邊的郎中我可不敢找，反正他們也沒那個高明醫術。」

金花見楊三娘還在猶豫，又苦苦求道：「我說什麼梁子和他爹都不信，他們被綠翠那騷貨哄得團團轉，待這事成了，把綠翠休回去後，我定會為梁子找一個好的。」

楊三娘嘆道：「我知道妳家裡不缺娶媳婦的錢，可是這真的是人命關天的事，妳可不能瞎來。」

金花見楊三娘似乎不肯幫忙，急得眼淚都出來了。

「大嫂，我命苦，遇上了這麼個不要臉的兒媳婦，妳難道也想見我家上下亂成一團，輩分不分，沒個人倫？」她話都說到這分上，見楊三娘仍沒這個膽量也只好作罷，她哭道：「妳不告訴我算了，我去求別人。妳若是可憐我，就不要將此事告訴任何人。」

楊三娘安慰道：「這個妳放心，這種事我是絕對不會告訴任何人的，連伯明他爹都不說。只是……妳自己可要想清楚，別惹出了亂子。」

金花沒答話，抹著淚就走了。她的決心已定，是聽不進勸了……

「嘎——嘎——」七日後的上午，陽光明媚，一群烏鴉在薛家村頂上盤旋，叫了好一陣子。

當烏鴉飛過後，金花家裡就傳出了淒厲的哭喊聲。綠翠捂著肚子，疼得在地上打滾，發出陣陣慘叫。

因為是上午，村裡除了老婆子及小孩子，家家戶戶都沒什麼人，全都下田幹活去了。綠翠疼得往門外爬。「來人啊，來人啊！快幫我找郎中！」

這時招娣正好放牛回家，聽到隔壁的哭喊聲，驚得跑了過來。她見綠翠從屋裡往外爬，身下已經流血了，慌得不知所措。

「快，快去找郎中！」綠翠才說出這句話，便暈倒在側。

招娣嚇得連連後退，然後雙腳發軟地跑出去喊郎中。

待郎中趕來，一切都晚了。

中午時分，薛老爹和楊三娘回家吃午飯，但此時家裡還是冷鍋冷灶的，招娣才剛剛開始洗鍋，這讓楊三娘頗不高興。

招娣怕公婆生氣，連忙解釋道：「爹娘，今日上午綠翠嫂子肚子疼，之後又暈了過去，我就去幫著找郎中。郎中一來竟然說綠翠嫂子是中了毒，讓我幫忙灌水給她喝，郎中拚命掐她人中她才醒過來，可她有氣無力的，水也沒喝下多少──」

招娣話還未說完，楊三娘驚得瞳孔都大了。「妳說什麼？郎中說綠翠是中毒？」她的心臟突突直跳，看來金花還是行動了，可是村裡的赤腳郎中怎麼能瞧得出來？這毒下得也太沒技巧了。

招娣點頭道：「嗯，郎中是這麼說的。之後我又去田裡把梁子哥叫了回來，他把家裡的豬食往綠翠嫂子嘴裡倒，結果綠翠嫂子吐了一地，還吐出白沫，她才終於緩過來，只是……她下面流了好多血，孩子已經保不住了。」

楊三娘正想問後續，便聽到隔壁吵吵鬧鬧了起來。

「周里正，可能她是吃了毒蘑菇吧，清早梁子上山砍柴，採了些蘑菇，她等不及，早上就要煮著吃。」金花一早見綠翠要吃蘑菇，便尋了機會將藥下到蘑菇湯裡，之後便去田裡幹活了，故意拖到午時才回家。

但她見到周里正被郎中找來了，心裡十分慌張。

這個郎中雖然是赤腳的，不是正規大夫，可是多少懂點醫術，他感覺這不像是吃蘑菇中毒，所以才請來周里正。他怕沒醫好綠翠，會被人說成是他醫術不行，這對他以後行醫可是很不利的。

就因為郎中這點私心，給金花帶來了大麻煩。本來，吃蘑菇中毒是一個多麼好的藉口啊。

周里正瞧了瞧籃子裡剩下的一些蘑菇。「這些蘑菇都是最常見的傘蘑菇，沒有毒的，我昨日還吃過呢。」

金花趕緊接話道：「這剩下的是沒毒，就怕她吃進肚子裡的有毒。」

雖然梁子也覺得自己沒有拾毒蘑菇回來，但他怕家裡出亂子，只是站在一旁不吭聲。他拾了十幾年蘑菇，怎麼可能不懂辨識？

這時躺在床上的綠翠扯著喉嚨喊：「我沒有吃毒蘑菇，我可都認得呢，肯定是有人下藥害我！」

她這一喊，周里正就來問話，問她早上還有沒有吃別的，又問在家裡有沒有與誰鬧矛盾。

綠翠哭著說婆婆對她不好，梁子還在一旁圓話，叫周里正不要相信。就在這時，薛家枝跑回來了，可能村裡有誰告訴他家裡出了事。

他一回來聽了事情的大概，就懷疑起金花，只是當場沒說出來。

楊三娘與薛老爹一齊走過來時，只見周里正要把金花與薛家枝帶到鎮上吏長那兒去，交由吏長來問案。

薛老爹向周里正說盡了好話，他也不領情，執意要帶走。周里正為了官位能長久，可不敢偏私，何況薛老爹也沒送過大禮。

到了吏長那兒，薛家枝怕自己被誣陷，就添油加醋地說金花日日在家罵綠翠，又虐待綠翠，動不動就打罵，所以毒肯定是她下的。

金花是個沒見過世面的婦人，被他們這麼詐唬幾下，再繞幾個彎，她便一個不小心說漏了嘴，結果吏長直接派人把她押送到縣丞那兒。

當日晚上，楊三娘坐在床邊垂淚。「都怪我，當時沒能勸住金花，才惹出這麼大的禍事來，若是真要吃牢飯，她以後出來怎麼見人？家枝估計也不會再要她了。」

薛老爹鐵青著臉。「妳們這些婦人做事就是不用腦，這人命關天的事怎麼不知會我一聲？想休綠翠回家可以找別的藉口，怎麼能下毒害腹胎？而且這腹胎十之八九是梁子的，這不是殘害自家人嗎？」

楊三娘也知道錯了，可如今一切都晚了。「我……我也是聽金花那麼說綠翠，跟著她一起生氣，這樣的兒媳婦哪能要？」

薛老爹嘆道：「如今說什麼都遲了，家枝肯定想趁此再找一個。綠翠傷了身，以後也懷不上孩子了，也不知梁子現在怎麼想，會不會休掉她？唉，這一家子怎麼就過成這樣了？」

「可憐的還不是金花？家枝和梁子可沒吃虧，沒有了女人，可以再接著找。」楊三娘為金花抱不平。「她還不是被綠翠害的！」

「家裡娶了什麼樣的兒媳婦可是關乎著一大家子的命運，幸好我們家兩個兒媳婦都算懂事知禮。」薛老爹感慨道。

而金花一見到縣丞，腿都嚇軟了，撲通一跪就全招了，當然也把綠翠勾搭男人的事也說了。可是，縣丞管不了綠翠勾搭男人之事，卻能管得了她這種下毒殘害腹胎之事，審清楚結了案後，便將她打入大牢，關上三年。

這一駭人聽聞的案件傳遍了整個永鎮。有人說女人是禍水，害得婆家家破人亡；也有人說婆婆虐待兒媳要不得，遲早要遭報應。

伯明一家因為此事沈悶了幾日，可日子還是得照過，畢竟這是二叔家的事，他們也管不了，何況二叔自己一點也不傷心，他早就厭煩金花了，趁此還可以換個女人。

而梁子還在掙扎中，他不知道該不該相信綠翠。這幾日正準備著要去縣大牢看他娘，卻被綠翠攔住了，她說自己身子被婆婆害得下不了床，且終身不孕，求梁子好歹在家多照顧她幾日。

一晃眼，十幾日過去了，此事被人們慢慢淡忘，再無人提起。

這一日早上，薛家人正圍在一起吃早飯。

楊三娘在院門張望了一會兒便進來了，她有些憂慮地說：「我剛才瞧見梁子揹上行囊出門了，可能是要去縣裡看金花。等這幾日收完了麥子，我們也去看看金花吧。」

薛老爹手裡的筷子停在半空中。「梁子去了縣裡，他家的麥子誰來收？這一去估計要好幾日吧，大牢裡的人可不是那麼好見的，也不知他能不能找到人幫忙，怕是得耽擱好幾日才能回家。待我們家麥子收了，也幫幫他家吧。」

「嗯，我們幫幫梁子，再幫著託人去縣裡瞧瞧，順便勸梁子趕緊把綠翠給休了，反正她身子已經養好了。」楊三娘想到綠翠就來氣。

伯明與櫻娘吃完飯後又要去鎮上了，楊三娘看著他們倆要出門十分高興。「還有幾日你們又可以領到工錢了，除了櫻娘歇兩日工，你們倆加起來有四百七十多文錢吧，我都好久沒見過這麼多錢了。」

櫻娘笑著應道：「嗯，到時候我再從鎮上割一斤豬肉回來，給大家開開葷。」

楊三娘眉開眼笑。「好，有了錢家裡也吃點好的，不須像以前那麼苦了。等你們領回了工錢，和上次一樣，我給你們一人發十文錢，不，發十五文，給你們漲錢！」

仲平瞧了瞧身旁肚子稍凸的招娣。「漲錢好，又可以給招娣買紅糖和瓜子吃了。」

一家人樂呵呵地笑著，而說完櫻娘與伯明便出門了。

「伯明，你真的很想要小孩子嗎？」櫻娘想到剛才仲平提起招娣的時候，那幸福的模樣，怕伯明見了羨慕。他上次就說很喜歡小孩子的，這段日子沒少折騰她。

伯明卻沒有回答她的話，感覺頭有些暈，心跳混亂，好像有什麼大事要發生一般，他感到緊張又不安。

櫻娘見他的樣子有些奇怪。「你怎麼了，不舒服嗎？」

伯明連忙搖頭。「沒有不舒服，就覺得哪兒不對勁，是不是要變天了？」他抬頭看了看天空，晴朗得很，也不像要下暴雨前的那種悶燥啊？

他們倆走後，招娣便去放牛，仲平三人去葛地主家，與平日毫無不同。

薛老爹與楊三娘去北山底下的麥田裡割麥子，一旁還有其他幾家也都在收割，大家邊幹活邊說笑，倒也歡樂得很。

就在此時，薛老爹感覺身邊有散土從山上掉下來，他仰頭瞧了瞧北山。「那些人在山上挖什麼？把山都給挖鬆動了。」

楊三娘擦了擦汗，也抬頭瞧著。「上次連下兩日暴雨，之後就經常有土塊往下掉，山已經鬆動了。這些人好像是從齊山來的，他們在挖藥草吧，可別把山給挖垮了。」

楊三娘話音一落，便覺頭頂上一黑，有什麼大東西掉下來似的，她與薛老爹拚命往遠處跑，其他幾家人還沒反應過來，就被滑落的土石給掩埋了。

薛老爹與楊三娘雖然抱頭死命地往外跑著，仍然來不及，半邊山都垮了下來，他們沒能逃過這一劫。

山上挖藥草的六個人也滾落了下來，加上山下幹活的十二個人，總共十八個人就這樣突然離開了人世，甚至來不及哭喊一句。

此時伯明與櫻娘還不知情，待他們傍晚回到家時，聽見整個村子裡哭成一片，一察覺不對，他們奮力跑回自家門前，只見招娣一人坐在地上哭嚎，她在山下挖了一整日都沒挖到公婆，她便先回家等仲平他們，等了許久沒見三人回來，她只能一個勁兒地哭，根本不知道該怎麼辦。

正巧仲平他們也回來了，待他們聽招娣說完此事，如同晴天霹靂、五雷轟頂！

他們發瘋一般的扛著鋤頭去山下挖，直到半夜，人是挖出來了，可是早已……而其他幾家一個人都沒有挖出來，因為當時那些人根本沒往外跑，全被掩埋在最裡面。

薛家這一夜哭嚎聲不止，唯有伯明沒有哭出聲來，他只是一直默默流淚。而他們的阿婆也聞此噩耗跑了過來，一下悲傷過度撐不住，直接歪倒在地，一命嗚呼。

伯明謹記著師父的教誨，強撐著為父母辦後事。可是這時偏偏還有人趁火打劫，平時只要五百文的棺木，如今卻要價一千五百文，村裡一下這麼多人逝世，賣棺的人不愁賣不掉，怕是到時候各家還得搶破了頭呢。

整個喪事，除了棺木，還有喪葬費，伯明家一共花了四千文，全是從二叔、三叔和舅舅、姑姑那兒借來的。

二叔和三叔兩家為阿婆辦後事，承擔了阿婆的所有費用，沒讓伯明一家出錢，也沒讓他們操心。阿婆年紀大了，死了也不覺得太傷痛，可伯明一家已陷入深深的痛苦之中，父母皆亡，誰能承受得住。

第七日，伯明一家子親眼見著薛老爹與楊三娘下葬。櫻娘、招娣與仲平他們在墳前哭喊了一整日，伯明仍然只是流著淚，沒有哭出聲來。

待天黑之時，一家人相扶著走在回家的路上，伯明雙腿發虛地走著走著，忽然整個人往前一栽，不省人事！

這幾日他一直硬撐著、壓抑著，這時終於再也撐不住了……

「伯明！伯明！你怎麼啦？」櫻娘直撲上去哭喊著。

不論櫻娘他們怎麼推著伯明的身子，他都絲毫沒反應，嚇得一家人又大哭起來。

櫻娘哭著吼道：「你們都別哭了，伯明沒死，他只是昏厥過去了。仲平、叔昌、季旺，我們一起將你們大哥抬到佛雲廟去，他師父或許有辦法！」

直到半夜，他們才將伯明抬到山上。空玄趕緊讓弟子們熬藥，並將櫻娘這等人全轟出屋外。他細心為伯明針灸，還為他按揉身體的各個穴位，再餵他喝藥，接著他便坐著為伯明唸經，唸了整整一夜。

這一夜，櫻娘都快急瘋了。伯明這次受到這種沈痛的打擊，也不知何時才能緩過來，他的身體不會有大礙吧？雖然她知道他沒有性命之憂，但她仍然擔心著。即使他們才相處兩個多月，她已愛他至深，捨不得他承受一絲痛苦。

她希望他好好的，像往常一樣與她開開心心地過日子。

如今公婆走了，以後一家子的重擔全落在他們倆身上，他們倆作為長兄長嫂，得為弟弟們考慮，何況還有兩位弟弟還沒成家。再加上這次一下欠了四千文錢的債，若是不想辦法多掙些錢，恐怕沒一、兩年是還不清的。

只盼伯明能儘早振作起來，兩人一同撐起這個家，帶著弟弟們過上好日子。

仲平他們幾個仍在外面一直哭，櫻娘見了煩躁得很，便將他們全趕回家了，並囑咐他們該做的事不可荒廢，日子還得過下去。

這夜，櫻娘就這麼癡癡候著，直到次日清晨，伯明才醒了過來。

伯明醒來時，空玄對他說了些話，之後便退了出來。空玄出來時給了櫻娘一個「可以進去了」的眼神，櫻娘頓時飛一般的衝了進去。

伯明見到櫻娘，便坐了起來，一下將櫻娘擁在懷裡，不斷地哭喊著。

「櫻娘……櫻娘……櫻娘……」

這是櫻娘自認識他以來，第一次聽見他哭，且哭得如此撕心裂肺。櫻娘原以為自己在前幾日已經哭夠了，可是聽到他這麼哭，她仍然止不住，便與他一起抱頭痛哭。

直到哭累了，伯明也將壓抑的悲痛全都釋放出來了，櫻娘哄著他說：「伯明，你要挺住，人死不能復生。何況爹娘這一去並沒有遭受太多痛苦，這是不幸中的大幸，總比提前知道自己將要離開人世或是遭受病痛折磨要強。你得好好的，否則我也沒法活了。」

伯明緊摟著她，仍是淚如泉湧。「櫻娘，若不是這世上還有妳讓我牽掛，我真的活不下去了。」

櫻娘掏出手帕，堵住他的淚水。「別哭了，你這樣會心疼死我的。你若是倒下了，家裡的弟弟們怎麼辦？他們可再也承受不起打擊了。」瞧著伯明那灰暗的臉色，那接近絕望的眼神，教她怎能不心疼。

櫻娘扶他慢慢起了身。「你能走得動嗎？」

伯明渾身虛軟，雙腿落地時，感覺像是踩在棉花上，輕飄飄的。但為了不讓櫻娘擔心，他強撐著往前走。

來到門口時，空玄手裡拿著一捆藥草。「伯明，你將這個帶回去，每日喝一回，得喝上半個月你的身體才能復原。還有……」

空玄見櫻娘在旁邊，便示意伯明到一邊說話。伯明虛弱地走了過去，暈乎乎的，為了不讓自己摔倒，他用右手扶著牆。

「伯明，有一件事為師上次就想告訴你，但一直沒說，現在想來，還是應該讓你知道的好。凡塵中人都講究傳宗接代，若是女人不能生育則有可能會被休回家去，為了不讓櫻娘被誤解受委屈，或引人非議，為師還是說吧，以你身子的底子，這幾年內怕是不會有孩子，需待身子慢慢健壯起來，才能育有子女。」

伯明聽了一怔，片刻之後，他緩緩答道：「謝師父提醒，哪怕是櫻娘不能生育，弟子也不會休她的，會一如既往地待她好。既然是因弟子身子的緣故，相信櫻娘也不會因此而嫌棄弟子。子女之事，隨緣就好，弟子絕不會強求。」

空玄點了點頭。「快回家去吧，人生大都是悲歡離合輪迴轉，你要看開才好。」

伯明虔誠地向師父拜了拜，回到櫻娘身旁，兩人相扶著回家去。

下山時，櫻娘見山路陡峭，而伯明身體還沒恢復，走路腳步虛浮，她真擔心他會摔下山去。

她緊緊挽著伯明的胳膊，似乎有種兩人相依為命的感覺。

伯明心緒仍然紊亂著，一路上沈默不言。他想回家，又害怕回家，因為他怕看見家裡多了一間空房。

櫻娘見伯明不說話，她也一路默默地陪著他。回到家，仲平與招娣，還有叔昌及季旺，他們見大哥好好地回來了，終於鬆了口氣。

這時老四季旺淚眼汪汪地說：「大哥，你可不能再出事了，家裡誰都不許再出事。我喜歡像以前那樣開開心心地過日子，不想看到家裡總是悲戚戚、沈悶悶的，爹娘不在了，你可不能也撇下我們。」

伯明瞧著越來越消瘦的季旺，又是淚眼婆娑。如今七日已過，其他人家似乎差不多恢復了，哪怕再傷痛，還是得照常過日子，不像伯明一家，這幾日都沒正常吃過一頓飯，每日就匆匆蒸一鍋窩窩頭，大家餓急了才拿一個吃。

這幾日下來，所有人都瘦了一大圈，個個臉色蠟黃，像是得了重病一般。

伯明抹掉淚，走過來摸了摸季旺的頭。「是大哥不好，大哥應該要照顧好你們才對，沒想到自己卻先倒了。你放心，以後再也不會了。你肯定餓壞了，櫻娘，妳和招娣做午飯吧。」

聽伯明這麼說，櫻娘放心了些，和招娣趕忙去廚房。

伯明則進他爹娘的屋裡，細細打掃，收拾乾淨，然後對著他們的畫像不停地跪拜。

這頓午飯炒了三個菜，一家六口悶悶地吃著。

飯後，伯明打破了沈默。「我們在家待了這麼些日子，活兒都耽誤了。仲平，你和老三、老四趕緊去葛地主家幹活吧。我不去開荒了，得留在家裡收麥子，再不收麥子就全倒地了。」

仲平放下了手裡的碗，略思慮了一會兒。「哥，家裡一共有十幾畝地，你一個人怎麼忙得過來？而且麥子收了還得照顧著玉米。要不我也不去了，跟你一起在家種田吧？」

櫻娘忙道：「仲平說得對，你身子才恢復了些，不能太勞累，你一個人哪忙得過來，還是讓仲平與你一起吧，把這些農活幹好了，一家子才有飯吃。我那個活兒耽誤了這麼些日子，不知姚姑姑還要不要我，若是不要我，我也回來幫你忙。」

伯明瞧著櫻娘，嘆道：「好吧，只是仲平回家幹活，從葛地主家領的糧就少了。櫻娘，妳不是說姚姑姑對妳不錯嗎？她應該不會為難妳的，妳在那兒好好幹，妳那活兒比幹農活要強多了，風吹不著日曬不著的，掙的錢也不少。」

櫻娘也覺得是，希望姚姑姑不要因此趕她回家才好。何況家裡正需要錢，還欠著一屁股債呢。她點頭道：「嗯，你放心，我會好好幹的，多掙點錢。」

伯明想起一事，又道：「今日已經是初二了，上個月的工錢應該都發了。下午妳問一問殷管家，我上個月幹了二十多日活，工錢能不能替我結了。」

「嗯，我記著呢，我也有二十多日的工錢沒領。」櫻娘喝了瓢涼水就準備出門了。

下午，伯明和仲平去田裡收麥子，招娣也跟著去幫忙。叔昌和季旺照樣去葛地主家，雖然耽擱了七日活兒，也只不過扣些糧而已，畢竟大家知道薛家村出了大事，平時再難說話的葛地主這時也沒有罵人。

動。

而櫻娘到了織布坊，姚姑姑不但沒有說不要她，還安慰了她好一陣子，這讓櫻娘頗為感

接著她又聽到大家說織布坊要選小領頭的事，因為姚姑姑有時候要去外地選購棉線料或絹絲，織布坊就需要一個能服眾、手藝又好的小領頭出來監督著。

本來櫻娘也沒在意，無論誰當小領頭都無所謂，她只要好好幹自己的活就行。可是，當她聽說這個小領頭每日有十文的工錢，比一般女短工多出三文，她立即有了興趣。

姚姑姑見櫻娘表現得興致勃勃，就把她叫到一邊說話。「妳耽擱了這麼些日子，最近新的織法妳都沒學，若是選妳，不能服眾。」

櫻娘急了。「我保證今日就學會，我先在旁邊瞧著別人怎麼織，明日我若是沒有她們織得好，我也認了。」

姚姑姑見她如此想當這個小領頭，也明白她的心思。「你們家急需錢？」

櫻娘咬唇點頭。「欠了……很多債。」

姚姑姑嘆道：「好吧，明日下午我就讓大家比一比，誰織得好，就選誰。不過，妳只靠每日多掙三文錢，也抵不上什麼事啊。」

櫻娘也是愁眉不展。「可是我想不出其他掙錢的法子呀。」

姚姑姑略微沈思。「其實妳白日在這裡幹活，晚上回家還可以幹一些手工活的，掙得也不少。我後日要去烏州一趟，去進些線料，到時候我順便給妳帶一些絹綢料子回來，妳就做

些女人戴的絹花或綢花之類的，聽說那邊會收貨，一朵絹花至少能掙一文錢，若是樣式好，賣得好，還能提高價。」

櫻娘驚喜道：「真的？一朵至少能掙一文錢？」要說做頭花，真的不難。在前世，她就買過不少用絲綢做的髮夾，拆開後，她發現做起來很簡單。最重要的是，她見過許多現代樣式，放在這個古代，肯定不會差了。

再想到若是把料子帶回家，招娣也可以幫著做，她的手也巧，每晚她們倆一起做，怕是能做不少呢。

姚姑姑見她聽說能掙錢就這般高興，笑道：「當然是真的，這還能有假？我上次去烏州，就見不少人去送成貨呢，樣式其實挺普通的。」

這時櫻娘忽然又犯愁了。「我這二十多日的工錢是不是不夠進絹綢料？要不，我把我家伯明的工錢也搭進去吧。」

「算了，我先替妳墊上，你們倆工錢加起來也是不夠的。等妳做出成貨來，那邊收了貨，換了錢，我就從中扣下料子錢，左右不過一千文錢。」

櫻娘真不知該說什麼感激的話了，只好深深地向姚姑姑鞠了躬。

姚姑姑還真受不了這個。「瞧妳，就這點小事妳至於這樣嗎？不過是順手的事。妳趕緊去學新織法吧，明日還要和大家較量手藝呢。」

櫻娘微微一笑，趕緊去忙了。

第七章

櫻娘領回了她和伯明上個月的工錢，一共有三百多文。她揣著這些錢，本來是捨不得花的，可是想到伯明的身子因經歷這次打擊虛弱了許多，而招娣又懷著身孕，即使家裡再難，身子還是要照顧好的，身體是革命的本錢嘛。

她咬了咬牙，將那沒串起來的三十多文零錢拿了出來，為伯明買了一斤枸杞，為招娣買了一斤紅糖，剩下的四文錢買了半斤豬肉。

回到家，她見招娣在廚房忙著，便把肉遞給招娣。「今日領了工錢，只買了半斤肉，好歹給大家開開葷。」

「大嫂，家裡沒錢，妳怎麼還買肉。喲，還買了紅糖？」招娣知道這些紅糖肯定是為她買的，害她怪不好意思的。「妳和大哥辛苦掙來的錢，總是為我買東西，叫我怎麼過意得去？」

「妳說這什麼話呢，我們是一家人，還分什麼妳的我的？大家誰也沒偷懶，都是為了這個家。妳可別再說過意不去這種話，聽了多見外。」

招娣十分乖順地點頭道：「嗯，我記下了。」

櫻娘來到灶下燒火，過了一陣子，兄弟幾人都陸續回家了。

招娣將炒好的菜端上了桌，一盤青菜，一盤馬鈴薯絲，還有一盤辣椒炒肉，這些可都是大家平時愛吃的菜，但所有人仍是悶頭吃著，一句話都不說，而叔昌和季旺兩人也像以前那般蹲在門外吃飯。

櫻娘回自己的屋裡，搬出她陪嫁的兩張春凳。「老三、老四，你們也來桌前坐著，別老蹲在門外吃，那樣腿痠得慌，稍微擠一擠也能坐下的。」

叔昌與季旺便乖乖過來坐下了。櫻娘不想一家子總是這麼沈悶，便決定說些開心的事。「伯明，明日織布坊要選小領頭，比短工每日要高三文工錢呢。」

伯明抬了頭，以為她肯定是選不上的，便安慰她道：「若不是妳這些日子耽誤了，妳肯定能選得上，妳也別惦記那三文工錢了，以後還會有機會的。」

「你太小瞧我了吧，明日下午才比試呢，誰手藝好就選誰。我今日下午就學得差不多了，明日還有一上午的工夫，我一定能學得好，你就等著吧！」

伯明聽她這麼自信，忽而也對她有了信心。「妳若是一日能掙十文錢，可把我們兄弟四個都比了下去。」

這時招娣有些羨慕，說道：「大嫂到時候就是小領頭了，也是個小官呢！妳能開個後門把我弄進去嗎？我也好想掙錢。」

「招娣，妳去不合適，家裡必須留個人做飯、洗衣還要放牛。妳挺著肚子也不好一整日坐著織布，那樣對孩子不好。姚姑姑說了，她後日去烏州進棉線，到時候順便帶絹綢料子給我，我們倆晚上就把料子裁開做頭花，烏州那邊收貨，一朵至少能掙一文錢，妳還擔心沒活兒幹？」

招娣聽了十分高興。「真的？意思是我也能掙錢了？」她平時總覺得自己在家是吃閒飯的，只有能靠雙手掙錢，她才會踏實些。

伯明此時深深地望了櫻娘一眼，知道她這麼努力全都是為了這個家。他不禁有些慚愧，覺得自己遠遠比不上她，又覺得虧欠了她。她嫁給他過不上好日子就算了，如今還要拚命幹活掙錢，操心受罪，都說「嫁漢嫁漢，穿衣吃飯」，可她嫁給他真是什麼好處也沒撈著。

但當著弟弟們的面，他也不會說什麼煽情的話，只道：「莫非姚姑姑還幫著墊本錢？」

櫻娘一邊吃飯一邊點頭道：「嗯，姚姑姑表面上冷冷的，其實是個熱心腸的人。」

伯明挾了一塊肉放在櫻娘的碗裡。「待掙了錢，可得給姚姑姑送些禮，以表謝意。」

櫻娘朝他笑了一笑。「那是自然。」

吃完飯後，櫻娘準備替伯明熬藥，卻被伯明趕到一邊去了，他想自己來熬，生爐火可是很燻人的。待藥熬得差不多了，櫻娘跑過來，抓個二十多粒枸杞放在裡面，接著再熬一會兒。

此時伯明見弟弟們都不在旁邊，他拉著櫻娘的小手。「看妳，掙了錢從來沒給妳自己買過一樣東西，卻惦記著我還有招娣及弟弟們。妳對我和家裡人這麼好，我都不知該說什麼來謝妳了。」

櫻娘被他說得有些臉紅了，拿起筷子在藥罐裡攪動著。「你是我的相公，我當然要對你好了。我現在是薛家的人，自然也要對薛家好。夫妻之間，還謝什麼，真是矯情。藥好了，可以倒出來了。」

伯明緊緊捏了一下她的手，便鬆開來倒藥罐子。

伯明喝完了藥，兩人一起來到自己的屋裡洗臉洗腳。櫻娘洗好了後，便在櫃子裡翻來翻去，又去箱子裡翻，似乎在找什麼東西。

「妳在找什麼？」伯明好奇地問道。

「家裡有紙筆嗎？我想記個帳。欠的那些債，還有我們掙的錢，都得用筆全記下來才好，光用腦子記，哪日忘了，豈不是成了一堆糊塗帳？」

「妳說得也是。爹娘屋裡好像有個本子，還有筆墨，都是爹以前用來記帳的，等會兒我去找來記一記。幸好我在廟裡跟著師父學了不少字，否則家裡就沒人會記帳了。」

伯明這麼一說，櫻娘才頓悟過來，她在這裡應該是不識字也不會寫字才對，自己差點就露了餡兒。

伯明倒了洗腳水，就去了爹娘屋裡翻找著，他忍不住又流了好些淚，待情緒穩定了，他擦淨眼淚，保持著和進來前一樣的表情才回到自己的屋裡。

他坐在桌前低頭認真地記帳，櫻娘在一旁瞧著說道：「伯明，再掙七百文，就可以先將三叔家的一千文錢給還了。」

全記好了。

「嗯，三叔家的日子也不算好過，得先還他家的。」伯明將欠的帳及家裡三百文的積蓄

他剛合上本子，就聽見隔壁嚷嚷了起來，似乎是綠翠和梁子，還有里正的聲音。

緊接著就見梁子來到他家院子，梁子急著叫道：「大哥！」

伯明與櫻娘趕忙出了屋。「怎麼啦？」

梁子臉色脹紅，看來氣得不輕。「我要休掉綠翠，里正竟然說我不該休，就連我爹也幫著綠翠說話，你和大嫂去幫我說說理，我是不可能再要綠翠了！正好大哥會寫字，替我寫封休書吧。」

梁子今日才從縣裡回來，以前金花在他面前說綠翠不好，他還不太相信，因為綠翠對他挺好的。這回他見他娘在牢裡那副慘樣，而且娘也將綠翠的事全告訴他了，他娘一邊哭一邊咒綠翠，這叫他這個當兒子的怎能不動容？

他一回來就說要休綠翠，沒想到綠翠哭喊著說他沒良心，婆婆害得她這輩子不能生孩子了，她若是被休回娘家，以後哪個男人還肯娶她？

而梁子的爹薛家枝也勸他不要休掉綠翠，因為他們的阿婆死了，大伯和大伯母也去了，凡是家裡辦過喪事，至少一年內不能再辦喜事，有的人家格外重孝還守三年呢。

若是綠翠被休回家，家裡就沒個女人了，做飯和洗衣等家務活沒人幹，只剩父子三人在家，何況老么才七歲，這日子怎麼過？

綠翠見梁子似乎已下定決心，連公公都說服不了他，她便跑去將里正找來，請里正為她作主。

梁子正在和伯明說著呢，隔壁又傳來綠翠的哭喊聲。「我就不走！我就不走！莫非梁子他還能將我抬出去？」

伯明也希望梁子趕緊將綠翠休了，此人若是再留在家裡，以後怕是會給家裡惹出一堆禍端。二嬸之所以進了大牢，不也是她惹出來的嗎？

伯明和櫻娘跟著梁子一起過來時，見周里正將地上的綠翠扶了起來，他還為綠翠打抱不平。「梁子，你快過來！平時見你挺老實的，做事也有分寸，今日是怎麼了？你孝順去看你娘也沒錯，但也不能因為孝順就連自己的娘子也不要了，要知道是你娘害了你的孩子和綠翠，你怎麼這麼糊塗？這年頭娶一門親容易嗎？」

梁子也知道家醜不可外揚，有些事也不好跟里正說個清楚明白，他只道：「自古以來，百善孝為先，我當然得聽我娘的。」

周里正氣得直跺腳。「孝順是沒錯，但也得講理。綠翠被你家害成這樣，她都願意留在你家了，你還把她休回家去，她的後半輩子怎麼辦？」

梁子不吭聲了，綠翠的後半輩子確實不會好了，可他不能為了綠翠而毀了自己的後半輩子，還搭上他全家。

周里正見他不說話，以為他是猶豫了，便道：「別鬧了，日子就這麼將就過吧。」

伯明彬彬有禮地走過來。「里正，村裡人都敬您處事公正，您今日能來為梁子處理此事，也是您的一番好意。只不過梁子他真的不想再和綠翠一起過日子了，若是強綁在一塊兒，這往後的日子也不會好。佛說，凡事不可強求，一切應當順其自然。若是強施於人，必有孽禍。」

周里正被伯明這一套說詞給噎住了，他忽然覺得自己這是狗拿耗子多管閒事，這種家事本就不是他一個里正該管的。「既然這是你們的家事，我就不管了，你們愛怎樣就怎樣吧，後悔了可別再來找我。」

周里正慍著臉背手走了，綠翠追了上去，拉住他的袖子，可憐兮兮地哭道：「里正，若是您都不肯為我作主，我就真的走投無路了。」

周里正從她手裡抽出了袖子。「我還是勸妳一句吧，哪怕妳留在這裡，也沒有好臉色看，還不如回娘家活得自在。大不了就是不嫁人唄，難不成沒有男人妳活不下去？」

綠翠眼睜睜地瞧著周里正走了。沒有男人，她當然活不下去啊！再說了，這樣被休回娘家多丟臉，怕是還要被娘家人罵，受盡冷言冷語。即便想勾搭男人，她頂著個棄婦的名聲，恐怕也是相當困難。

一想到這裡，她又跑回院子裡，一屁股坐在地上，打算賴著不走。

薛家枝剛才一直沒說話，見周里正走了，他將梁子拉進屋子裡再勸。「你怎麼這麼傻，家裡辦了喪事，至少一年不能再招女人進來。這一年都碰不著女人，你熬得住？而且家裡還有麥子要收，她留著還能幹活，不要白不要，你何必急著趕她走？等來年你想另娶，再趕也不遲的。」

梁子瞪了他爹一眼。「爹，你胡說什麼？一年不碰女人我不會死！」他說著就氣哼哼地出來了，留下薛家枝在屋裡直跺腳，罵兒子腦子鈍。

梁子心裡急著要寫休書，便拉著伯明出院子了。

恰好伯明剛才記帳已經找出了紙筆。他撫平草紙，磨了墨，問道：「梁子，這休書該怎麼寫？我只抄過經書，可沒寫過休書啊。」

這難辦了，梁子可是個道道地地的莊稼漢，也不知道該怎麼寫。他略尋思了一會兒說：「就寫我現在見了她就厭煩，沒法和她做夫妻，她害得我娘關大牢，休她算是便宜了她，嗯，就這麼寫吧！」

「這……不太妥吧，聽上去不像是休書。」伯明舉著筆，半晌不知該從何下筆。

櫻娘一直在旁邊瞧著，本不想干涉的，但她見伯明躊躇了，就稍微提點了一下。「休書是不是有一定的格式？或者還要把綠翠不守婦道及給婆家惹事端的事提一提，這樣才有說服力。若只是說梁子討厭她，好像不足以立休書的。」

伯明聽櫻娘這麼一說，心裡有譜了。「梁子，我先寫一份，等會兒唸給你聽，若仍覺不妥，我再重新寫。」

「好。」梁子坐在伯明的身邊仔細瞧著。

伯明提筆寫道——

立書人薛梁，永鎮薛家村人，去年憑媒聘定王氏綠翠為妻，去年底將她迎娶過門。可是此婦多有過失，與婆婆不和，且不恪守婦道。因念夫妻之情，此婦敗行不忍明言，今願將她退回本宗，聽憑改嫁，毫無異言，休書為實。正德五年六月初二，手印為記。

當伯明將休書唸給梁子聽時，梁子直點頭。「就這樣，還挺像一回事的。」櫻娘聽了也覺得不錯，但又憂慮道：「就怕綠翠不肯在上面摁留手印，家裡也沒有紅印吧？」

「家裡有胭脂，那個臭娘兒們有時候還偷偷抹呢！」梁子站了起來就要出去。

「可是……綠翠根本不同意你休她，她會同意摁印？」伯明話還未說完，梁子已經大步地走了出去。

莫非他要動粗用蠻力？伯明與櫻娘跟上去瞧，怕他惹出事來。只見梁子先是跑回他的屋子裡拿出一盒散發著怪味的胭脂，隨後來到綠翠面前。

綠翠似乎知道他要幹什麼，便把雙手往背後收著，直哭嚷道：「來人啊，梁子要強行動粗逼人畫押了，快來人啊，爹，你怎麼不來攔著他！」

沒人幫忙，她哪裡是梁子的對手，梁子先將她胳膊一撇，再拽住她的手腕，便把她的手掌給抓過來了。伯明與櫻娘覺得不妥，這樣逼迫摁手印的休書能算數嗎？

他們倆準備上前攔住，可是梁子抓住了綠翠的手掌先是往胭脂上一壓，再往紙上一摁，手印就有了！

綠翠又哭又嚷，待在屋裡的薛家枝知道勸不住兒子也懶得管，反正他可以在外面找女人，只要不帶回家就行。兒子自願不要女人，他有什麼辦法。

綠翠雙手緊抓著門，怎麼都不肯鬆手，梁子硬是將她抱了起來，然後放在院子外的路上。他回身將院門死死關上，綠翠在外一個勁兒地捶門。

梁子的弟弟老么平時只知道玩，這時見家裡亂成這樣，也懂事了些，默默地在廚房做飯，這個時辰別人家都要睡覺了，他們家卻連飯都還沒吃。

見事情也算了結，伯明與櫻娘回到了自己的屋子。伯明一邊脫衣一邊說：「櫻娘，妳說我這樣做是不是不對？都說『寧拆十座廟，不毀一門親』，可我卻親手為梁子寫休書。」

「你別亂想了，梁子如此嫌棄綠翠，他們倆根本沒法過日子，強摘的瓜不甜，相信梁子作的決定是對的。快睡吧，明日還得早起。」櫻娘脫了衣裳爬上床。

只是隔壁太吵鬧，他們根本沒法入睡。

綠翠不停地拍門、踢門再撞門，嘴裡也不停地罵著。折騰了許久，她仍沒能將門弄開，口水也罵乾了，最後她只好妥協。

「梁子，你休我也行，我認了，算我瞎眼嫁到你家！但我絕不可能就這麼空手回娘家，若是你不將我的嫁妝還給我，我絕不挪步！」

梁子聽了後，趕緊找出她的嫁妝，摟著來到大門前，將院門開了個縫，把東西往外扔了一地。

因為有些嫁妝已經用了，梁子為了趕緊打發她，還掏出一串子錢往外扔，隨後又砰的一聲將大門關上。

綠翠撿起了地上的錢，揣著那紙休書。那些嫁妝她根本拿不動，而且大多是不值錢的東西，她只摟著幾樣還能將就著用的，便哭哭啼啼地回娘家去了。

直到聽不見綠翠的哭聲，伯明與櫻娘才相擁著慢慢睡去。

次日下午，櫻娘如願以償地當上了小領頭。那些婦人們見櫻娘這麼快就學會了如此複雜的織法，也輸得心服口服。

回到家後，櫻娘見伯明的氣色好多了，此時他正和仲平一起從板車上卸麥子呢。

她將這個好消息告訴伯明時，伯明雖因仍擺脫不了父母雙亡之事，沒能給櫻娘一個開懷的笑容，但也給了她一個肯定的點頭和讚許的眼神。「我知道，只要妳努力，肯定做得到的。」

仲平在一旁聽了也跟著高興，好奇問道：「大嫂，妳這下可是要管十多個人，會不會像葛地主家的監守那樣，手執鞭子盯著人家幹活？」

「織布坊都是女人，哪能用鞭子動粗？應該要像姚姑姑那樣以德服人，恩威並施，還要……剛柔並濟。」

招娣蹲在井邊洗菜，她聽不大懂櫻娘說的話。「大嫂，妳懂得真多，什麼恩威又什麼剛柔的，我聽都沒聽過呢。」

櫻娘朝招娣微微一笑。「我也是跟姚姑姑學的，她可是從皇宮司織局退下來的人，自然懂得多。」

大家正說著，見周里正朝他們這邊走來，還以為周里正是要去梁子家看看綠翠到底有沒有被休回娘家，沒想到他卻徑直朝他們走過來。

他打開了一個本子，瞧了瞧。「又到了每三年調一次地的時候了，你們家的人丁有變化，地也該減一減了。」

伯明本來心情才好一些，聽周里正這麼一說，他頓時來氣了。「里正，我們家才剛出事，你就說要減地，你這是什麼意思？」

周里正卻繃著張臉打官腔。「公事得公辦，是沒有人情可講的。何況又不只是你們一家，那幾家也都要減地。」

這時櫻娘走了過來，質問道：「我們家哪裡少人了，明明多了人好不好？我和招娣才嫁過來，還有她肚子裡的孩子，這不是多出一個人來了嗎？應該加地才對。」

周里正瞧了瞧招娣的肚子。「真是笑話，還在肚子裡哪能算？必須等生出來後才能登記在冊。」

只見周里正盯著本子上的數目，仔細瞧了幾遍後又道：「女人分的地和男人分的地數量不一樣。本來你們家應該減掉三畝地，妳公公兩畝，妳婆婆一畝，再抵去新添的兩名女眷，這樣減掉一畝就行了。你們家減得算少的，就別唧唧歪歪了，有的人家沒有新添人丁，一下減六畝的都有。」

女人只能得一畝，男人得兩畝？莫非是因為女人吃不過男人，所以就分得少一些？櫻娘還是第一次聽到這種說法。古代的女人不受重視，竟從分地的多少就體現得這麼明顯。

櫻娘想到招娣肚子裡的孩子沒能算上去，覺得很可惜。「里正，你說每隔三年才調一次地，那招娣肚子裡的孩子到時候都兩歲多了，豈不是少給兩年？若是個男孩子，就相差更多了。」

周里正擰眉道：「我也沒辦法，從來就沒有給腹胎分地的說法，哪家生孩子都得吃這個虧。何況小孩子不是有娘餵奶，要什麼地？你們家男丁多，分得的地相比那些女娃多的人家，已經算是占大便宜了，就別為這一畝、兩畝的地爭了。」

被他這麼一說，好像他們這一家子多小氣、多愛斤斤計較似的。櫻娘自知爭不過這些幾百年來留下來的規定，也就沒說話了。

「還有，你們家趕緊收麥子，明日葛地主家也得發糧了吧，後日就得繳地稅了，一共四百斤糧食，這個和以前一樣沒有變動。今日你們就先繳人丁稅，一共三百文錢，或是一百斤糧抵也行。」

家裡的糧已經不足一百斤了，怕是只有五、六十斤。至於拿錢，櫻娘與伯明還真捨不得拿出昨日才剛領回來的三百文錢。

櫻娘只好軟聲問道：「里正，能延個一、兩日嗎？家裡才剛收麥子，還沒打下來，待明日從葛地主家那兒領回了糧，後日把人丁稅和地稅一起上繳。」

周里正知道他們家欠了債，也不再相逼了。「好吧，後日一起繳，一共五百斤糧。」他合上本子，去別家了。

周里正來之前，一家人氣氛才好些，被他這一攪和，這會兒又沈悶了。

「招娣，我們做飯去吧。」櫻娘正要往廚房走，卻聽到伯明朝院子外喊了一聲「娘」。

櫻娘嚇了一跳，還以為伯明突然撞邪了，或是太思念他娘而認錯了人，可是緊接著她又聽到另一道嗓音。「伯明啊，你們家麥子收得差不多了吧？」

櫻娘聽出來了，是她娘李杏花來了。她的預感告訴她，她娘來了肯定沒好事。

果然，李杏花走進院子後，一面誇招娣能幹，一面又問家裡是不是有了好收成，因為她見院子裡堆著好些麥子。接著，她就扯出這兩日得繳三百斤田糧賦稅的事來。

櫻娘微微蹙眉。「家裡有七畝地，還有伯明下聘給的糧，不會連三百斤糧都繳不出吧？」

李杏花唉聲嘆氣道：「唉，雖然稅是能繳得起，可是家裡的糧也剩不多了，主要是收成不好，今年淨是蟲子，這一年怕是又得緊巴巴地過了。我今日來倒不是為這事，妳爹昨日在家打麥子，竟把脖子扭傷了，疼得叫了一晚上。今日早上找郎中來敷藥才好一些，可是郎中說得接連敷上十日，要花三十文錢呢。」

櫻娘沒好氣地說：「三十文就三十文錢，莫非迎親時給的錢這麼快就花完了？」

李杏花趕緊將櫻娘拉進屋裡，不想讓在院子裡的幾人聽見。「妳這閨女是傻了還是怎麼回事？當著他們的面瞎嚷嚷什麼，三十文錢可不是小錢，迎親禮還得留給妳弟訂親用。妳在織布坊幹活，每日能掙錢，給個三十文又怎麼了？這是給妳爹敷藥，難不成我和妳爹這些年都白養妳了？」

櫻娘氣得臉有些憋紅。「娘，妳沒搞錯吧？家裡有錢不花，還非要跑到這裡來問我要三十文錢？妳不知公婆剛……我們家欠下了四千文錢的債呢！」

李杏花撇著嘴。「欠債關妳什麼事？妳辛辛苦苦掙的錢，不給生妳養妳的爹娘花，卻要給與妳相處只不過兩個多月的人家還債，妳腦殼壞了吧？」

櫻娘其實不是捨不得這三十文錢，就是覺得李杏花簡直太過分，婆家如今生活困難，娘家不願幫一點也就算了，竟然還覬覦著她的錢？她掙的錢難道就必須給從來不把她當回事的爹娘和弟弟們花嗎？

雖然她在婆家日子短，但是公婆和伯明對她都很好，她和這一家子人相處很融洽，她喜歡和他們過日子。但是她與這個娘家才相處那麼一日，感情沒培養出來，倒是生了不少氣。

「我沒有錢，妳趕緊回去吧。」櫻娘冷冷地說道。

李杏花急得跳腳了。「咦？妳怎麼可能沒錢，妳上個月不是還幹了幾日活嗎？」

櫻娘只好騙她。「錢都拿去還債了，還給他三叔了，家裡現在一文錢也沒剩。」

「真的假的？妳可不能騙娘。」李杏花覷著她的臉，生怕她是在扯謊。

「當然是真的了，若妳借給大伯家一千文錢，妳見他家有人掙錢了，妳不急著上門要債？」

這下李杏花相信了，氣得直拍大腿。「哎喲，我的傻閨女啊，妳掙的錢不好好攢著自己花，也不知道給娘家，急著還什麼債呀？薛家現在只有妳一人掙錢，多威風啊，妳怎麼不知道要抬高自己呢？若是知道妳能去織布坊掙錢，爹娘就不急著讓妳嫁到薛家了，到時候說不定還有富裕人家來說親。」李杏花悔得呀，腸子都要青了。

既然要不到錢，李杏花也不繼續待在這裡了，又氣又悔地離去。

伯明雖然沒聽清她們母女倆在說什麼，但也知道岳母應該是來要錢的。他進來問櫻娘，櫻娘便把剛才的事說了。

伯明尋思了一下。「要不……還是給妳娘三十文錢吧，家裡不是有三百文錢嗎？她好不容易來一趟，空手回去多不好。」

「伯明，不是我小氣不給，只是我怕娘來要錢得手了，以後會成習慣的。家裡明明有錢，卻還來這裡要？」說來說去，櫻娘與娘家沒感情，她不想做這個冤大頭。

「可是……」伯明是個臉皮薄的人，不想被岳父岳母在背後罵。而且櫻娘辛苦掙來的錢，給她娘家花一點也沒什麼。每個人都是由爹娘生養的，岳父岳母辛苦養大櫻娘，沒有功勞也有苦勞。此時，他又想起自己的爹娘，他都沒來得及孝順他們，結果……

雖然他也不喜歡岳父岳母，可是他不想讓自己有愧疚感，哪怕不顧著面子，他也不能讓岳母第一次來就空手回去，否則這事說出去，彼此都難堪，怕是還會影響櫻娘在外的名聲。他想了想，最終還是拿出三十文錢，跑出院子，追上了岳母。

櫻娘嘆了口氣，也沒說什麼，便去廚房和招娣一起做飯。

李杏花見伯明給她送錢來，頓時喜出望外，只是心裡又開始懷疑起櫻娘的話來。「你們不是沒錢嗎？櫻娘說都還你三叔了。」

伯明頓了一下，扯了個謊。「這是我以前存下來的錢，櫻娘不知道。」

李杏花剛才還覺得女兒嫁給薛家虧了，現在一想，又覺得眼前這個女婿還不錯。「櫻娘嫁給你，可是你的福氣，你瞧她，多巴著你們薛家呀，打著燈籠都找不來的，你可不許欺負她！」

「娘，妳放心，我會對櫻娘好的。」伯明這是說給岳母聽，也是說給他自己聽。他還暗自下決心，他一定要好好努力，讓櫻娘過上好日子，不再跟著他吃苦。

李杏花點了點頭，拿著錢走了。想到女婿家也過得這麼困難，看來也指望不上什麼了，她走在路上忍不住一個勁兒地嘆氣。

幾日後，姚姑姑從烏州回來了，替櫻娘帶來了五大包的絹綢料子，還特意讓馬車多跑些路，將這些料子直接送至櫻娘家。

吃過晚飯，櫻娘與招娣就開始裁料子做頭花了，叔昌與季旺覺得新鮮，也跑過來幫忙。四人各執布的一端，彼此站得遠遠的把布展開。招娣拿著剪子的手有些顫，生怕剪錯了。

櫻娘在旁鼓勵道：「招娣，妳就剪吧，哪怕真剪錯了一些也沒事的，我們可以把它做成別款頭花。」

招娣聽櫻娘這麼說就放鬆了些，她照著花樣，估了估寬度，拿著剪子喀嚓喀嚓地剪下去。

伯明與仲平兩人湊在一起，尋思著到底該在玉米田裡改種什麼，深思苦想好半天也想不出來。他們從小到大只知道要種麥子、玉米和高粱，當這些都收成完畢，到了深秋，家裡也就沒什麼重要的活兒可幹了，就是上山砍柴砍樹，為冬季做準備。

伯明撐著腦袋，想起了師父曾經說「窮則變，變則通，通則達」，他已下定決心，無論如何都要試著改變。

櫻娘見他們倆在那兒發愁，就隨便問一句。「種大豆怎麼樣？大豆可以做豆腐，可以和肉一起燉著吃，還可以榨油，應該滿好賣的。」

「妳是說黃豆嗎？」伯明可沒聽說過大豆。

櫻娘連忙點頭。「對，以前聽我爹娘說黃豆可是好東西，也值錢。」

伯明嘆氣道：「其實剛才我和仲平也考慮過了，春季已錯過了，這個季節倒是也能種晚黃豆，可是我們這兒沒有黃豆種子。」

仲平忽然拍一下腦袋。「哥，你還記得以前和爹去嘉鎮撈海貨嗎？那邊就有幾戶人家種了黃豆，說不定去那兒能買到種子。只是……這不是又要花錢了嗎？」

伯明也想到了這個，可他仍然搖頭。「不僅是要花錢，最棘手的是很少有人種，沒什麼經驗可參考。大家之所以都不願種，還不是因為收成太低了。」

櫻娘在旁鼓勵道：「我覺得，若是多花心思在如何種黃豆和怎麼提高收成上，慢慢琢磨，仔細打理著，應該不會差了。」她記得在前世時，東北大面積種大豆，也沒聽說有多難，無論怎樣，還是值得試一下。

伯明聽櫻娘這麼說，心裡已經有想法了。他又低頭沈思著，他也聽說黃豆榨出來的油可比麻油好吃多了，還能做豆腐，無論收成高低，到時候只要能賣得出去應該不至於賠錢。「要不……我明日去嘉鎮打聽一下，若是種子太貴了就不買，便宜的話就買一些。今年試種一次，好賣的話明年就多種些，我們今年正好可以留種子。」

季旺嘴饞了。「就算賣不掉，自家留著榨油和燉肉吃也好啊。」

伯明微微笑著。「你就惦記著吃！對了，這幾日我們還要種白蘿蔔和四季豆，這是要緊之事，可不能忘了，到時候醃成鹹菜，冬天就不會沒有菜吃了。」

聽伯明這麼一說，櫻娘還真是有些嘴饞了。「種白蘿蔔和四季豆好，我可愛吃鹹蘿蔔條和醃四季豆了，下飯得很。」

招娣聽了也紅著臉說：「我也很愛吃，我們北方不像南方，冬天沒有蔬菜，完全靠鹹菜過活。」

這一晚上，櫻娘與招娣一起只做了六朵頭花，因為剛開始做還不順手，加上得把縫線仔細地藏好，不能讓人瞧出來，否則頭花就不好看了，所以還是很費功夫的。

「招娣，早點歇息吧。妳有孕在身，這油燈又昏暗，可別把眼睛熬壞了。」櫻娘揉了揉眼睛，她自己也有些睏了。

招娣很聽話地收起手裡的活兒。「嗯，我白日還可以做，應該會比晚上做得還要多。」

次日天色未亮，伯明就起床了，因為要去嘉鎮他得趕早一些，而且他還想給櫻娘帶回一個小小的驚喜，怕是還要在嘉鎮多耽擱一些時辰。

可能是他起床時忍不住輕輕碰了一下櫻娘的額頭，不小心把櫻娘吵醒了。他已十多日沒親近過她了，這段時日以來他也壓根兒沒這個想法，只是此時想到他兩夜不能回家，肯定會很牽掛她的。

櫻娘微睜著眼睛，拉著他的手。「你這兩夜在哪兒過夜？嘉鎮那邊有客棧嗎？」

「沒有客棧，也無須住客棧，我小時候和爹去都是問當地人家借宿的，給他們七、八文錢就夠了。」伯明說話時忍不住又親了親她的唇，櫻娘伸手勾住他的脖子，兩人便摟著熱烈地吻了一陣。

不過伯明想時辰不早了，還得帶些乾糧，他得先去廚房張羅，因此雖意猶未盡也得分開了。但其實，他是想到爹娘還未過七七四十九日，做兒女的是不能行房事的。

櫻娘自然也懂，跟著起床，當他們倆來到廚房時，發現招娣竟然已經在煎餅了。

「招娣，妳怎麼起這麼早？」櫻娘趕緊過來幫忙燒火。

「反正是要做早飯的，早起一會兒也沒什麼，大哥要去嘉鎮，我就想著早點準備。」招娣將煎好的餅盛出了鍋，足足有十個。「大哥，仲平說你後日傍晚才能回來，這些肯定是不夠的，可是做多了我又怕在路上壞了可惜。」

「夠了，足夠了。」伯明找紙去了，待餅稍涼，他得用紙包起來。

櫻娘聽了覺得挺不好意思的，她竟然沒想到早些起床給伯明做乾糧，還是招娣細心。

伯明為了趕路，什麼也沒吃，提著餅準備出門，打算在路上再吃。「櫻娘，我……我得走了。」他站在院門口回頭瞧著櫻娘。

兩人自成親以來，都是白日幹活，晚上睡一起，除了伯明昏厥過去的那一晚，他們倆從未分開過。這次雖然只分開三日，櫻娘不僅有點依依不捨，還不大放心。

「伯明，這餅怕是無法留到明日中午，肯定會壞的，到時候你就在路上買包子吃，別捨不得花錢。」

伯明朝她笑了一笑。「我又不是小孩子，知道心疼自己的身子，妳放心好了。」

「還有，你在路上可得小心點，若是碰到攔路打劫的，你就把錢趕緊給他們，命要緊！」櫻娘滿是擔憂地說。

伯明忍不住發笑。「哪裡會有匪賊，妳淨瞎擔心。哪怕真有，他們見我這髮型就知道我當過和尚，和尚身上都是沒錢的，他們肯定會饒過我。再說了，匪賊也敬佛的。」

櫻娘聽他這麼說，才放心了些。伯明看了看天色，時辰真的不早了，便跨步離去。

招娣在一旁見櫻娘盯著院門看了好半晌，禁不住掩嘴笑道：「大嫂，妳和大哥感情真好。左右不過兩、三日的事，後日晚上就回來了，瞧你們剛才那樣，好像要分開好多年似的。」

櫻娘微紅著臉。「哼，妳就笑話我們好了。這事要是發生在妳身上，怕妳還成哭鼻子呢！」

招娣撇著嘴。「哪會，我才不會哭咧。仲平沒有大哥心細，妳沒瞧見仲平平時和我連話都說不多，其實他也是不知道說什麼，肚子裡沒水，腦子也不太想事，就知道拚命幹活。不過，我覺得人活得簡單一些也好，安穩。」

櫻娘笑覷著招娣。「瞧妳說話那模樣，就知道妳對他滿意得很。其實二弟也算心細，平時吃什麼可都惦記著妳呢，看妳幹活他都搶著做，怕妳累著身子。他們哥兒倆，各有各的好。」

妯娌倆在廚房裡說著自家男人的好，也不知仲平聽見沒，只見他起床來到院子裡洗臉，好半晌都不好意思進廚房來。

吃完早飯後，叔昌和季旺出門了，仲平也要去玉米田捉蟲子，下午他還打算去菜園鬆土，準備過幾日種白蘿蔔和四季豆。

待櫻娘也出門去織布坊，家裡就只剩招娣一人了。昨日下了雨，地上還濕著，不能曬麥子了。她只好把菜種子攤在簸箕裡，端出來曬著，然後再出門放牛。

這兩日，櫻娘回到家吃了晚飯後，還會和招娣做好一陣子的頭花，每夜都很晚睡。其實她是想著一心專注幹活，就不那麼想念伯明。

這一夜實在是做得太晚了，招娣呵欠連天的，櫻娘只好催她收起綢料，然後回房睡了。

櫻娘躺在床上，摸著伯明的枕頭，尋思著他明日就要回來了，應該沒遇到什麼不順的事吧？嗯，肯定一切都很順利，她可不能亂想。

可是她仍然胡思亂想了一氣，再甜甜地想念了他好一陣，最後才慢慢睡著了。

待她睜開眼睛，天已經亮了，想到今日伯明就會回家，她幹什麼都有勁兒。

下午收工時，她是一秒鐘都不耽擱，趕緊出門，她已經想好要站在自家門口候著伯明歸來，但她剛出織布坊的大門，正要往路上跑，就被一個人伸開雙臂攔住了。

櫻娘急忙煞住腳步，頓時睜大了眼睛驚道：「伯明！」

伯明朝她咧嘴一笑。「怎麼，把妳嚇著了？」

「你怎會這麼早就回來了，還來接我？」櫻娘顯然有些激動。「你還學會給人意外驚喜了？」

伯明呵呵笑著。「這算是驚喜嗎？」他心裡想，回到家，他還有小驚喜給她呢。

「當然算啦，你沒見我有多高興嗎？」櫻娘走上前來挽住他的胳膊，與他一起並肩走上大路。

這時她見有許多人盯著他們倆瞧，便又鬆開了他的胳膊。在這裡，夫妻倆在外頭挽個胳膊都是不得了的事。

伯明只是一陣傻樂，他瞅了瞅左右，然後小聲地問道：「有沒有很想我？」

櫻娘羞紅著臉。「才不想呢。咦？你出門一趟怎麼嘴就變肉麻了？」

「有嗎？可能是……」本來他想說是太想她的緣故，忽而覺得這確實太肉麻了，便打住了。

「我足足收了二十斤黃豆種子，只花一百文錢。」

「這麼便宜？光黃豆就要五文錢一斤，怎麼黃豆種子也是這個價？種子一般都很貴的呀，不會買錯了吧？」櫻娘還真有點擔憂。

「妳放心，不會有錯的。這是一位阿婆賣給我的，她說她老了，種不動了，願意便宜賣給我。我在她家借宿一夜，她都不肯收錢，我硬塞錢給她，她也不要。」伯明相信如此好心的阿婆肯定不會騙人的。

櫻娘點頭。「這麼說來肯定是沒錯啦！對了，你不是在外住了兩夜，怎麼才借宿一夜？」

「我昨夜沒住，半夜就開始趕路回來，否則就不能這麼早到家了。」伯明說話時一直側臉瞧著櫻娘，越瞧越覺得她好看。

櫻娘知道這是伯明太想見她的緣故，所以才這麼急著回家，她心裡美滋滋的，可同時，她也很心疼他。「傻瓜，一整宿不睡，你怎麼扛得住？」

「想到回家能見到妳，哪有什麼扛不住的，妳瞧，我還精神著呢！」伯明一副神采奕奕的模樣，沒有絲毫疲憊。

櫻娘瞧著伯明的臉頰泛著紅，她知道他是太高興。

兩人就這麼一路說著，明明分開不足三日，好似都有一肚子話要說。

回到自家院子時，櫻娘見招娣在院子裡嚇得一蹦一跳的。「招娣，妳這是怎麼了？」

招娣見他們來了，直呼道：「大嫂，妳看大哥不知帶了什麼東西回來，好嚇人！妳看妳看，牠們都橫著走，剛才差點夾我手了！」

櫻娘見招娣被幾隻螃蟹逼到牆角了，笑得直捧腹。「這是螃蟹，妳不認識？哎呀呀，螃蟹啊，我太想念你們了呀！」櫻娘走過來瞧著一隻隻螃蟹，簡直樂開了花，她在前世很愛吃海鮮，而且最愛吃的就是螃蟹。

「螃蟹是什麼？」招娣在山裡長大，從沒吃過，也沒見過。

「螃蟹是能吃的呀，味道可鮮美了。」櫻娘將螃蟹一隻隻拾起來，她數了數，一共有十二隻呢。「伯明，你怎麼會想到捉螃蟹回來？」

伯明就知道她肯定會喜歡。每年都有嘉鎮的人拉海貨來賣，只因路途遠，賣的都是乾貨。招娣是山村的人，她沒嚐過很正常，但是永鎮的人，大多數一年能吃個一、兩回的，就因為吃過卻又買不起，所以會特別地饞。

伯明從井邊拎出一袋給櫻娘看。「我昨日傍晚捉的，怕牠們壞掉，就趕緊往家裡趕。不只有螃蟹呢，還有小海螺、海錐。」

櫻娘蹲下來用手撥弄著，歡喜道：「今晚是要擺海鮮宴嗎！」

這些就是伯明給她的小驚喜，見櫻娘高興，他心裡更是開心。「哎呀，有些好像已經壞了。其實螃蟹我也拾了不少，可這一路上沒有海水，又熱，死了一半，聽說吃死螃蟹對身子不好，所以我都扔了。」

「能剩這些回來也不錯了，夠一家子吃一頓了。」櫻娘低頭挑著壞掉的小海螺和海錐。

招娣湊過來，納悶地問道：「這些好吃嗎？」

「蒸螃蟹，爆炒海錐，香辣海螺，都是人間美味啊！我以前最……我以前只吃過一次，呵呵，就再也忘不了。」櫻娘想起孕婦好像不能吃螃蟹，但是一共才十二隻，一人也只能吃到兩隻，應該沒事的，好歹讓招娣嚐嚐鮮。

櫻娘見招娣進廚房拿菜籃子去了，她便湊過臉來，偷襲伯明，迅速親了一下他的臉龐，算是給他的獎勵。

伯明第一反應是瞅瞅廚房，怕被招娣瞧見了，然後再伸手捏了捏櫻娘的臉。「妳這個小饞貓，一有好吃的就得意忘形。」

櫻娘嘻嘻笑著。「你不知道我娘家有多窮嗎？一年到頭都沒吃過好東西呢。」其實她很想說，她從小到大可都是個吃貨，而媽媽又是做海鮮的高手，她不可能不饞啊。

她才一說完，伯明忽然來偷襲了一下，不過他偷襲的可不是櫻娘的臉，而是她的唇，並且還停住了，很用力地吸吮一下。

櫻娘慌忙推開他。「你才是小饞貓呢！你饞的還是……」

招娣端著籃子走出來，很認真地說：「你們倆別饞了，等會兒不就能吃到了嗎？這些海裡的東西真的有那麼好吃？」

櫻娘與伯明忍不住一陣偷笑。

第八章

招娣自小沒見過這些海裡的東西，當然是不會做了。櫻娘和伯明一起將這些洗淨了，備上辣椒、薑，然後由伯明燒火，櫻娘開始炒，招娣就在旁邊瞧著。待仲平、叔昌及季旺都回了家，櫻娘再把螃蟹蒸上。

前幾日因為伯明不在，吃飯時很安靜，現在伯明回來了，又是吃著一年也難得吃一回的海貨，一家子終於熱鬧地說了好一陣子的話。

招娣完全不會吃這些東西，全靠櫻娘在旁邊教她。招娣不吃不知道，這一吃便上癮了，吃完後，她洗了洗手，卻憂愁了起來。

仲平問她怎麼回事，她有些難為情，小聲說道：「這一吃，沒想到就喜歡上了，以後不就會惦記了嗎？惦記的滋味可不好受。」

櫻娘頓覺招娣這話說得太有道理了，她就是在前世吃過媽媽做的那些好吃的東西，所以在這裡經常犯嘴饞，若是不好好克制一下，還真是有些難受。

「招娣，待我們家有錢了，以後就一起去嘉鎮，邊吃邊玩，讓妳痛快一回。」櫻娘信心十足地說。

招娣展望了一下，點點頭。「嗯，我可從來沒見過海，去海邊玩會不會有危險，不會掉進海裡去吧？」
櫻娘笑道：「有仲平跟在妳身邊，妳何須怕危險？」
仲平緊低著頭，不讓大家看見他的臉，他手裡還在挑著海螺肉，然後放進招娣的碗裡，一聲不吭，倒是惹得叔昌和季旺在旁偷偷發笑。
吃完飯後，櫻娘和招娣又做了一陣子頭花。
伯明確實太累了，只因他一直忙著才不覺得。他洗漱後，躺上了他與櫻娘的婚床，心裡十分踏實，一會兒便睡著了。
櫻娘做了好些頭花再回自己屋裡時，聽見伯明均勻的呼吸聲，就知道他睡得很沈。她輕輕吹滅了燈，躡手躡腳地爬上床，躺在他的身邊。
就這樣緊靠著伯明睡，櫻娘覺得特別安穩。她一夜無夢，一覺睡到天亮，起床時渾身輕爽。此時伯明還未醒，她就先輕手輕腳地起床了。
櫻娘來到廚房時，見招娣一面燒火，一面伸手往袖子裡撓，時不時還往背上撓。
「招娣，妳這是怎麼了，身上癢？」櫻娘走過來瞧，見她手腕都被抓紅了。
「嗯，不知怎麼回事，哪兒都癢得慌。」招娣說話時，還忍不住又往腿上抓一把。
櫻娘有些嚇著了，把她拉到廚房門外，對著亮光掀開她的袖子。「妳這是過敏了，一定是昨晚吃螃蟹害的。這都怪我，疏忽了這個。早飯我來做，妳趕緊去外面拔一些馬齒莧回來，將它煮開，然後往身上敷，這樣似乎能好得快一些。」

「看來有些東西好吃是好吃，還是帶毒的啊！」招娣不太懂過敏之事，聽說是因吃螃蟹而長了這些紅疹子，還以為是中了毒。

櫻娘安慰她道：「妳別擔心，這不是中毒，每個人的身子不一樣，有好多人像妳一樣，吃海貨都會長紅疹子的。妳快去吧，可別再抓了，越抓越嚴重。」

招娣確實癢得有些受不了了，趕緊出去找馬齒莧。

這時伯明也起床了，他來到廚房，見櫻娘在做早飯便過來幫忙。

「伯明，招娣吃了螃蟹身上長紅疹子了，都怪我忘了提醒她，你說這會不會影響她肚子裡的孩子？」櫻娘微蹙著眉。

伯明聽了先是滯了一下，再尋思了一會兒便覺得無礙。「應該不會的，以前村裡也有一些婦人懷孕吃螃蟹身上長紅疹子的，沒聽說會影響肚子裡的孩子。」

「那就好，否則我們的罪過就大了。我算了一下，招娣來年正月要生了，到時候我們就要當大伯和伯母了，感覺還挺奇妙的。若是姪子叫我伯母，我會覺得自己很老呢。」

伯明想像了一下，淺淺一笑。「聽上去似乎是挺老的，不過家裡若是有個小孩子跑來跑去，肯定很有意思。」

櫻娘想起伯明曾說過喜歡小孩子的事，聽他這麼說還以為他希望她趕緊懷孩子了。「你放心，我們也能懷上的，說不定過幾個月就有了。」櫻娘說話時，臉頰上紅得通透，很不好意思。

伯明呆望了櫻娘一陣，想起師父說過他和櫻娘這幾年不會有孩子，這事他還沒告訴過她。「櫻娘，不急的，待仲平的孩子長大點，我們再有孩子會好一些，否則孩子年紀隔得太近，家裡帶不過來。」

櫻娘臉上的紅潮還未褪去。「這種事……哪是自己想等就能等的。」

伯明怔了一會兒，覺得還是要告訴櫻娘，否則她一直沒懷上，心中會有負擔的。

「櫻娘，師父說……說我……」

櫻娘見伯明吞吞吐吐的，就跑到灶下和他坐在一塊兒。「你師父說什麼了？不是說你喝完那些草藥身子就會好，不會還有別的症狀吧？」她有些緊張。

伯明見櫻娘那麼緊張，又有些遲疑不敢說了，可是櫻娘眼巴巴地催他，他實在不忍再相瞞。「師父說以我的身子，這幾年怕是……不會有孩子的，妳不會生氣吧？不會嫌棄我吧？」

櫻娘睜大了眼睛，愣怔了半晌她才問道：「那以後會有孩子嗎？」

「以後肯定會有的，就是遲早的問題，妳……失望了？」伯明慚愧地說。「我該早點告訴妳——」

伯明話還未說完，櫻娘突然拍一下他的肩膀。「真是太好了！」

啊？伯明糊塗了，這樣還叫好？他以為櫻娘只是在安慰他。「櫻娘，對不起，委屈妳了，妳要是不高興可別悶在心裡。」

「瞧你說的，哪有什麼好對不起的，我又怎麼會不高興？我還巴不得呢！只是你上回說喜歡小孩子，我才想著若是早點生也好，你會很開心的。既然我們得晚幾年才有孩子，這樣豈不是更好？先把債還清，把家裡的日子過好了，這樣才能好好養孩子啊！」

伯明半信半疑。「妳真的是這麼想的？可別哄我。」

「不是哄你。其實我也不想太早生孩子，我現在還不到十六，往後的日子還長著。若是被孩子拖著，什麼事也不能做，這不是耽誤幹活嗎？而且聽說女人若是二十歲以後生孩子，孩子好扶養，身子壯實著呢！」

「真的？有這種說法嗎？」伯明自然也希望生出來的孩子好養活。

「以前聽一位郎中說的，你瞧仲平長得就比你壯實，可能就是因為娘生仲平時較晚一些。」櫻娘瞎舉了個例子，以此來安慰伯明。

伯明聽了覺得似乎有理，便將憂慮放下了。「聽妳這麼說還的確是好事，那我就不擔心了。」

櫻娘心裡還為另一個好處小小開心了下，她再也不用每次做房事後就特別注意身子，一點不舒服便猜想是懷孕了，以後她可以完全放鬆，無須在意這些了。

伯明忽而又想起一事來。「以後若是有人說妳不能生孩子，妳就告訴我，我去向人家解釋清楚，可不能委屈妳了。」

「你怕人家說我是不會下蛋的母雞？」櫻娘挺著胸脯。「我才不怕呢，你可別跟人家說。你這一說，人家不又說你了嗎？沒什麼大不了的，不要管別人怎麼說，我們過好自己的日子就行。」

「櫻娘，妳……」伯明緊緊握住她的手，他真不知說什麼才能表達他的心情。世上怎麼會有這麼心寬的女人，還偏偏被他碰到了。往後倘若真有人那麼說櫻娘，他肯定會去解釋的，他絕不允許櫻娘被任何人冤枉。

就在這時招娣回來了，外面到處都長著馬齒莧，她在院子前面一會兒就摘了好多。她一進廚房，見櫻娘與伯明並肩坐在灶下，還手拉著手。這是……什麼情況？這兩個人也太甜蜜了吧，她與仲平可從沒這樣過啊！

她慌忙轉身出去了，心裡還在暗笑，她沒壞他們倆的好事吧？他們倆不會是要親上了吧？這也太……太黏了。

「招娣，快進來，妳躲什麼躲呀，趕緊過來煮馬齒莧水。」櫻娘見招娣一進來又出去，就知道她想歪了。

招娣笑呵呵地走進來了，櫻娘戳了戳她的腦袋。「不許想歪！」

「沒有沒有。」招娣嘴裡笑呵呵地否認，但她心裡還是那麼想的。

「妳煮好後，一日多敷幾次，說不定能好得快一些。」櫻娘也不確定敷馬齒莧的效果如何，她只是以前好像聽誰說過有效。哪怕沒有多大效果，至少能止止癢。

沒想到招娣的紅疹子還挺好治的，她一日敷了五、六次，到了晚上，那些紅疹子顏色變暗了，也沒那麼癢了，看來她的皮膚自癒能力還挺強。

接下來二十多日裡，伯明與仲平不僅種下菜籽，玉米田裡的蟲子也捉得差不多了，連黃豆種子也仔細地種下了。

他們像種了金子般愛護著，一日往田裡跑好幾趟瞧黃豆有沒有出苗，甚至還有好幾日兄弟倆連半夜也去瞧。而且昨日見田裡有些乾，他們還挑了整整一下午的水，直往田裡澆。

村民們都說這兄弟倆瘋了，再怎麼種不也只是黃豆，收成根本不高，若是能高，豈不是家家都會種？

沒想到，今日一早伯明去田裡瞧時，見黃豆出苗了，整整齊齊的，好似每一顆種子都發了芽，一粒都沒廢，他興奮地把一家人叫去田裡。

櫻娘見田裡出了一片好苗子，高興地問：「家裡一共種了有四畝吧？」

「嗯，四畝！全都長著整整齊齊的苗！」伯明像看著寶貝一樣，目光都不肯離開這些綠苗子。

仲平在一旁十分期待地說：「若是收成好，一畝可以收上三、四百斤呢！也不知我和大哥這麼費心，能不能有這個收成？」

伯明摸了摸身邊的綠苗。「我們一定要好好護著它們，必須讓它們有個好收成。」他說得很鄭重。「仲平，明日是爹娘的七七，等會兒你去鎮上買些祭品，明日我們一家子都要上墳去。」

平時他們都是各別去爹娘的墳上看望，沒一起去過，可這次七七之期很重要，他們自然要一起去。

仲平現在才明白大哥語氣為什麼那麼認真了，他是希望給地下的爹娘一些安慰。仲平點著頭。「我等會兒就去。」

次日一家子帶上祭品，來到薛老爹和楊三娘的墳前。墳的周圍被伯明和仲平種上了一圈松樹，因為松樹長青，他們希望爹娘在這裡有它們陪著也不孤單。

伯明撲通一下跪地，一家子也跟著全跪下了。

伯明忍住沒讓眼淚流出來，他現在已經越來越堅強。「爹、娘，我和仲平種的黃豆生得好，肯定會有好收成的。玉米和高粱的蟲子也抓淨了，應該不會比往年差。我們幾個一定會好好過日子，你們在地下千萬別擔憂，安安心心的，別記掛我們。」他說完看著櫻娘。「妳也跟爹娘說說話吧，爹娘肯定念著妳呢。」

該說什麼好呢？她想了想公婆在世時的願望，心裡忽然感慨起來，幽幽地說：「爹、娘，我和招娣把頭花都做好了，姚姑姑大後日又要去趟烏州，過個幾日就能拿回錢來，到時候我多買些紙錢燒給你們，聽說在陰間也得有錢才能過得好。你們拮据了這麼多年，可不能再節儉了，要大手大腳地花。以後每隔一段日子我就來給你們燒紙錢，不要擔心花完就沒了，更不要記掛我們，我們都過得挺好。」

說完一家人磕了三個響頭，默默燒著紙錢，插上點燃的香，再拔去墳頭上的野草。

再過七日，姚姑姑不僅把櫻娘和招娣掙的五百文錢給帶回來了，還用從中扣除的一千文本錢再為櫻娘帶來了和上次一樣多的料子。

櫻娘興奮不已，跑去鎮上買了好幾包糕點給姚姑姑。本來她想買簪子或耳環的，可是姚姑姑平時戴的都是上品，在這個鎮上根本買不到。她知道姚姑姑平時愛吃什麼糕點，就按她喜歡的買。

姚姑姑直罵她瞎花錢。「花了這麼些錢，妳得多做好多頭花吧，傻不傻呀妳？以後可不許再買了！」

櫻娘揣著這麼多錢，高興壞了，直點頭。「嗯嗯，下次我給妳帶我醃的鹹菜。」

姚姑姑也好這一味，眉開眼笑。「這還差不多。」

「姑姑，料子明日我叫伯明來幫著拿，我一個人拿不動，而且我還想給家人買些東西。」

姚姑姑見她那開心的模樣，也被感染了。「去吧去吧，好讓家人開心開心。」

櫻娘再去鎮上為公婆買了紙錢和祭品，又買了一斤肉、一包棗糕和瓜子，她知道大家愛吃這些。然後她再去布店買了一些便宜的粗布，叔昌和季旺身上的衣裳已穿了好些年，都補花了，再穿下去就像要飯的了。

她回到家時，將剩下的四百多文錢攤放在桌上，一家人都圍了過來，這是他們頭一回見這麼多錢擺在一塊兒，看得眼都花了。

叔昌和季旺見大嫂還為他們買布做衣裳，高興得蹦蹦跳跳，跟幾歲小孩似的。

櫻娘見他們高興，頓覺自己這個大嫂當得還算稱職。「叔昌、季旺，你們倆來數一數，看你們能不能數得清，然後再找繩子串起來，十個為一串。」

這種活兒可是誰都愛幹，叔昌與季旺兩人坐下來仔細地數著，再好好地串起來。櫻娘像婆婆以前那樣，給每人發了十文錢。這段時日個個荷包裡都是空的，一文錢都沒有。

伯明見櫻娘與招娣掙來了這麼多錢，他可不願落後，轉頭對仲平說：「再過兩、三個月黃豆也可以收了，你說能不能掙上這麼多錢？我們兄弟倆可不能輸給她們妯娌倆。」

仲平憨憨地笑著。「我覺得不但不會輸給她們，肯定還會比她們掙的多許多呢。」

招娣用腳踢了踢他。「你可別大誇海口，讓大哥大嫂見笑。」

櫻娘將這些錢拿去箱子底下收好，嘴裡還說道：「招娣，妳可別不信，也許還真會被仲平說中了，我們倆就靜候佳音吧，到時候湊夠了錢趕緊先將三叔的錢還上。」

到了睡覺的時辰，櫻娘將鋪蓋掀開鑽了進去，之後伯明也鑽了進來，櫻娘像往日一樣挨著他睡，閉上了眼睛。

在她意識矇矓的時候，感覺嘴唇有東西覆了上來，溫溫熱熱的。她忽而睜開眼睛，屋裡很黑，暗淡的月光從窗外射進來，她還是沒能看清伯明的臉，但她能感受到他眼裡的光芒很熱烈，她的瞌睡蟲不知不覺地被趕跑了。

她軟聲說：「怎麼，你還不想睡？」

「睡不著。」伯明清朗的音色此時略帶磁性，讓櫻娘的心癢癢的。

正當她有些蠢蠢欲動時，伯明忽然一下壓在她的身上，將她的唇死死封住。

近兩個月來，兩人都是老老實實地睡覺，伯明每次都僅僅是摟著她瞧，沒有任何舉動。今夜他不知怎麼了，若是不好好折騰櫻娘，他怕是沒法睡著了。

櫻娘感覺他的唇瓣像火一樣滾燙，她迎接著他的炙熱，且熱烈地回應他。

這種夏夜，只要前後窗都開著，便有微微涼風吹進來，剛才他們還不覺得熱，可是現在他們熱得受不了了，雙雙將衣裳脫得一乾二淨。

櫻娘在前世是一到夏季就必須吹冷氣的人，城市的那種悶熱是十分難忍的。但自從到了這裡後，沒有冷氣吹，她發現也沒有多熱。當然，這個時候她是很熱的，熱得想幹點兒什麼。

伯明不知怎的，忽然將她抱起來，讓她坐在他的身上。

櫻娘頗為驚訝。伯明還懂這個？看來他天資聰慧，會觸類旁通。

一陣激盪之後，伯明吻著櫻娘的脖頸，有些羞澀地說：「櫻娘，剛才沒嚇著妳吧？」

櫻娘領會他的意思，刮了刮他的臉。「沒有，我哪有那麼不經嚇？」

「妳不會認為我很……當過和尚的，不都應該是無慾的嗎？我是不是白唸了十年經，一點也禁不住。妳真的不會笑話我？」自己剛才那麼激昂，伯明心裡還真有些羞愧呢。

「你現在又不是和尚，你是娶了親的男人，我若是笑話你，還那麼……哎呀，不說了，羞死人了。」櫻娘直往他懷裡鑽。

伯明雙手摩挲著她的秀髮，又低下頭來親吻著她，艱難地開口道：「可是……我還想要……怎麼辦？」

櫻娘渾身一滯，接著輕聲嬌笑。「你還真是個色和尚。」說完，她一下爬到了伯明的身上，其實還想要的可不止伯明一人。

這一夜，屋內旖旎，激起漣漪陣陣，在這個躁熱的夏夜裡，更顯熱烈與濃郁。

伯明每日都要來黃豆田裡瞧好幾回，瞧著黃豆的枝芽長得壯壯的，他似乎已經看到了好收成，越看越有信心。

他幹勁十足地鋤著草，這時在隔壁幹活的一對夫婦圍了過來。

他們比伯明大不了幾歲，因為長年在田裡工作，顯得老成許多，他們既羨慕又嫉妒地瞧著伯明家的黃豆。

「伯明，你別只知道傻乎乎地幹活，還得看好自家的女人。」婦人半玩笑半揶揄道。

此婦人話音一落，她的男人便接著說道：「就是，女人能掙錢可未必是好事，在外拋頭露面的，經常與男人們打交道，可別扯出什麼丟人的閒話來。」

伯明瞥了他們一眼，頓時心裡有了氣。他知道人怕出名豬怕肥，他們這是在嫉妒，嫉妒櫻娘會掙錢，又嫉妒他家地種得好。

他懶得和他們計較，自顧自地幹活。沒想到這對夫婦見伯明沒太大反應，似乎很不盡興。

那位婦人又說道：「我剛才可不是跟你說笑，櫻娘在織布坊真的有男人勾搭！聽說甄員外的小兒子經常去織布坊裡瞧，還和櫻娘說過話。你還是趕緊叫她回家種田吧，到時候她要是跟著人家跑了，你哭都來不及。甄員外的小兒子可是有好幾房女人，才不怕再多一房咧！」

伯明氣得把鋤頭往一邊扔。「胡謅什麼？說幾句話就叫勾搭？妳現在就在跟我說話，莫非妳這也是勾搭？我是不會讓櫻娘回家種田的，不會讓她在田裡辛苦，曬得跟妳一樣像個黑老婆子！」

這位婦人聽得氣炸了，扠著腰大聲喊道：「你……你罵誰黑老婆子？你一個和尚胚子還學會了罵人？」

見兩人吵了起來，她的男人怕惹出事來，趕緊將婦人架走了。

伯明斜瞥了一眼他們的背影，拾起地上的鋤頭接著幹活。這是他頭一回與村民們鬧不和，想起剛才生氣的樣子，頓覺自己太不穩重了，竟然跟這種人置氣，至於嗎？他搖了搖頭，不禁嘲笑起自己。

到了傍晚，櫻娘懨懨地回了家。

「大嫂，妳怎麼不太高興，眼睛都紅了？」招娣驚訝地瞧著櫻娘。「誰欺負妳了？」

櫻娘嘆了嘆氣。「沒人欺負我，是姚姑姑明日就要走了，她不願在織布坊幹了。」

「啊？那……那我們做的這些頭花怎麼辦，怎麼賣得掉？」招娣急得跟什麼似的。

恰巧這時仲平與伯明一起回家了，招娣見了他們急得喊道：「不好了！大嫂說姚姑姑明日就不在織布坊幹了，我們還做了這麼多頭花怎麼辦？本來還以為只要這麼做下去，一年能掙好些錢，這下全成泡影了。」

櫻娘見招娣一點都沈不住氣，趕緊說個清楚。「妳放心好了，不會成泡影的。姚姑姑是走了，可她把她的位置給我了，到時候我去烏州，順便為自家帶貨拿料子，豈不是方便得很？」

招娣驚喜得半張著嘴，只是她又納悶了。「那妳還不高興？妳都要當大官了呀！」

伯明聽了便知道櫻娘為什麼高興不起來，因為她捨不得姚姑姑走。他放下鋤頭，來到櫻娘旁邊。「妳別傷心了，姚姑姑這是要去哪兒，她告訴妳了嗎？說不定以後妳們還能見上面的。」

櫻娘點頭道：「嗯，肯定能見上。她說是要去烏州，她有幾位司織局的姊妹在那兒，到時候我去烏州可以去尋她。我生氣的是，本來姚姑姑在這兒幹得好好的，都是被那個甄子查害的。甄子查這個名字取得真是沒錯，還真是個人渣子！」

「甄子查是不是甄員外家的小兒子？他對姚姑姑……」伯明心裡只覺得好笑，原來此人是對姚姑姑有意，竟然被那些長舌之人謠傳成是櫻娘，真是瞎胡鬧。幸好他壓根兒不相信，否則要白白吃上一頓醋了。

櫻娘想到甄子查就生氣。「對呀，就是他。他平時動不動就明裡暗裡罵我們這些村婦，說我們粗俗不乾淨。他見姚姑姑長得端莊秀麗，氣質高貴，就動了歪心思。想來也是，姚姑已經三十了，和甄子查年紀相當，但是看起來可是比他年輕多了。而且姚姑姑還仍是處身，他能不惦記嗎？姚姑姑是住在他家裡的，她怕哪日不小心被他輕薄了，所以才想著趕緊走人。」

招娣聽了有些擔心。「大嫂，待姚姑姑走了，那個男人會不會纏著妳呀？」

這也是伯明擔心的，只是他不好意思問出來。

櫻娘聽了先是一愣，然後將頭搖得跟波浪鼓似的。「哪會呢，他最見不得我們這些鄉下來的婦人了，都快把我們當狗屎嫌了！」

聽櫻娘這麼說，伯明渾身舒服了，人家越嫌棄櫻娘，他就越高興。

此時招娣手裡幹活更有勁了。「大嫂，那妳以後就要經常去烏州了，可是我們永鎮的大人物了，這下還不知要羨煞多少人呢！」

櫻娘不禁笑道：「哪有那麼誇張，我算哪門子的大人物呀。不過，殷管家說我的工錢要漲了，大領頭工錢是小領頭的五倍，雖然還不及姚姑姑在這兒拿的十分之一，可是我已經很滿足了。」

招娣、仲平與伯明齊聲呼道：「五倍？一日五十文錢?!」

櫻娘升為大領頭且一日能掙五十文錢的事很快就在永鎮傳開了，她幾乎成了家喻戶曉的人物。在大家的眼裡，姚姑姑從京城來，是個高貴人物，掙多少錢都覺得是理所當然。而櫻娘，一個普普通通的農婦，竟然榮升大領頭，掙的錢是連男人都覺得不可企及的，因此這對於大家來說，等同於聽聞了爆炸性事件。

以前有不少人眼紅櫻娘那一日十文的工錢，便造謠生事，在背地裡說了不少櫻娘的壞話。如今櫻娘又向上邁了一大步，那些人態度則一百八十度大轉彎，哪還敢說她壞話，在人前人後可是都誇她呢，差點就把她誇成神一樣的人物了。

不過櫻娘也確實能勝任這個位置，雖然她暫且還沒有姚姑姑那麼有威望，但她可不是白穿越來的，前世的管理經驗怎麼也得用一用。

因為甄家與幾位大商家都有來往，織出來的布都是由商家派人來領貨。櫻娘想出了幾個獨特的織花圖案，畫出來給他們看，他們頓覺眼前一亮，催她趕緊帶領女織布工們快些織出來，拿去京城肯定好賣。

其實櫻娘只不過在前世看多了古裝劇，對古裝服飾上的圖案多注意了一些而已，沒想到現在還派上大用場了。

櫻娘的名聲是越來越好了，可是伯明不知不覺就成了大家嘲笑的對象。村民們平時幹農活總愛話家常，若是不扯點閒話，幹起活來都沒勁兒。如今不敢說櫻娘了，再不拿伯明說幾句，大家會覺得憋悶得慌。

說伯明什麼呢？好聽一點的無非就是說伯明命好，娶到了櫻娘；稍難聽一點的就是說伯明忒窩囊、吃軟飯、靠女人撐家。

幸好伯明曾靜修十年，佛經唸了一籮筐，他暫且還承受得住，儘量心平氣和去接受，無論在外聽到什麼難聽的話，他回來都不跟櫻娘提一句，只要櫻娘開心，他就覺得很好。本來自己就不如櫻娘能幹，若是還在她面前發牢騷，那他就更不是男人了。

一個月後，櫻娘像往常一樣，在天黑之前回了家，只是這回她卻神神秘秘的朝招娣招了招手。「妳過來，瞧瞧這是什麼？」

招娣湊過來瞧，只見櫻娘將小布兜一打開，裡面可是一串串的錢啊。

「大嫂，妳發工錢了？」招娣激動地數著串數。「一共十五串，足足一千五百文啊！我長這麼大都沒見過這麼多錢！」

「嗯，我們趕緊把三叔的那一千文先還了，到了下個月就可以還舅舅家的了。」櫻娘算了算。「還需兩個月，所有的債就都能還清了！」

「到時候我們家就無債一身輕了！」招娣興奮地說，她裝起十大串錢放進布兜裡。「我現在就去還三叔家的。」

櫻娘見她高興地跑出去，囑咐道：「妳慢點，妳肚子裡還懷著孩子呢。」

這一夜，一家人圍在一起興奮了好久才去睡覺，只是次日一早，伯明又聽到了更難聽的話。

此時伯明與仲平正在收玉米，仲平一邊掰玉米，一邊憂心地問：「大哥，人家都那麼說你，你就不生氣嗎？家裡日子是好過了，可都是大嫂的功勞，你這一出門就被人指指點點，往後該怎麼辦？」

「一開始我也生氣，可是後來我想通了，櫻娘每日要應對那麼多事，我可不能再給她添麻煩。人家那麼說我，我又不能堵住人家的嘴，櫻娘累了一整日，若是回來我還跟她發牢騷，那我還是男人嗎？再說了，難道還不讓櫻娘去織布坊了？她過得體面，我應該為她高興才是。只要我們不懈怠，把田裡的活兒幹好了，總有一日也能發家的。」

仲平覺得大哥說得有理，也就沒吭聲，一個勁兒地掰玉米。他們兄弟倆一會兒工夫就掰了兩擔子，兩人抬著放在了板車上。

這塊地收得差不多了，兩人便蹲下來瞧他們種的黃豆。

伯明滿心期待地瞧著。「仲平你瞧，我們家的黃豆可都結了沈甸甸的豆莢。聽說黃豆今年能賣六文錢一斤，若是四畝能收個一千兩百斤，足足能賣七千多文錢呢，到時候人家還會說我窩囊嗎？」

仲平聽說有七千多文，已經有些撐不住了。「那……那是多大一筆錢啊，數得清嗎？」

「瞧你這沒出息的樣子，七千多文錢就嚇著了？明年我們還要種更多呢，怕就怕沒人收，或是賣不上好價錢。」這是伯明一直擔憂的事情，種得再好，也得有人要才行啊。

兄弟倆正說著話，有一位陌生中年男人走了過來，大聲問道：「你就是薛伯明嗎？這就是你家的黃豆吧？」

伯明客氣地微笑點頭。「是我，不知您是怎麼得知我的名字？」

「永鎮就你們一家種了黃豆，我怎會不知道？我是鎮上的邱老五，一直在外跑糧食買賣，你們不會沒聽說過我吧？」邱老五蹲下來看黃豆。「嗯，種得確實好，嘉鎮那幾家比你們家的差遠了。」

伯明自然是聽說過邱老五的，只是沒想到他會親自來田裡看。「邱老闆，你做糧食買賣是不是也收黃豆？我們家的黃豆還有二十多日就能收了！」

「我來就是為了此事，否則我哪有這個空閒跑這兒來。我怕你們不知道價，把黃豆便宜訂給了人家。我先出兩千文定錢，你們到時候只能把黃豆賣給我，怎麼樣？」

仲平樂得有些不知東南西北了，正要答應，卻被伯明攔住了。仲平雖然不知大哥為什麼聽到這麼高興的事還能保持鎮定，但是家裡的事當然是由大哥作主，便趕緊閉上了嘴。

伯明並沒有因那兩千文定錢而沖昏了頭，若是盲目地答應了，豈不是對方說給什麼價就是什麼價了？他客客氣氣地向邱老五作了個揖。「邱老闆如此豪爽，一開口就是兩千文定錢，今我十分敬佩，那我也不扭捏了，有些話我能不能直接問？」

「那是自然，做買賣可是兩廂情願的事，你有什麼疑問就問吧。」邱老五心裡已經知道伯明是為價錢的事了。

「你剛才只說給定錢，沒說到底多少錢一斤，若這價錢麼……」伯明沒說全，但邱老五可是聽得很明白，意思是價錢低了他也是不會賣的。

邱老五笑了笑。「沒瞧出來，你還是個精明之人。這幾年來都是一個價，五文錢一斤。」

伯明含蓄地說：「聽說今年的黃豆可是緊俏得很，已經……漲價了。」

邱老五見此事瞞不過他們，只好妥協。「那好，就六文一斤吧。下午我派人來送定錢，再寫份契約，你摁個手印，如何？」

伯明很沈穩地點了點頭。「好，這個價錢我能接受。邱老闆辦事考慮周全，我們自會配合。」

待雙方商定好，邱老闆已經走得沒影了後，伯明才興奮起來。他與仲平一路歡快地推著板車往家裡跑，得趕緊把這個好消息告訴家裡人啊！

邱老五說話果然算數，下午就送來了定錢，也寫好了契約。

伯明知道舅舅與姑姑家都不富裕，當初他們可是把家裡的所有積蓄全都借給了他。如今有了錢，他便趕緊拿去還給他們，因為他知道沒錢的日子一大家子有多麼難挨。

現在只欠二叔家一千文了，家裡攢的那幾百文仍不夠，就等著黃豆賣掉之後再還吧，反正二叔家並不缺錢，家境在薛家村排得上頭三名，何況二叔本人也不著急。

到了晚上，櫻娘坐在燈前拿著那紙契約仔細瞧著，一直難掩心中的興奮。家裡一下進帳這麼多，的確讓她心花怒放，但令她如此開心的大半原因，是因為伯明頭一回試種黃豆就這麼順利，她為他感到驕傲。

伯明最近心思全放在田裡的活兒，簡直快到了廢寢忘食的地步，她真的害怕他會失敗，擔心他承受不住，幸好一切如他的願，果然是皇天不負有心人。

伯明坐在她的旁邊，像個孩子一般等著表揚。櫻娘知道他在等什麼，自然是不會讓他失望的。「我的相公就是厲害，頭一回種黃豆就掙了大錢，以後若是再有人亂嚼舌根，我就上去搧他的臉！敢說我相公靠女人，簡直就是睜眼說瞎話！」

伯明見櫻娘還真把他當孩子哄了，忍不住發笑，以她的性子是不可能去搧人耳光的，可他偏偏聽了十分受用。他將椅子挪近了些，靠著櫻娘的身子，紅著臉兒說：「那妳說說，妳覺得嫁給我虧不虧？」

櫻娘瞧他那模樣，似有撒嬌的嫌疑，她湊上去親了一下他的臉頰。「不虧不虧，你現在都快成大財主了，我哪裡還虧，我可是占了大便宜呢！」

伯明被她哄得舒服極了，正想回親她，見她手裡還拿著契約，忽而問道：「櫻娘，妳不是只識得幾個簡單的字嗎？瞧妳剛才盯了許久，莫非妳也看得懂？」

櫻娘呵呵笑著搖頭。「看不太懂，就是認得這裡面寫的『兩千文錢』和『六文錢』這些字眼，還有你的名字。要不，你教我認字和寫字怎麼樣？」

其實櫻娘還有個小小的心思，有了伯明教她這些，以後她在殷管家面前就不需裝作什麼也不會了。而且再過二十幾日她要去烏州一趟，到時候若是在別人面前暴露了會認字、寫字的事情，她也有理由可以解釋。

伯明聽櫻娘說要學字，他很是開心，直道：「好啊好啊！」他覺得自己在櫻娘面前也不是一無是處了，趕緊找出紙筆、研墨，先寫下了一家人的名字。

櫻娘見伯明寫的一手隸書，忍不住讚嘆道：「你寫的字真好看，難怪你師父要你抄經書。」

伯明又小小得意了一下，見櫻娘似乎很崇拜地看著他，那種自豪感簡直不可言喻。他將毛筆放在櫻娘的手裡，再握住她的手，很有男人擔當似的說：「來，我教妳寫。」

櫻娘有些忍俊不禁，他那模樣真是可愛死了。她乖乖地由著伯明握住她的手，隨著他的手勁，寫下一家人的名字。為了不露餡兒，她故意寫得歪歪扭扭。

伯明好不容易在櫻娘面前找到了自信，自然是要好好展現一番，整整寫了滿滿三頁紙他仍不盡興。

櫻娘手握毛筆都有些累了。「伯明，這些我都會了，我們早些歇息吧。」

「這麼快就會了？妳自個兒寫一遍我瞧，寫不好不許睡覺。」伯明在她面前找到了當教書先生的樂趣，還真不想輕易放過她。

櫻娘見他那樣，緊閉著嘴，因為她怕自己笑噴出來，寫就寫吧，得讓他瞧瞧她是如何一鳴驚人的！

櫻娘有模有樣地寫下了伯明指定的那些字。伯明看得啞口無言，半晌，他才說道：「妳怎麼學得這麼快，剛才還寫得歪歪扭扭的，才這麼一會兒，就寫得這麼好看，只比我差一點點。」

「名師出高徒嘛，再說了，我可是個天資聰慧的學生，你可不要小瞧我。」櫻娘嘻嘻笑著收起草紙和筆墨。

這下換伯明崇拜地看著她了，她才一收好物件，正要起身，便被伯明一下攔腰抱住。

「你……你幹麼？」櫻娘被他嚇到了。

「不是妳說要睡覺的嗎？」伯明將她抱上床，壞壞地笑著說道，還不管不顧地幫她脫去身上的衣裳。

櫻娘平時見慣了他的斯文模樣，這下他突然變得有些壞，有些霸道，還頗讓她驚喜的。

這一夜自是驚濤駭浪，狂瀾不止，櫻娘可是足足以幾汪春水來迎接伯明。看來伯明的能量是無窮大，一旦被激起自信，便一發不可收拾。

櫻娘不禁想著，誰說她嫁的是小男人，偶爾也很有大男人的風采嘛！

直到次日早上醒來，兩人互相看著對方，還止不住臉紅一片。櫻娘羞答答地瞧著他，忽而見他肩頭上紅腫了一大塊。

「你這肩膀是怎麼回事，你和仲平不是用板車拉玉米嗎？最近你也沒挑擔子呀。你瞧，你那一邊都是淺色的印子，是以前留下來的，這邊卻紅腫成這樣了。」

伯明迅速穿上衣裳蒙住了肩頭，不當回事地說：「這沒什麼，妳沒說我都忘了，一點也沒感覺到疼，我昨日下午與仲平扛大樹了。」

「扛大樹做什麼？」櫻娘不解。「你和仲平去哪兒砍樹了？」

「去南山砍的。黃豆已經結豆莢了，為了不出意外，我和仲平打算蓋草棚，從今晚開始住在田裡守著。那裡離山上近，時不時有野豬下來，若是被野豬盯上了，一夜能拱掉好幾分地。」伯明有些擔心地說。

櫻娘聽了甚是憂心。「既然有野豬，你和仲平睡在草棚裡豈不是也很危險，野豬會不會傷人？」

「妳別擔心，南山上只有小野豬，牠們不但傷不到人，說不定我和仲平還能捉到幾隻呢！其實野豬還不是最大的憂患，最近很多人眼紅我們家田裡的黃豆，我怕有人使壞，趁田裡沒人，把黃豆都給扯掉了，或是故意放牛進來吃，那可就完了。」

櫻娘聽了臉色倏變，最近那麼多人嚼舌根，就是因為太嫉妒了，若是真有人那麼做，一夜之間就能將幾畝地給全毀了。

櫻娘也贊同他這麼做，可是又很心疼他。「晚上睡草棚多不舒服，現在已入秋了，晚上會很涼的。何況一共有四畝地，你和仲平守得來嗎？」

「搭兩個草棚，一個東頭，一個西頭，能守得過來。雖然入了秋，只要裹上一層被褥也足夠了。」伯明過來抱了抱她。「妳放心吧，我和仲平肯定能做好，家裡的事妳就別操心了。」

櫻娘點了點頭，她也知道，想做好事情不吃點苦頭是不行的，只是她心裡仍然止不住心疼。她起床來找上次招娣用剩的藥，準備給伯明搽上。

伯明下床來攔住她。「不用了，今日還要扛兩棵樹才夠呢，敷了也是白敷，莊稼人這點傷算不了什麼。只是這二十多日我都得睡在草棚裡了，妳一個人睡會不會不習慣？」

櫻娘臉上染著紅暈。「才不會呢，沒有你折騰我，我睡得才香呢！」

伯明知道她說的是反話，呵呵直笑，也不戳破她。

傍晚櫻娘回家時，只有招娣在家做飯，接著叔昌和季旺也回來了。櫻娘知道伯明和仲平還在田裡，飯好了後，她先不吃，而是盛好飯菜，帶上水，一起放進籃子裡，要給伯明和仲平送去。

櫻娘拎著籃子來到田裡時，見伯明與仲平正在溝裡洗手。伯明抬起頭，見她竟然給他們送飯來了，他立即將雙手在身上擦了擦，小跑步過來，眉開眼笑地迎接她。

櫻娘把飯菜從籃子裡小心翼翼地端出來，再把裝著水的葫蘆遞給伯明。「渴了吧？快喝點兒。」

伯明確實渴了，接過葫蘆咕嚕咕嚕喝了幾大口，然後給仲平。

櫻娘把扣著飯菜的碗一個個揭開，伯明與仲平兩人同時聞到了一股濃郁的肉香味。

仲平眉開眼笑的，他最愛吃肉了，只要吃過肉，他幹活都能多提上好幾分的勁兒。他仔細一瞧，發現竟是梅干扣肉。「大嫂，妳今日這麼早回家，這肉肯定是妳做的吧？」

「我回到家時招娣已經做好了，我才教她兩回她就學會了。你們嚐嚐，她現在做的可是比我做得還要好吃呢。」

仲平伸筷子挾了幾塊吃。「嗯，沒想到招娣也能把梅干扣肉做得這麼好了，家裡最近隔三差五就能吃到肉，她的手藝也練出來了。」

本來肉對伯明來說並沒有多大的吸引力，只是最近家裡買肉的次數多了，櫻娘動不動就做什麼紅燒肉、梅干扣肉還有糖醋排骨，讓伯明這對肉不感興趣且禁戒十年的人都不免愛上了吃肉。

仲平嘴裡吃著招娣做的扣肉，忽然想起招娣的娘家來。招娣都挺著大肚子了，她的爹娘還不知道。如今已入秋，她的娘家人不會還留在縣城要飯吧，或是已經回齊山老家了？最近招娣總是欲言又止的，莫非也是想說她娘家的事？

想到這兒，他不禁責怪自己太糊塗了，與招娣在一起這麼久，他都忽視了她的娘家。雖然她是薛家花錢買來的，但她是自己的娘子，她好歹也是她爹娘生養的，不可能這一輩子就再也不來往。

仲平望著伯明稍微猶豫了下，還是開口了。「哥，待黃豆收了，我想去齊山一趟。」

仲平此言一出，頓時驚醒了櫻娘與伯明。

伯明萬分愧疚地說：「我這個當大哥的真是太粗心了，竟然忘了這一回事，招娣心裡該有多委屈啊。」

其實主要是招娣從來不提她的娘家，加上最近家裡事又多，伯明和櫻娘還真沒挪出心思想這些。

櫻娘更是羞愧得臉紅成一片，招娣與娘家並沒有多大矛盾，她應該很惦記娘家才是。「仲平，這都怪我和你哥疏忽了，你心裡可千萬不要不痛快。待我回去了，好好跟招娣道個歉。」

仲平笑了笑。「這哪能怪你們呢，連我自己都差點忘了，只是委屈了招娣而已。到時候我能不能……帶點錢去？不多，給個幾十文錢也就夠了。」仲平尋思著大嫂上回給娘家才那麼點錢，他當然不能多給招娣的娘家。

櫻娘忙道：「這是自然要給的，頭一回去岳丈家，回門禮也是不能少的。招娣有孕在身，不能跟著你翻山越嶺走那麼遠路，到時候你一個人去吧，招娣怎麼也得等生了孩子再說。」

仲平笑咪咪地點頭，心裡一陣歡喜，他知道若是把這事告訴招娣，她一定會很高興。

他們兄弟倆正吃著，三叔薛家楓推著一板車的玉米從一邊走過。「伯明、仲平，你們家最近把肉當飯吃啊！」

伯明忙招呼道：「三叔，你快過來嚐幾塊。」

薛家楓過來坐在田埂上，嚐了幾塊後，讚不絕口地說這是他這麼多年來吃過最香的肉。不過，他坐下來可是有要事想跟他們兄弟倆說，而不只是為了來蹭吃的。

「伯明，再過幾日就要收高粱，這一年種的糧都要進倉了，你們家黃豆過二十來日也得收了吧？聽說七日之後，南山腳下就要開始挖個大水庫了，再沿著薛家村前挖一條小河，一直挖到楊鎮，既為引流，也為解旱。這件事可是新任知府定下來的，知縣還親自來瞧過地方呢。」

「真的？」伯明與仲平異口同聲地驚問，且都帶著大喜之色。

若是有了水庫，門前有條小河，將來就再也不愁鬧乾旱了，而且平時挑水澆地可都是最勞累的活兒。

薛家楓卻直嘆氣。「聽上去是好事，可是每家得出兩個勞力呢！這位知府大概是新官上任三把火，想做出點政績來。挖出這麼個大水庫和幾條小河來，這附近十幾個鎮就不會每年再為水發愁了。聽說還得挖一條小河到齊山裡頭，仲平，到時候你丈人家也無須一到鬧旱季節就要出去要飯了。」

仲平聽了喜上眉梢，緊接著又蹙眉。「每家得出兩個勞力，這也太多了吧？七日之後就得去，我們家的黃豆可都還沒收呢！」

櫻娘與伯明也都低頭尋思著這件事，挖水庫開河流本是件大好事，可是家裡的黃豆更重要啊。

伯明抬頭憂愁地問道：「不知這得幹多少時日？過年前能挖好嗎？」

薛家楓搖了搖頭。「怕是來年春季也未必幹得完。我家到時候打算讓你三嬸和福子兩人去，我收完玉米和高粱就得去磨坊幹活掙點小錢，一家人可都得吃飯穿衣呢！」

伯明聽了頗為驚訝。「三嬸是女勞力，福子才十四歲，這也行？」

薛家楓聽了揚眉道：「怎麼不行，誰家捨得讓出主勞力去給公家幹活？你家讓叔昌和季旺去就行，他們倆在地主家掙的糧也不多，幹的活還不輕省。」

經三叔這麼一提醒，櫻娘與伯明對望了一眼，覺得這樣也行。伯明又問：「三叔，以前凡是做這種徭役，中途可以換人嗎？待糧和黃豆收完後，我和仲平也沒那麼忙了，可不可以去替換叔昌和季旺？」

「應該可以，六年前縣裡蓋大牢，我就見有許多人家用替換的。你放心，挖水庫這種活兒不會比在葛地主家幹活累，幹活時還可以說話，人多熱鬧。而且不會有人跟在屁股後面監守，累了就坐下來歇息，只要不太懶惰，沒人管的。反正一文工錢都沒有，就只供一頓午飯而已，管得太緊了，怕是有人要鬧事呢。」

六年前他們都還小，自然都不太清楚。聽三叔這麼說，他們也就放心了，只要去了不遭罪就行，看來他們家人口多也是一件好事。

此時伯明忽而又想起一事。「那梁子家怎麼辦？老么才七歲多，肯定是不能去的。他們家還有許多地呢，二叔在葛地主家更是騰不出空來。」

薛家楓嘆了嘆氣。「估計到時候得花錢請人替他們去了。」

仲平愕然。「還可以這樣？」

「只要肯花錢，有什麼事不行？你們別為他家操心，你二叔他自會有辦法的。」薛家楓說完這些，見天已經黑了，趕緊推著板車走了。

此時伯明與仲平也吃完了飯，伯明將碗筷放進籃子裡，催著櫻娘。「天黑了，妳趕緊回去吧，晚上早點歇息，別再做頭花了。還有，妳與叔昌、季旺商量一下，看他們願不願意去，跟他們說清楚，待收了黃豆，我和仲平會時常去和他們替換。他們沒幹過徭役，可別把他們嚇著了。」

櫻娘回到家後，叔昌、季旺還有招娣都坐在桌前等著她，他們怕菜涼了，還把菜用碗蓋了起來。櫻娘洗了手趕緊坐了下來。「你們怎麼不早點吃呢，等我做什麼？」

季旺立即回道：「是二嫂讓我們等的，以前……爹娘還在時，一家子也都要等著的。」

「爹娘自然要等，我就不須你們等了。招娣，我們家可不興這麼多麻煩的規矩，一家子該隨意自在地相處才好。我又不是爹娘，有什麼好等的，以後可不許這樣了，都記住了嗎？」

三人都笑咪咪地點頭。

櫻娘揭開倒扣的碗，替他們挾菜。「你們快點吃吧，肯定早就餓壞了。」

他們兄弟倆也確實餓了，趕緊吃了起來，何況還有梅干扣肉，他們吃得特別帶勁。

櫻娘邊吃邊將徭役之事告訴他們，並詢問兩人意願，沒想到這兄弟倆聽了卻高興得很。

季旺眉飛色舞道：「大嫂，我和三哥最近在葛地主家都快幹不下去了。這段時日，有好些人都說我們家現在這麼有錢了，還幹這份活幹麼？反正是冷嘲熱諷又眼紅嫉妒的，處處跟我們對著幹，我和三哥這些日子可不好受。」

櫻娘聽了心裡是一陣酸楚。「你們為什麼不告訴我和你大哥，要是早知如此，就叫你們別去了，白白受這些罪。」

季旺見大嫂心疼他們，隨即又說：「其實也沒什麼，總不能不去葛地主家待在家裡玩吧。現在去幹徭役，豈不正好？」

此時，周里正走進了他們家的院子。他來也恰巧是要說徭役之事，叔昌和季旺就痛痛快快報上名了。記錄好名字他就去了梁子家，過沒多久，梁子愁眉苦臉地過來了。

櫻娘端出椅子給他坐。「梁子，你也別發愁，聽三叔說花點錢請人替你們家去也行的。」

梁子重重地嘆了口氣。「我爹也是這麼說的，可是一家得出兩個勞力，花錢請兩個也太貴了，我家雖然家境好一些，但也沒那麼多閒錢。聽說一去就得大半年，那得花多少錢請人啊！我就尋思著只請一個人，我自己也可以去挖水庫的，只是這幾日家裡忙著收糧，我和老么實在忙不過來，所以……」

他還沒說完，櫻娘就明白了他的意思。他是想讓伯明和仲平幫忙收，人多好幹活，這幾日搶著收，七日之內也能收完的。

櫻娘道：「我也知道你家的難處，不過我一個婦道人家也不好隨便拿主意，你去跟伯明和仲平商量一下吧，看能不能先幫著一起收你家的糧，再收我們自己家的。」

梁子得了這句話，高興地直道謝。「到時候我會送一擔糧給你們家！」他是擔心櫻娘會不同意，才想著來跟她說一說的，不然他覺得伯明與仲平應該會很爽快答應的。

梁子跑著去找伯明與仲平了。招娣看著梁子的背影，對著櫻娘感嘆道：「家裡人丁少了可真是難事，每次一有什麼，他就得求人幫忙。二嬸還得兩年多才能回家，這日子真是難熬啊！」

櫻娘嘆了口氣。「可不是嗎？聽說有人見他家境不錯，已經想著給他找一個好姑娘了，明年開春就可以下定，夏秋之季應該就要娶回家了。」

櫻娘瞧了瞧招娣，想起仲平剛剛提起她娘家的事。「招娣，剛才仲平說了，待黃豆收成後，會去妳娘家看望妳的爹娘與弟弟，妳高不高興？」

招娣又驚又喜地看著櫻娘，不知該說什麼了。

「我和伯明也是糊塗了，竟然忘了此事，還是仲平心疼妳，為妳惦記著，妳不會怪我和伯明吧？」櫻娘滿臉歉意地看著她。

招娣激動得眼淚都掉下來了。「我哪能怪妳和大哥，其實以我這樣的境況，也不該與娘家多來往的。我本來就是買來的，又不是正經八百嫁過來的，而且娘家又遠，我爹娘也沒指望我能回去看望，你們能想著我的娘家，我都不知該怎麼……」

櫻娘勸道：「好了，既然是高興之事，妳還哭什麼？仲平心裡有妳娘家，就說明他很在意妳。」

招娣歡喜得淚水撲簌簌直掉。「仲平這一去，只要得知爹娘與兩位弟弟已經回家了就好，可千萬別是還留在外面要飯。」

「妳放心，不會的。如今旱災已過，他們肯定回家了。而且聽說挖河要挖到齊山，妳娘家以後說不定也無須再年年逃荒了。」

招娣趕緊抹掉淚，高興得直點頭。

第九章

接下來這段日子，伯明與仲平可真是忙暈了。

先是幫著梁子家收糧，再收自家的，而且這些日子為了守住黃豆，他們都沒回過家，連換洗的衣裳都是招娣和櫻娘送去的，兄弟倆想洗澡就跳進池塘裡，如今已近中秋，水可是涼颼颼的，十幾日下來，他們倆都瘦了一些。

叔昌與季旺因為要去服徭役，還被葛地主硬逼著再多幹幾日不算工糧的活兒才放他們走。兩人自從去南山腳下挖水庫，每日回家都高高興興的，看來確實比在葛地主家幹活輕鬆。

再過了幾日，伯明與仲平開始收黃豆了。他們留了兩百多斤做種子，因為要分給櫻娘及招娣的娘家所以多留了些，另外，他們還留了兩袋子自家吃。

剩下的一千多斤全都賣了，邱老五可是整整給了五千五百文錢，加上上回的兩千文定錢，他們足足掙了七千五百文。

這一日，伯明與仲平拆了草棚回家，櫻娘買了好些零嘴及肉、魚，一家子開心慶祝，熱鬧了一陣。

吃飽後，伯明從準備留給自家吃的一袋裡倒出半袋黃豆。「櫻娘，師父叫我常回山上看看，這段時日我忙著家裡的活兒一直沒能過去。現在都忙得差不多了，我想帶些黃豆和馬鈴薯去給師父和師兄弟們燉著吃。」

櫻娘嘴裡還吃著糕點呢，她蹲在伯明身旁瞧著。「給他們也帶些糕點去吧。」

伯明點頭道：「好，他們肯定也愛吃糕點。」隨後他又招呼著仲平。「仲平，你快去地窖裡掏些馬鈴薯出來。」

次日，伯明一人挑著擔子去了佛雲廟，他的師兄弟們沒見到櫻娘還頗為失望。師父空玄見伯明氣色紅潤，印堂發亮，也就知道了伯明近來過得比較如意。師徒倆敘了敘舊，空玄還提醒伯明要注意身子。

「你身體狀況如今已恢復得很不錯，但也禁不起長期勞累，須懂得勞逸結合。」

伯明笑咪咪地點頭。「謝師父關愛弟子，秋收已畢，今年內已無重活，剩下的都是較輕省的了。」

伯明與師父拜別後，離去前還特意找大師兄幫他剃髮，剃成他成親時那般俐落的寸髮。他知道櫻娘喜歡他留短髮，都說女為悅己者容，其實男人有時候也會這樣的。

當櫻娘傍晚回到家，見伯明頂著一頭清爽的短髮，看上去十分賞心悅目。

伯明剛洗過澡，還仔細地洗了頭髮，身上穿著一件成親時家裡為他做的新衣裳，這幾個月來他都捨不得穿，怕幹活時糟蹋了。他整個人看起來乾乾淨淨、神清氣爽的，心情也十分愉悅，滿臉帶著笑容。
櫻娘好奇地瞅著他。「今日到底是什麼好日子，你竟然這麼細心打扮自己，嗯？你轉過身來讓我瞧瞧。」櫻娘走上前，一會兒摸摸他的頭髮，一會兒瞧著他的衣裳，再湊上去聞一聞他的氣息。
伯明憨笑一聲，滿面春風地說：「今日是我二十歲生辰。」
櫻娘先是一愣，然後敲了敲他的腦門。「你怎麼不早點告訴我？我若是知道也好買些壽桃回來，再買些好菜。」
「我又不是大地主或員外老爺，過個生辰哪裡還須講究這些。以前家裡誰過生辰，娘就給我們做麵條煮雞蛋而已。」一說到他娘，他神色稍沈了一下。
櫻娘二話不說就來到廚房。婆婆不能再為他煮生辰麵了，但她這個當娘子的還可以。她見招娣已經炒好了菜，便過來將鍋好好洗一洗，再去找雞蛋和掛麵。
招娣瞧著納悶。「大嫂，飯菜都做足了，妳這是要……家裡有誰過生辰嗎？」
櫻娘點了點頭，歡喜地說：「伯明今日滿二十歲了，他又不早跟我說，剛剛才告訴我。」雖然二十歲聽上去仍是毛頭小子的年紀，但在古代已算不小了，許多像他這年紀的男子都有兩個孩子了。
櫻娘還須過兩個月才滿十六，可是她經常覺得她與伯明是姊弟戀，總覺得大他很多似的。想來也是，她在前世可是活了二十三歲，本來就比伯明大不少。

招娣準備去灶下燒火，櫻娘連忙攔住，她要親自為伯明煮，幫忙燒火也不行。伯明這時也跟著進來了，招娣見他略微臉紅，就識相地先出去了。

伯明來到灶下，蹲在櫻娘的身邊，雙手放在她的膝蓋上。「櫻娘，瞧妳，還真當回事啊，我又不是小孩子了。我告訴妳我滿二十，意思是我現在是頂天立地的大男人了！」

櫻娘噗哧一笑。「嗯，我知道你是大男人，你早就是啦！」她卻在心裡笑道：你仍然是個毛頭小子！

晚飯時，其他人都吃著招娣做的飯菜，只有伯明是吃櫻娘為他煮的生辰麵，其實也就是在掛麵裡加了兩個荷包蛋罷了。

雖然一家子伙食已大有改善，近日來也吃過不少魚肉，可是見伯明吃著櫻娘特意為他煮的生辰麵，大家還是很羨慕的。

櫻娘瞧著叔昌與季旺那眼神，親和地說：「你們倆別瞧了，等你們過生辰時，我也單獨煮給你們。」

叔昌與季旺立即眉開眼笑，娘不在了，有大嫂來關愛他們似乎也行。

招娣小聲地對仲平說：「兩個月前你過十八歲生辰時我忘了煮，來年我給你補上。」

仲平嘟著嘴，故作生氣道：「這種事哪能補，還是算了吧。」

大家都極力忍住笑意，誰都聽得出來，仲平這話可是在撒嬌呢。

伯明吃完生辰麵，櫻娘再為他拿一個白麵餑餑。大家正吃得開心時，櫻娘忽然開口說：

「明日我要去烏州了，得過四、五日才能回家。聽說烏州那邊物資豐富，有許多吃的和用的我們都沒見過，到時候我給你們帶好東西回來。」

叔昌與季旺聽了很興奮，家裡最近進帳那麼多，以大嫂平日花錢的方式，他們相信大嫂肯定會帶回不少好東西。

只是伯明臉色沈了下來，他低頭悶悶地吃著，手上的餑餑似乎有些咬不動。聽著櫻娘說不知能不能碰到姚姑姑時，伯明忽然插嘴問：「妳不是說……要再等兩日才去烏州，怎麼明日就要動身？」

「織布坊所剩的料不多了，所以得提前去。」櫻娘見伯明似有憂慮，可當著弟弟們的面，她也沒多問。

吃過飯後，招娣忙著包起這些日子做好的頭花，明日要給櫻娘帶去烏州換錢呢！櫻娘要出遠門了，她當然也得收拾一些行李，她準備洗完澡後再來收拾，但當她洗好之後，才發現伯明已經幫她收拾得差不多了。

伯明幫櫻娘往包袱裡放了兩身新做的綢衣，還有新的細棉布繡花鞋，以及手帕、頭花、巾子等物品，收拾得還挺齊全。之後他再拿出一個大荷包，裡面裝著滿滿的銅錢，一起放進包袱裡。

櫻娘一邊擦著濕髮一邊走過來，見伯明只是靜靜地收拾著，一句話也不說，她拉了拉他的衣袖。「怎麼了？我出遠門你不高興嗎？」

伯明回過身來，瞧了瞧她，忽而一下將她緊緊抱住，患得患失地說：「我高興，卻又不高興，不知該怎麼說。」

櫻娘有些迷糊，仰頭瞧著他。「你放心，同我一起去烏州的除了甄員外家的兩位家丁，還有兩位老婆子，他們以前與姚姑姑一起去過，都是熟門熟路的，一切會很順當的。」

伯明囁嚅著，好半晌才說：「我能陪妳一起去嗎？不了……還是算了吧，我還是不去了。」

櫻娘以為他還是不放心，畢竟婦人出遠門沒男子那麼方便。「你別婆婆媽媽的了，姚姑去過幾次都順利得很，你有什麼好擔心的。你想跟著去也行，正好家裡近日不忙，相信殷管家也不會說什麼的。」

但伯明此時又堅定地直搖頭說不去了。櫻娘雙手輕輕捏住他的臉龐，捏得他臉上做出各種奇怪又豐富的表情，她笑著追問道：「你到底懷著什麼小心思呢？」

櫻娘一會兒捏他臉，一會兒晃他的腦袋，不停地催他說出來，伯明被逼得只好說了。「若我跟著妳去，別人肯定會說我是跟屁蟲，說妳出遠門還帶個累贅，我也擔心會妨礙妳辦事。可是……我又怕妳見了世面後，就再也瞧不上我了。」

櫻娘忽地一笑，原來是為這個呀！「我的伯明怎麼變得這麼小心眼了？前段時日，別人那麼說你，你都沒生氣，也沒有擔心我嫌棄你，怎麼今日就不信任我了？我瞧不上你莫非還能瞧上別人？」

伯明聽她這麼一說更急了。「妳……還真要瞧別人呀？我可不是不信任妳，而是在說人之常情。姚姑姑她是見過世面的人，我就覺得她眼界很高，一般人都入不了她的眼。以後妳時常跑烏州，與很多男子打交道，會遇到什麼富家少爺或儀表堂堂的公子哥兒，我在妳眼裡豈不就成了一個土包子？待妳回來後，說不定就看我不順眼了。」伯明想到這兒就特別沒自信，他好怕櫻娘見到優秀的男子後，就再也不喜歡他這個當過和尚的莊稼漢了。

櫻娘睜大了眼睛，繼而格格直笑。「伯明，你是真的在擔心，還是在跟我說笑？我現在是有夫之婦，不是待嫁閨女，你瞎想些什麼呢，怎麼淨擔心這些有的沒的？」

伯明憂慮之色並未減去，苦悶地說：「凡俗之人皆有七情六慾，癡嗔貪念皆由表生，人心易動乃為本性。從古至今，見異思遷的人還少嗎？其實這也非本人所願。就像我自從遇到了妳，就覺得妳是我命中注定的那個人，此生不離不棄的那個人，哪怕中間有刀山、有火海我也要越過去。若是哪一日，妳突然說遇到了妳的真命天子，遇到了妳的命定之人，要與我和離，我該怎麼辦？哪怕我再去當和尚，這六根也清淨不了呀！」

櫻娘靜靜地聽他說，忽而覺得他並非是在瞎擔心。在這個古代，女人在外拋頭露面，又有幾個男人能放心？若是這世上沒有見異思遷之人，就不會有朝秦暮楚和姦夫淫婦這些詞了。

只是，此時她才明白，伯明還不知道他對她來說有多麼重要，他在她心裡是多麼的不可替代，以及……她有多麼愛他。

平時她以為，以伯明這種古代思維，她是無須表白的，可是今日看來，她得表一表情意才行了。

櫻娘醞釀了一下，勾著他的脖子，清了清嗓子說道：「我們做夫妻都半年了，難道你還不知道我的心？你就是我的真命天子，是我此生不換之人，咳咳……山無稜，天地合，才敢與君絕；在天願作比翼鳥，在地願為連理枝；願我如星君如月，夜夜流光相皎潔，呃……」櫻娘想不出什麼肉麻詩來了。

伯明完全沒聽出來櫻娘這是在跟他鬧著玩，他聽得很迷糊，卻很感動。「真……真的？」這些都是表達至深情感的詩，雖然都是她借鑑來的，他仍全當真，只不過此時他忘了問她怎麼會懂這些。

櫻娘見伯明竟然聽進去了，忽而心生愧疚，她應該好好跟他表白才對，可不能耍著他玩。她依偎在他的胸前，喃喃地說：「伯明，你放心好了，我不會變心的，永遠都不會。你可不是什麼土包子，你是至誠至信之人，是個有擔當的男人，是個顧家疼娘子的好男人。能嫁給你，我為此偷樂了許久呢！」

伯明這下更感動了，卻還故意問道：「妳真的不是在哄我？我哪能與那些富家少爺、風流倜儻的公子哥兒相比？」

「我哄你幹麼？你也不想想，那些人放著黃花大閨女不要，要我這個婦人做什麼？而且你又怎麼不能與他們比了？那些人是靠祖上福蔭，而你是憑自己的本事，你比他們強多了！

我心裡只會有你一個人，你再也不要胡思亂想了。」櫻娘說的是心裡話，仍然被自己肉麻到起了一身雞皮疙瘩。

伯明聽得心裡舒坦極了。「那好，我就不擔心了，也不要跟著去了。我們……上床睡覺吧。」

「嗯，時辰不早了，明日還得早起呢。」櫻娘鬆開了他的脖子，坐到床邊來脫鞋和衣裳。

她一個沒注意，肚兜的帶子不知怎的忽然鬆落，抬頭一瞧，原來是坐在旁邊的伯明從她脖子後面解開繩結了。

她知道他想幹什麼了。「你壞死了，剛才還誇你呢，你就……動手動腳——」話還未說完，櫻娘便被伯明撲倒在床。

伯明吻過她一陣後，忽而問道：「我住了二十多日的草棚，妳難道一點兒也不想我嗎？」他可是很想她的，她若是不想他，他會很失落。

「想，當然想了。」櫻娘答得很乾脆。

伯明以為她是在哄他。「那妳剛才還說要早點睡覺。」

櫻娘心裡好氣又好笑，原來兩人說的不是同一件事。「我是說心裡想你，又沒說……身子也想你。」

伯明臉一紅，厚臉皮道：「不行，身子也得想我。身心皆屬意一人，惦念一人，才是真的……愛這個人。」說出「愛」這個字，伯明的臉像火一樣燒了起來，因為這是他此生頭一回說出這個字來。

櫻娘哭笑不得，簡直要敗給他了，她只好大方承認。「好吧，想你，哪兒都想你，想你想到骨頭裡！」她說完狠狠咬了一下他的肩頭。

伯明疼得嘶了一聲，但他心裡卻甜到不行。

儘管這一夜兩人折騰了好幾回，直到半夜才盡興睡覺，櫻娘卻在天還沒亮時就醒了，因為心裡惦記著事，知道得早些起床。

待她坐起身時，發現伯明已經起來了，他蹲在地上擦著一把油紙傘。

伯明見她起來了便柔聲道：「這幾日可能會下雨，傘可不許忘了帶。」他擦好雨傘，又找出櫻娘的木屐給包上。「若是下雨了，妳可一定要記得穿。鞋子濕腳會受寒，對身子不好。」

櫻娘邊穿衣裳邊默默地聽著，享受著伯明對她的體貼與照顧。當她穿好衣裳穿好鞋，伯明還把洗臉水端到了她的面前。

櫻娘朝他笑了笑。「不知道的還以為我這是要出去一年咧，你這也太殷勤了。」

吃過早飯後，伯明與仲平一起送她到鎮上，因為要帶上頭花及行李的包袱，東西太多，櫻娘一人拿不了。

到了鎮上，他們見甄家的馬車已停在路邊了。伯明與仲平把這些東西放到馬車上，跟隨櫻娘的那幾個人都已坐上車，櫻娘朝他們兩兄弟揮了揮手，也掀開布簾上去了。

伯明見馬車的簾子都拉上了，他已看不見櫻娘，可他仍然捨不得離開，一直等到看不見馬車的影子，他才挪步準備往回走，這時他想起了仲平還在旁邊等著他，他頓時臉紅了。

仲平知道他心裡對大嫂依依不捨，安慰道：「哥，你別擔心，左右不過幾日的事，很快就回來了。咦？你脖子這兒怎麼了？」

伯明自己沒能看到自己的脖子，不知仲平在說什麼，他用手摸了摸。「沒怎麼，我也沒受傷呀。」

仲平擰眉，十分認真地瞧了一番，仍然不明白，擔憂地問道：「有好幾塊深紅色的印子，不像是蟲子咬的，也不像是撓的，這是怎麼回事？你昨日去佛雲廟，空玄師父有說你身子還有什麼不妥嗎？」

伯明迷糊地搖頭。「沒有啊。」

此時他突然想起昨夜的事，他非要櫻娘用行動表現她到底有多麼想他，櫻娘便在他脖子上狠狠吸吮了好幾次，難道是因為這樣，他脖子上才留下印子的？

伯明的臉唰地一下紅得通透，連忙用手摀住脖子。「沒事沒事，好像是被毛毛蟲爬過。」

仲平聽說只是被毛毛蟲爬過，也就沒當回事。「哥，今日我可以動身去齊山嗎？我怕招娣等得心急，她還不知道她爹娘到底有沒有回家去。」

「你趕緊去吧，快去快回，應該三日之內能回家的，這樣也好早些讓招娣心裡踏實下來。」伯明從身上掏出錢。「正好我們來鎮上了，去買些禮吧。」

仲平推卻道：「不需要這麼多錢。」

「你好不容易去一趟，多買些才好，下次還不知何時能去呢。我們家現在寬裕了許多，二叔家的債還清了，還攢了那麼些錢，過日子也不必摳著了。雖然不能大手大腳地花，但是在禮上還是要做足了才好，等會兒回家還要帶上一些錢和黃豆。」

「好！」仲平高興地應道。

才出門幾個時辰，櫻娘就有些想家了，也不知伯明此時在幹麼。隨行的人也受不了這一路的枯燥乏味，便找櫻娘閒聊。

「林領頭，妳知道姚姑姑去哪兒了嗎？三少爺還讓我們去烏州打聽姚姑姑的下落呢，看來他對姚姑姑仍不死心。烏州那麼大，我們去哪兒打聽？」兩位老婆子愁眉苦臉的。

其實姚姑姑告訴過櫻娘，她很可能會去烏州幾家名氣較大的織布坊，也有可能會去「李氏銀莊」，因為那裡有她以前的姊妹，都是先後出宮的。但既然這是姚姑姑對她說的知心話，她便不可能洩漏出去。

櫻娘笑著搖頭道：「我哪知道姚姑姑的下落呀，雖然我與她交好，但也沒到知根知底的分上。我覺得她很有可能去了京城，那種繁華高貴之地才是姚姑姑應該去的地方。」

兩位老婆子聽了都直點頭，其中一位還接話道：「就是，她去烏州做什麼？說不定她去京城嫁人了，以姚姑姑那姿色與氣韻，怎麼也得嫁個世族人家。」

另一位老婆子很不贊同。「我瞧她若嫁，怕也嫁不上比三少爺強的。她都三十了，雖然面相顯年輕，可年紀擱在那兒誰敢娶呀！當個妾室人家都嫌老，像我們這兒的婦人，三十幾就可以當婆婆了。若我是她，就乾脆給三少爺填房得了，年紀相當且不說，難得三少爺把她當回事。」

隔壁老婆子掩嘴笑了起來。「妳這個不正經的老骨頭，還將自己比作姚姑姑想給三少爺填房，瞧妳一臉的褶子，鬢邊都白了。」

櫻娘聽她們這般議論姚姑姑，心裡很不是滋味，可是她也不好為姚姑姑辯白什麼，畢竟她們說的也是實話，姚姑姑年紀擺在那兒，這是不爭的事實。

她不愛聽這話，便把話匣子轉移到烏州的小吃上，兩位老婆子對這個也很感興趣，說得唾沫飛濺。

她們坐在馬車內東拉西扯，兩位家丁則在前頭與馬夫並肩坐著，看著馬夫趕車。當然，他們也將馬車內傳出來的話都聽進了耳裡，這一路就靠聽這些才能精神點，否則太無趣了。

伯明去南山腳下挖水庫的地方與季旺交接，讓季旺回家歇一歇。

他與叔昌一塊兒挖著，偶爾抬頭時，卻見叔昌老愛往另一個地方瞧。伯明順著他的目光瞧去，卻見兩位年輕女子和兩位老婆子在一起說說笑笑，但都是背對他們的，年歲多大或長相全瞧不見。伯明不禁有些納悶，叔昌到底在瞧什麼呢？

因為挖水庫每家得出兩位勞力，只要年滿十四歲就行，男女皆可，所以這裡是男女老少皆有，管得也不嚴，大家都是邊幹活邊說話。但叔昌本就不是個愛說話的人，他只是低著頭幹活，可是伯明隱約感覺到他有心事。

「叔昌，你在想什麼呢？你瞧，土都被你鏟到溝裡去了。」

叔昌身子一僵，不答反問：「二哥呢，怎麼你一人過來？」

「你二哥去齊山了，過幾日回來就來替換你，你這段時日也累了。」

叔昌連忙搖頭。「我一點兒都不累，無須二哥來替我的。二哥從來沒去過二嫂娘家，能找得著門嗎？」

「怎麼會找不著？你二嫂娘家在齊山的魏家村，有名有姓的，一問不就知道了。」

到了傍晚收工時，叔昌說他想與以前要好的幾個哥兒們去玩一玩，叫伯明先回家。伯明知道他還處於玩心重的年紀，也不想約束著他，便由著他去。

伯明在回家的路上碰到牽牛去池塘邊喝水的季旺。季旺心還挺細的，下午沒去幹活，他就想著替二嫂分點擔子，搶著牽牛去喝水。

「大哥，三哥怎麼沒跟你一塊兒回來？」季旺問道。

「他找幾個要好的哥兒們玩去了，等會兒就回。」伯明蹲在池塘邊洗手。

季旺卻笑得頗耐人尋味，他蹲在伯明的身邊，小聲地說：「大哥，你可不知道，最近有不少姑娘愛找三哥說話呢。你說那些姑娘們害不害臊，姑娘家竟然找男人說話，我都替她們臉紅。我想，她們怕是瞧上三哥了。」

伯明聽了頓時恍然大悟，幹活時叔昌老愛往一處瞧，莫非是在瞧哪位姑娘？

「季旺，你可別在外人面前說這件事，傳出去可不好聽。」

季旺很懂事地點頭。「我知道，只是有好幾位姑娘呢，三哥若是喜歡，也喜歡不過來呀。」

伯明拍了一下他的腦袋。「別瞎說了。」

季旺搗著頭呵呵直笑。

伯明眉心微擰，他尋思著，等等得好好問一問叔昌。若是他真有喜歡的姑娘，就先跟女方說一聲吧，待明年孝期過後再訂親，這樣也好讓其他人死了心。

到了吃晚飯時，叔昌回來了。伯明找他單獨問，他卻直搖頭，說沒有喜歡的姑娘。伯明又問他傍晚到底去哪兒了，他說真的是找哥兒們玩去了。

伯明見他態度認真，不像是說謊，也就沒有再逼問他，看來是自己想多了。

晚上睡覺時，伯明見身邊空空的，心裡也空蕩蕩的。他心裡念著櫻娘，不知她路上順不順利，此時有沒有想他？想到昨夜櫻娘對他的表白，還有在床上對他的狠勁兒，他咧嘴笑了起來。

忽然想起脖子上的紅印子，他還特意爬起來拿鏡子照了照。現在他敢肯定這是櫻娘用力吸吮才留下的，因為這位置，還有昨晚的情形，他可是記得清清楚楚。

他放下鏡子，滿臉帶著笑地上了床，心裡想著櫻娘慢慢入睡了。這一夜，他還作了好幾個關於櫻娘的夢，都是櫻娘對他說甜言蜜語的夢……

櫻娘到了烏州，趕緊跳下馬車，甩甩胳膊踢踢腿，不鬆一鬆筋骨可不行，渾身難受得很，但屁股又痛又麻就沒辦法了，總不能當著這麼多人的面揉吧？

烏州果然是個熱鬧的地方，街道上熙熙攘攘，車水馬龍。櫻娘好久沒見到這種熱鬧的場面了，因為她已經習慣了永鎮的冷清，此時立於鬧市之中，她還真有些不自在。

幸好隨行之人熟門熟路的，他們一起在人流中擠了一會兒，便來到了棉線坊，將織布坊需要的各種線料都買好了，她又去找收頭花的鋪子。

店鋪老闆見到了做頭花的本人還挺給面子的，給櫻娘稍稍提了價，這回可是掙了六百文錢呢！櫻娘順便再從他這裡拿些絹綢料。雖然她的工錢已經很高，伯明也掙大錢了，但是做頭花也是很有賺頭的，她和招娣一致認為得繼續做下去。

進了滿滿一車貨後，暮色已降臨。今晚投宿的客棧服務很周到，不僅幫忙搬貨，還替他們餵馬。櫻娘心裡惦記著找姚姑姑，她匆匆用過晚飯後，便藉口說要逛一逛夜市，與兩位老婆子分開了。

許多小城都有宵禁，但可能因為來烏州的外地遊人與商人較多，商機也多，所以官府允許夜間市集，此時已到了戌時，街上仍然熱鬧得很。

而因烏州是如此繁華之地，用起女工也十分苛刻，都這個時辰了還沒收工。櫻娘便去了姚姑姑說的那幾家織布坊，但卻沒有找到人，她再問路到了李家銀莊，可是這裡大門緊閉，門前一個人影都沒有，看來是打烊許久了。

櫻娘洩了氣，想著明日一早再來找找，到時候與隨行的人說一說，耽誤一、兩個時辰也沒事的。正在她準備離開之時，李家銀莊的門有了動靜。她一回頭，頓時愣住，然後驚道：「姚姑姑！」

姚姑姑被櫻娘這麼一叫，身子一顫，見是櫻娘來了，她也是歡喜得很，只是她身邊還站著一個男人，令她的舉止略微矜持。

那位中年男人似乎知道姚姑姑遇到了交好的故人，便遠遠地站在一邊候著。

櫻娘興奮地跑過來。「姚姑姑，這還真是巧，竟然遇見了，我剛才差點就走了呢！」

姚姑姑拉著她的手，喜色道：「沒想到妳還真的來找我，看來我沒白疼妳。我瞧妳這氣色，應當是過得很好，我也很為妳高興。」

櫻娘瞅了瞅遠處的男人，又見姚姑姑的臉兒緋紅，便大膽地猜問：「他……是妳的相好？」

姚姑姑打了一下她的手掌。「什麼相好？他現在是……我的相公。」

櫻娘急忙摀住嘴，怕自己會大聲叫出來，她壓抑著嗓音驚喜地問：「妳嫁人了？」

姚姑姑略顯害羞地點了點頭。「他是我兒時玩伴，後來我進宮了便一直未見，沒想到這次我來烏州竟然巧遇了。」

櫻娘原本還一直為姚姑姑的後半生憂慮，聽她這麼說便完全放心了。「他肯定是兒時就喜歡上妳了，你們這也算是青梅竹馬吧？」

姚姑姑聽了微微一笑，臉上卻又蒙了一層灰暗之色，嘆氣道：「我只是他的繼室而已，他的原配留下了兩個兒子、兩個女兒，一大家子人，這日子可沒妳想像得那麼好。」

櫻娘聽了心裡一沈，姚姑姑得替她相公的原配養四個孩子！這日子不雞飛狗跳，可也不會順當吧？

這下櫻娘心裡又很不好受了，但是想到姚姑姑願意嫁給這個男人，這個男人應該不會差了，她只好安慰道：「只要他待妳真心就好，等妳有了自己的孩子，這日子就有盼頭了。」

姚姑姑點頭，她自己也是這麼想的，凡事放寬心，待四個孩子好些，以後再有了自己的孩子，這一生也就這麼過了。姚姑姑不想再說自己的事了，便問櫻娘。「妳來一趟烏州，見了世面，有沒有什麼別的想法？」

櫻娘神秘地笑了笑。「有呢，待我攢夠了錢，我就開個小作坊，做小老闆！烏州商家這麼多，外地來拿貨的人一批又一批的，我尋思著只要貨好，人家看得上眼，就不愁賣不掉。」

姚姑姑戳了戳她的腦袋。「小機靈鬼，算我沒看錯妳，待哪日妳掙了大錢，可得請我吃大餐！」

櫻娘握住她的雙手。「要不我們現在就去吃吧，聽說河邊有好些小館子呢！」

這時櫻娘聽見遠處的那個男人輕聲咳了咳，姚姑姑神色稍變。「今日已晚，還是算了。妳明日上午就得往回趕，怕是再也不能敘話了。往後我們見面的機會多得是，妳來烏州就去西北街的李府找我，我平時極少來銀莊的。」

櫻娘知道姚姑姑是因為她相公才不與自己上館子的，看樣子她的相公是在催她。櫻娘也不為難姚姑姑了，放開了她的手，依依不捨地說：「那我走了，妳可要好好地過。還有，聽說甄家三少爺還命人尋妳呢，妳可得注意著點，若是被尋到了，可別讓妳相公誤會妳與三少爺有什麼瓜葛。」

姚姑姑緊皺眉頭。「那個臭無賴怎麼陰魂不散，還找我做什麼？」

這時那個男人又咳了一聲，姚姑姑只好與櫻娘話別。「妳快回客棧吧，再晚了妳一個女子走夜路可不好。」

櫻娘瞧著姚姑姑走向那位男人，見她的背影似乎比以前消瘦了些，心裡不知怎麼了，堵得慌。想姚姑姑以前可是個厲害人物，這會兒她性子似乎變得柔和多了，其實櫻娘也瞧得出來，姚姑姑被這個男人管得很緊。

櫻娘忍不住在心裡忿忿不平。*咳什麼咳，我和姚姑姑才說幾句話而已，你就那麼不耐*

煩！

櫻娘走在回客棧的路上，時不時有男人回頭瞧她。雖然烏州夜市熱鬧，但是女子一人獨行卻是極少的，她心裡不免有些緊張，便加快了步伐趕往客棧。

回到客棧時，她已是一身疲憊，洗漱之後躺在床上，她眼睛一閉，腦子裡仍是姚姑姑那纖弱的背影。

姚姑姑若按現代社會標準來品評，可以算得上是御姐一枚了。甄家三少爺她壓根兒瞧不上，索性一走了之，此舉是很有氣魄的，可是，每個女人對愛情多少會有些企盼，她肯定是對那位在兒時就已心生情愫的男人動了心，所以沒過多考慮便嫁了，畢竟她也有了歲數，禁不起太多折騰。外人看來，也許會覺得姚姑姑能嫁給這樣的男人，往後一生也算是安穩了，可是櫻娘卻隱隱覺得，姚姑姑心裡有諸多不如意的地方。

因這兩日實在辛苦，櫻娘胡亂尋思著這些，不久便沈沈地睡著了。

次日清晨，她與隨行的幾人約好啟程的時辰，然後趕緊分頭去買東西，好帶給家人。

待幾人回到永鎮時，已是他們離開永鎮後的第四日傍晚了。櫻娘一下馬車，便見到伯明與昨日剛從齊山回來的仲平站在路邊。

櫻娘驚訝地跑過去。「你們怎麼知道我這個時辰回來？」

伯明欣喜地瞧著櫻娘，幾日不見，如隔三秋，他都忘了回話了，還是仲平在一旁連忙應道：「哥他太心急，中午就拉著我一起來了。我說妳不會這麼早回來，他還不信，妳瞧，這不是等了整整一個下午嗎？」

伯明見仲平拆穿了他，他紅著臉低頭去馬車上拿東西了。「櫻娘，這車上剩下的東西全是妳的嗎？」

櫻娘跑了過來。「是啊，你放心，沒花多少錢。」

仲平也跟著過來瞧，還真是被嚇著了。除了兩包做頭花的絹綢料和一包她自己的隨身行李，還有整整三大包的東西！

伯明和仲平各扛兩個大包袱，櫻娘雙肩各搭一個小包袱，三人並肩走著。伯明好奇，正想問買了些什麼東西，卻聽見後頭有人喊櫻娘的名字，三人齊齊回頭，見甄子查跑了過來。

「林櫻娘，妳去烏州是不是見到了姚玉簟？」甄子查擺出一副紈袴子弟的傲氣模樣，雙臂交疊於胸前，審視著櫻娘。

櫻娘瞥了他一眼。「沒有，姚姑姑怎麼會去烏州，之前她跟我說過，她極有可能去京城的。」

伯明與仲平見甄子查態度很不恭謹，趕緊過來站在兩旁。

甄子查斜眼掃了掃伯明與仲平，對於這樣的鄉巴佬，他是從來不屑多瞧一眼的，所以他掃過這兄弟倆後，眼神又落在了櫻娘身上。

他再靠近一步，覷著櫻娘的眼睛。「我已經派人去烏州尋了，妳若是敢騙我，應該知道會是什麼後果！」

什麼後果？不就是不讓她在織布坊幹了，還能把她怎麼樣？

櫻娘的眼神絲毫不閃躲，看起來堅定得很，她不卑不亢地說：「我在織布坊並無過錯，你別動不動以這個來威脅我！姚姑姑去了京城，你派再多人去烏州也是尋不到的。京城離此地不過八百里地，你若是那麼喜歡她，自己去尋好了！不過我可把醜話說在前頭，姚姑姑根本瞧不上你，哪怕你尋到她又能怎樣？」

甄子查早已熟知櫻娘的脾性，聽櫻娘這麼說，他倒也不生氣。雖然只要他在他爹或殷管家面前挑挑櫻娘的毛病，櫻娘很有可能就得滾蛋，可是櫻娘若真的回家去了，他豈不是更打聽不到姚玉簟的消息？

他瞅了瞅他們三人大包小包的，嘴角一勾，嘲笑道：「妳可別說得好像妳多麼不在乎這個織布坊領頭的位置，去一趟烏州，妳這又搜刮了多少東西？若不是坐我們甄家的馬車，妳根本到不了烏州。妳不感恩甄家就算了，還敢對我出言不遜？我不過是看在姚玉簟的面子上，才禮讓妳幾分，否則我早讓妳滾回家裡去了。」

他說得輕描淡寫，櫻娘卻氣得不輕。

他見櫻娘臉色一陣紅一陣白的，又轉而哄道：「好了，只要妳將姚玉簟的下落以實相告，我自然會想辦法讓妳長久待在織布坊，這個交易對妳來說，夠划算吧？」

櫻娘白了他一眼。「我都說過了，姚姑姑極有可能去了京城，詳細去處她自己走之前都沒有定下，我又怎能知道？而且你已有三妻四妾，何必再去招惹姚姑姑？莫非你還能將家裡的女人全休了，只娶她一人？」

甄子查聽了笑到不行。「只娶她一人？妳當她是仙女下凡，還是長了三頭六臂？」

「那就不許你再去招惹她！」櫻娘兩眼噴著怒火，她真的擔心哪一日姚姑姑被他尋到了，怕是再也沒有安寧的日子過了。

「喲喲喲！姚玉簟是妳親娘還是妳親姊，妳這麼護她？我甄子查看上的女人，還沒嚐過她的滋味，哪能就這麼輕易讓她跑了？」

「無賴！流氓！」櫻娘啐了他一口。好漢不吃眼前虧，櫻娘也確實不想失去這個領頭位置，也就懶得跟他多囉嗦，轉身就走。

甄子查走回甄家大門，朝其中一位家丁說：「派人告知已去烏州的那些人，叫他們去京城尋姚玉簟！」

家丁面露難色。「三少爺，老爺若是知道了，可是要動——」

他還未將「家法」二字說出口，便聽甄子查吼了起來。「你吃了豹子膽是不是？我的話也敢不聽？你再不去，我先對你用家法！」

家丁嚇得趕緊辦事去了，一句也不敢多言。櫻娘將這些聽了進去，只是朝那兒白了一眼，便繼續往前走。

伯明心中鬱結，都說櫻娘很風光，其實還是會受甄家人欺負。剛才甄子查那般盛氣凌人的對櫻娘說話，他看了真的很想上前去理論一番，可是苦於自己嘴拙，竟然尋思了半天，也不知該說什麼來護著櫻娘。

而且櫻娘與甄子查一直在說姚姑姑的事，他們之前聽櫻娘說姚姑姑要去烏州，但此時櫻娘卻又說姚姑姑是去了京城，伯明怕自己說錯了話，壞了櫻娘的大事，所以更不敢開口了。

忽然，他覺得自己好窩囊，就這樣眼睜睜地見他人對櫻娘這般無禮。

三人並行走了一陣，伯明開口了。「櫻娘，妳若是在織布坊做得不如意就不要去了，我知道，看別人的臉色過日子，實在不好受。」

櫻娘此時只為姚姑姑擔憂，並未考慮自己的事，聽伯明這麼說，她才側過臉來瞧了瞧他，見他甚是憂慮，不禁笑道：「你這是怎麼了，這點事你還真放在心上？人在屋簷下，哪能不低頭？人要想做大事就得學會忍耐，這點委屈都受不了，我也混不到現在。何況我也不覺得委屈，甄子查只不過是一個仗勢欺人的無賴而已，理他做什麼？」

仲平嘆道：「這種有錢人家，都不把我們當人看。以前我在葛地主家幹活也是這樣，他兒子還不是想怎麼訓人就怎麼訓，哪個敢回他一句？」

伯明默不作聲，心裡卻在想，他得對櫻娘更加好才行。她喜歡現在這個活兒，他是不能強加干涉的，那麼，他只有待她回家，對她好，讓她心裡痛快一些了。

到了家後，天色已黑，招娣、叔昌和季旺都在院子裡等著他們，見他們三人一起回了家，全擁了上來。

「大嫂，烏州好玩嗎？人多不多？」季旺接過櫻娘肩上的包袱，滿心好奇地問。

「除了人多熱鬧，倒也沒什麼好玩的，我也顧不上玩。你們快把包袱打開，看我買了什麼回來。」櫻娘和他們一起來到堂屋。

當包袱全打開後，他們全傻眼了，因為好多東西他們都不認識。

櫻娘一一拿出來給他們看。「招娣，這是給妳買的耳環和珠簪，等會兒我幫妳梳個髮髻，戴上這些肯定好看。」

招娣摸著那些光亮的珠子，喜歡得不得了。「這些肯定很貴吧？」忽而她又自卑起來。「我……配不上這些東西的，大嫂妳留著自己戴吧，妳長得好看，戴什麼都適合。」

櫻娘還未來得及開口，一旁的仲平已經很不樂意聽招娣說這種話了。「這是大嫂的心意，妳就好好收著，哪有什麼配不配的，不都說人是三分長相、七分打扮嗎？」

櫻娘應道：「就是這個理，妳可別總那麼想，等會兒吃過晚飯，我來教妳配戴。而且我這不是給自己買了好些嗎？哪裡要得了這麼多。叔昌、季旺，這是給你們的小人棋，還有靴子、頭巾。」

叔昌和季旺高興地說了聲：「謝謝大嫂！」然後到一邊試穿去了，之後兩人便興致勃勃地下起木製雕刻的小人棋來。

「伯明、仲平，我沒有特意為你們買什麼，就是買了幾疋布，到時候讓招娣給你們兄弟幾個每人裁一身衣裳。還有這些藍色紗線，我準備給你們織毛衣穿，這紫色的紗線，我打算用來給招娣和我自己織，肯定好看又暖和。」

「毛衣？」伯明和仲平都聽不懂，因為他們從未聽過，更未見過。

「呃……就是一種線衣，我在烏州見有許多人穿的，用紗線先搓成一縷縷的，然後用細木棒來織成衣裳，哎呀，這麼說也說不清楚，等我織好後，你們穿上就知道了。」其實櫻娘在烏州並沒有見人穿毛衣，只不過她覺得如今已是深秋，穿毛衣比較暖和，她雖然不會織很複雜的花樣，但她在前世跟她媽媽學過幾種織法，織出來也挺像樣的。

招娣拿著這些紫色紗線在手裡瞧了又瞧。「大嫂，這紗線真好看，織成衣裳肯定不錯。妳去一趟烏州就學會了怎麼織，那妳得了空教教我吧，我好幫著織，妳那麼忙，沒空坐在家裡織衣裳的。而且今年還是不要給我織了，我肚子這麼大，穿什麼都不好看，待來年生了孩子再說吧。」

櫻娘瞧了瞧她的大肚子，點頭道：「好，待妳生了孩子，給妳和孩子都織一件，這種織法妳肯定一學就會，很簡單的。」

吃過晚飯後，招娣催著櫻娘早點歇息，說櫻娘一路勞累，就別和她一起做頭花了。

櫻娘確實有些乏，梳洗過後便來到自己的屋裡躺下了。

伯明過來替她捶捶腿，沒想到櫻娘一個翻身，趴在床上說：「我不是腿痠，我是屁股疼。」

伯明一怔，繼而笑道：「那我幫妳揉揉屁股。」

「嗯。」櫻娘說的可是實話，整個臀部都火辣辣的。伯明雙手一按上去，她疼得大叫。

「哎喲，你輕點兒，疼。」

因為這一句叫得確實有些大聲，被在院子裡倒水的招娣給聽見了，招娣可是完全誤會了這一句話的意思呢，趕緊往自己屋裡走。

仲平問她怎麼了，她忙道：「沒什麼，就是大哥和大嫂在親熱呢，聲音有點大。」

「不……不會吧？」仲平愣住。這幾個月來他可從沒聽過大哥和大嫂發出什麼聲音呀，可是聽招娣這麼一說，他竟然莫名其妙地臉紅了。

招娣挺著肚子，他都好久沒碰過她了，哪怕他想，也得再等幾個月了。

伯明沒坐過馬車，還真不瞭解情況，不知道櫻娘的屁股會這麼疼，他放輕了手勁。「是不是腫了，我能看看嗎？要不要給妳敷些藥？消腫的草藥粉家裡還有一些的。」

櫻娘哪好意思讓他看她這個地方呀！「不用，這個地方敷那玩意兒肯定不好受，你輕輕給我揉揉就行。」

伯明便極輕極輕地揉，櫻娘又覺得他力氣太小了。「也別太輕了，稍稍用一點力。」

伯明再稍微用力一些。

本來臀部腫脹辣辣的疼，害她坐在椅子上也難受得很，因此吃飯時她一直是懸著屁股，根本不敢實實地坐上去，可現在被伯明用合適的手勁揉著，櫻娘感到舒坦得很。

「沒想到坐馬車也這麼受罪，這一路上幾乎沒有好路，全是坑坑窪窪的，真不知那些長期在外跑的人怎麼受得住。」

「或許他們回家也有人幫著揉。妳真的不要讓我看看嗎？不敷些藥會好得很慢的，妳這樣明日去織布坊坐著肯定還會很疼。」伯明真想直接褪下她的褲子看一看到底腫成什麼樣子，可是又不好意思。

櫻娘趴著哼道：「沒事，說不定過一夜就好許多，揉揉就行。」

櫻娘臀部挺得翹翹的，伯明剛開始真的只是想幫著揉揉，可是揉上去手感太好，軟中又帶著韌勁，何況櫻娘還舒服得直哼聲，聽上去就教人浮想聯翩。不知不覺，他的歪心思就生出來了，心裡漣漪一片，怎麼都止不住。

「我還是幫妳看看吧，若是真的很腫就必須敷藥。」

櫻娘還沒同意，他便自作主張地幫她褪下褲子。

櫻娘用手拽都拽不住，羞道：「不許看不許看，這有什麼好看的。」

可是伯明已經看到了，她的臀部確實又紅又腫，不過沒有磨破皮，還不算太嚴重，只是……現在沒有隔著褲子，雙手揉上去豈不是更有感覺？

不僅伯明有強烈的感覺，連櫻娘的身子都有了反應。忽然，她扳倒伯明，趴在他的身上說：「你老實說，剛才你是不是就憋著壞心思呢？」

伯明羞澀地笑著，不否認也不承認，其實就等於是默認了。

櫻娘又狠狠地吸吮他的脖子。「壞蛋，看我今晚怎麼收拾你！」

第十章

接下來幾日，伯明和仲平都去南山腳下挖水庫，讓叔昌和季旺在家歇一歇。

令伯明沒想到的是，這幾日裡他聽到不少關於叔昌的流言蜚語。

最初只是說著有幾位姑娘瞧上叔昌了，伯明聽了還不覺得有什麼不妥，可當人們說起那幾位姑娘在暗地裡較勁，甚至拌過嘴，這讓伯明頗為擔憂。

接著又有幾人說叔昌這些日子收工後，都與一位叫銀月的姑娘在南山後面偷偷摸摸地湊在一起，不知是不是在幹什麼見不得人的事。伯明聽了面紅耳赤，好像是他做了見不得人的事似的，心裡揪成一個大疙瘩。

回到家後，伯明準備找叔昌問話，若是真有此事，他可得好好管教管教。喜歡人家姑娘當然可以，但至少得光明正大地來，哪能偷偷摸摸的？

而且既然有了喜歡的人，先前問他又何須隱瞞，大家都是講媒妁之言，他這個當大哥的可以去女方家裡徵詢長輩的意願，再說明一下要等後年才能訂親之事。若是叔昌與那位姑娘是真心喜歡對方，不至於這些日子都等不了吧？

伯明見季旺在幫著招娣一起醃蘿蔔和四季豆，並不見叔昌的身影，便問道：「季旺，你三哥去哪兒了？」

季旺見大哥心事重重地問話，並不明白原由。「三哥下午砍柴去了，還沒回來。」伯明與仲平對望一眼，難不成叔昌這時在山上與那個叫銀月的姑娘幽會？他們不願相信這是事實，也就都沒吭聲，決定等叔昌回來再問吧。

過沒多久，叔昌挑著大半擔柴回來了，伯明瞧了瞧那擔不夠分量的柴，就更加懷疑了起來。「叔昌，你跟大哥說實話，你這幾日是不是和一位叫銀月的姑娘在山上碰面？」

叔昌臉色驟變，一下紅到脖子，他身子僵住了，卻仍然不承認。「沒有，大哥你別聽人家瞎說，我只與銀月說過幾句話，哪有去山上……」

伯明知道叔昌在說謊，但也不想讓他太難堪。「叔昌，你若是真喜歡那位姑娘，就不要敗壞了她的名聲。你告訴我她是哪個村的，我明日就去她家，問她爹娘願不願意等到後年將女兒許給你。」

叔昌似乎有難言之隱，只見他滿臉憂慮地說：「我……我……是她先找我說話的，然後我們倆就……就相熟了一些，說親之事還是算了吧。」

伯明這下真的生氣了。「你若是不喜歡她，就要離她遠遠的，不要讓她誤會了。你這樣和她不清不楚的，豈不是敗壞了她的名聲？她一個姑娘家，這種事傳了出去你叫她以後怎麼嫁人？你這是害了她，你知不知道？」

叔昌見大哥生氣了，默默低著頭也不敢回嘴。

這時在醃鹹菜的招娣忍不住插了嘴。「叔昌，大哥說得沒錯，你若是喜歡那位姑娘，就大大方方地說出來，不喜歡的話，以後就不要和她說話，這樣對你好，對她也好。你到底想不想娶她？你就說句實話，別讓大哥為你著急。」

叔昌垂著腦袋。「她說她……喜歡我，我也覺得她人挺好的，愛說愛笑，就是有時候性子潑辣了一點。」

伯明聽明白了，叔昌這意思是對人家也滿意。「既然這樣，明日我就去她家一趟吧，她家是哪個村的？」

叔昌埋著頭，一副打死不說的模樣。

「你這到底是怎麼了？平時大咧咧的，性子爽快得很，現在可是在說你的親事呢，你怎麼婆婆媽媽成這樣？」伯明見他一副沒出息的樣子真是氣到不行。

在一旁的仲平終於也忍不住了，厲色道：「叔昌，我們家做事可向來都是坦坦蕩蕩的，你可別吃著碗裡的又惦記著鍋裡的，見有幾位姑娘對你上心，你就開始……動歪腦筋了，所以才不肯讓大哥上門去說親？」

「我哪有！銀月她是錢秀才家的小女兒，她說她爹娘想讓她給甄家三少爺當小妾，我還不是怕你們不同意才不敢說的。」叔昌無奈地說。

一家人都傻眼了，誰都知道錢家村有一個秀才特別難說話，以為自己年輕時考上了秀才，就不把任何人放在眼裡。後來雖然他什麼也沒考上，倒是教過幾位地主家的兒子，所以總覺得自己高人一等。

他的大女兒已許給葛地主家的長子當小妾，現在又想讓小女兒嫁給甄家兒子當小妾，他這是拚命想把女兒往大戶人家家裡塞。不管女兒在男方家裡有沒有地位、會不會被欺負，只要聯姻的是有頭有臉又有錢的人家就行。

叔昌喜歡誰不好，竟然喜歡上了這種人家的女兒，而且這不是擺明要和甄家搶女人嗎？伯明沈默了，仲平、招娣與季旺仍瞠目結舌，簡直不敢相信。

良久，伯明十分糾結地問道：「她說她喜歡你，你就覺得她好？你有沒有搞清楚自己到底喜不喜歡人家？不是看人家順眼就是喜歡，還得……」還得怎樣伯明也不好意思說了，他覺得還得像他對櫻娘那樣，幾日不見就想得慌，渾身不自在，魂不守舍的。

其實伯明是想聽叔昌說他壓根兒不喜歡銀月，可是叔昌卻小聲地應道：「喜……喜歡。」

伯明真感到為難了，弟弟喜歡上了一個人，他做大哥的也不好不為他爭一爭。可是銀月的爹娘肯定不同意啊，上門去說親說不定還會被人給轟出來。

伯明思忖了半晌又問：「甄家是真的想納銀月為小妾，還是錢秀才一廂情願？」

叔昌一直不敢抬頭。「好像是甄家三少爺前段時日見過銀月一面，然後就派人去錢家說想納銀月為小妾。銀月說，當時她爹去甄家不知辦什麼事，非要帶著她去，若是知道她爹是故意想讓甄家的兒子看上她，哪怕打死她，她也不會跟著去的。銀月壓根兒看不上甄家三少爺，說他三十多歲了，都快可以當她爹，而且她不想做小，她說她想……跟著我。」

伯明隱約覺得叔昌惹上麻煩了，這件事若是被甄子查知道了，他還不知會怎樣對付叔昌呢。叔昌和銀月的親事十之八九是成不了的，若是鬧大了，怕還會連累櫻娘。

這時仲平直跳腳大罵。「你招惹誰不好，竟然惹上了錢秀才的女兒，現在還扯上了甄家，大嫂可還在甄家織布坊當大領頭呢，你這不是壞大嫂的事嗎？」

叔昌也知道自己惹出大事。「那我有機會就去跟銀月說……說我和她無法走到一起。」但一想到銀月肯定會哭得死去活來，他又實在不忍心。「若是我敗壞了銀月的名聲，甄家是不是就不要她了？」

伯明聽出了叔昌的意思，他還是想要銀月的。「明日我去一趟錢家村吧，把你和銀月的事說一說，看她爹娘的意思。或許他們怕你們的事傳出去，也不敢把銀月送到甄家去了。」

叔昌聽了心裡略喜，似乎看到了一絲希望。

忽而伯明又問：「你不會真的把銀月怎麼樣了吧？」

叔昌忙道：「沒有沒有，我哪敢。」

這時櫻娘回來了，她一進院子就察覺氣氛不對。「怎麼了，你們兄弟吵架了？」

伯明拉著櫻娘進屋，招娣他們幾個去廚房做飯，叔昌知道自己給家裡惹了事，一直垂著頭站在院子裡不動。

到了屋裡，伯明就把叔昌的事跟櫻娘說了，問她有沒有什麼好主意。

櫻娘愣了好半晌才將這件事消化，沒想到小小年紀的叔昌竟然玩起了自由戀愛，只不過阻力太大而已，而且該憂慮的事情還挺多的。

「伯明，叔昌有了喜歡的人，我們當大哥大嫂的自然是能幫就幫，不要讓他失望。但是，你得有個心理準備，哪怕事成了，遇上錢秀才這樣的親家，以後家裡怕是會有不少麻煩。也不知銀月這個姑娘好不好相處，她若是個不錯的姑娘，和叔昌在一起過得好，多少麻煩我們也得扛住。」

「甄子查會不會對叔昌下毒手？聽說他看誰不順眼可是會帶著家丁去打人的，去年就把李家村一位小夥子的腿給打斷了。他若知道叔昌和他搶女人，哪會放過叔昌？」這是伯明最擔憂的，人家可是大門戶有勢力，哪怕打死了人估計都沒事。

櫻娘早已知曉甄子查的劣行，當然知道甄子查不會輕易放過叔昌。「等會兒我問問叔昌，看他是不是真的特別想娶銀月，若真是如此，甄子查那兒我來想辦法。」

伯明聽櫻娘這麼說，很是心疼。「甄子查對妳說話都是橫著眼，用鼻子出氣似的，妳可別為了叔昌向他求情，我真的不想妳受他的氣。要不還是叫叔昌算了，別惦記銀月了，以後他們倆不再見面，甄子查也不會知曉這件事的。」

「你見叔昌傷心，你心裡會好受嗎？」櫻娘反問。

伯明無法回答，叔昌得不到自己喜歡的女人，他這個當大哥的心裡肯定不好受。

櫻娘把叔昌叫了進來，叔昌滿臉愧色道：「大嫂，妳別為我的事操心，可別讓甄家記恨在妳頭上。到時候甄子查來找我麻煩時，我一個人頂著就行了。」

「他要是打斷了你的腿，你也能頂得住？你被打殘了，錢秀才還會把女兒嫁給你？銀月願意跟著一個廢人過日子？」櫻娘一連串的反問，堵得叔昌再也說不出話來。

櫻娘嘆氣道：「這幾日你別再和銀月見面了，被人逮住的話，怕是連你的小命都不保。明日先讓你大哥去一趟錢家，再過兩日我會有一日假，到時候我去會一會銀月，看她是不是真的非你不嫁。可別你一頭熱，她卻不在乎。」

叔昌乖乖地點頭，出去了。

吃過晚飯後，伯明和仲平按照櫻娘的描述，削了好幾副木針棒，隨後櫻娘便開始教招娣織線衣。

招娣雖然手巧，但是領悟力有限，何況她從來沒接觸過這種東西，櫻娘硬是教了她一個時辰，她才終於學會織最簡單的平針。

伯明和仲平在一旁繞線，繞線的方法也是櫻娘教的。伯明雙手將線撐著，仲平捲線，捲成一個個大線團。

大家心裡都裝著叔昌這件事，一直沒怎麼說話。

這時招娣唉聲嘆氣起來。「大嫂，妳說我們家哪裡是甄家的對手，與甄家結了仇，家裡怕是再沒好日子過了。」

「可不是嗎？所以我才讓叔昌暫時不要再與銀月見面了，或許長久不見，他便沒那麼惦記她了。若是過一段時日仍然是一個非對方不娶，一個非對方不嫁，我們就幫幫他們。甄子查或許也沒有我們想的那麼惡毒，到時候我再找人從中求求情，也許能成。」

仲平聽了直皺眉。「但要和錢秀才那種勢利眼做親家，想著就煩心！要我說，就讓叔昌死了這條心！」

其實伯明也真想這樣，可是事情不能如此粗暴地解決。他還換位尋思著，若是他與櫻娘想在一起，別人硬把他們分開，他是無論如何也不肯罷手的。「仲平，這種話你可別當著叔昌的面說，他一個男兒或許能承受得住，要是那個銀月得知我們家是這個意思，她受不住要尋死覓活，那可就鬧大了。」

招娣與仲平聽伯明說怕鬧出人命來，被嚇到了，家裡可別因為這個吃上官司。

櫻娘也知道這種事實在棘手，古代的女人扛不住別人說三道四，更扛不住被喜歡的男人拋棄，說不定銀月真會像伯明說的那樣來個上吊或投河，到時候錢家肯定跟薛家沒完沒了。

這一夜，伯明和櫻娘輾轉了一個多時辰才睡著，叔昌則是徹夜未眠，他為給家裡帶來麻煩心存愧疚，又捨不得就這麼放棄銀月。銀月跟他說了，若是要她當小妾，她寧願去死，他又怎麼忍心讓銀月去死呢？

次日清晨，伯明見叔昌一臉灰暗，雙眼失神，眼圈烏黑，就知道他肯定一夜沒睡好，但這也讓伯明看出了他對銀月的真心。

早飯後，伯明跟著櫻娘一起去鎮上。「櫻娘，等會兒我見了錢秀才，該怎麼稱呼他，又該帶多少禮？」

櫻娘思忖了一會兒道：「你就叫他錢叔吧，他是長輩，語氣上尊敬些好。若是他對你不敬，你也無須對他客氣，但務必要讓他知道他女兒名聲有多麼重要，甄家若是知道銀月與叔昌的事，也不會要他家銀月當小妾的。你這一次只不過是去問話，不算是提親，只須帶上一份見面的薄禮即可。」

伯明覺得櫻娘說得甚是有理，便點了點頭，看著櫻娘進了織布坊，他才轉身去鋪子裡買東西。

伯明來到錢家村時，根本無須費力尋找就知道哪戶是錢秀才的家了。因為一進村，他就見到一個院門，上頭掛著一塊匾寫著「秀才府」，無疑地就是這兒了，因為錢家村也只出過一個秀才。

雖然這個院子比一般農家稍稍闊氣一些，但也就與村裡的富農差不多，竟然敢取名為府，足以看出錢秀才的野心勃勃。只不過聽說他都四十好幾了，估計也無力再考取功名，這野心怕是實現不了，只能藉著取名為府來自娛自樂了。

此時大門是敞開的，伯明知禮並不敢冒進，他敲了敲門框，良久才聽到裡面響起一道不耐煩的嗓音。「誰呀？」

伯明十分恭謹地說：「我是薛家村的薛伯明，來找錢叔有要事相談，不知可否進院敘話？」

錢秀才正在堂屋裡獨自喝著小酒吃著花生米呢。他的娘子與小女兒銀月去了南山挖水庫，排行老二的兒子則在葛地主家當監守。他的大女兒既然是葛家大兒子的小妾，為弟弟謀個監守的職自然不是難事。

家裡只剩下他一人，他也不幹活，大清早的便待在家裡喝個小酒，可會享受呢！他最近聽說過伯明的名號，伯明種黃豆掙了錢的事，整個永鎮傳得沸沸揚揚的。但他壓根兒瞧不起像伯明這種靠種莊稼掙錢的人，甚至不想正眼瞧，因此他是不可能起身出來迎接伯明的，只是懶懶地說道：「進來吧。」

伯明進來後，放下幾捆薄禮。錢秀才只是掃了一眼，並不願多看，便朝伯明使個冷眼色，叫他坐下。

伯明也不客氣，就坐下了。

錢秀才仍然在吃著花生米，邊吃邊說：「你來我家有何要事？我們兩家從未來往，我與你也從未謀面，但聽說你以前是在佛雲廟裡當和尚？」

伯明點了點頭。「我曾入佛門十年，現已還俗，並已娶妻成家。今日我來您家是為我三弟與銀月的事。」

錢秀才手中的筷子一顫，花生米一下滾到了桌子上，落到了地上。他將筷子往桌上一扔。「你說什麼？我家銀月和你三弟能有什麼事，你可別張嘴就胡說，敗壞我家閨女的名聲，我可饒不了你！」

都說錢秀才是個難纏的人，果然如此，伯明這一聽就知道此事難辦了，可即便如此他也得如實說來。「銀月與我三弟都在南山挖水庫，因此而相識，並情投意合，難道銀月沒跟您說她不願嫁入甄家當小妾嗎？」

「什麼情投意合，定是你家三弟纏著我家銀月！難怪銀月這丫頭整日哭哭啼啼說不要去甄家，原來是你家三弟在搞鬼！我現在就可以告訴你，我家閨女是不可能入你家那種小門戶的，她不想去甄家也得去，容不得她胡鬧！甄家隨便給點禮錢可都是你家一輩子掙不來的，你竟然敢上門來說，還說是什麼要事，真當自己是個人物了？哼！」錢秀才氣得臉都青了。

伯明見他如此蠻橫，也就直話直說。「若甄家知道了銀月和我三弟的事，不但不會要銀月，怕是還要將氣撒在您家頭上，說您明知自己女兒有了意中人，還要送去甄家，這是故意欺瞞人！」

錢秀才伸手大拍桌子。「你大膽！你這是在威脅我嗎？」

「我這是在陳述實情，希望您能仔細掂量，可別得罪了甄家，又耽誤了女兒一生。若是您肯同意這門親事，待我爹娘忌年期滿，我就來為我三弟提親、送采禮。我三弟為人老實，幹活勤快，待人誠懇，定不會辜負了銀月。」伯明不卑不亢。

錢秀才啐道：「你作夢！想和我錢家聯姻，也不瞧瞧你家是什麼家底，別以為掙了點小錢就了不起，左右不過富農而已，你薛家過幾輩子也不可能把日子過成甄家那樣！」

伯明知道和他多說無益，便起了身。「還望錢叔三思。我家三弟並不愁娶不著親，最近想嫁給他的姑娘可不少。若不是我三弟中意銀月，我也不可能來蹚這渾水，只不過希望他們倆能如願，不要鬧出什麼事來。」

伯明見錢秀才朝他吹鬍子瞪眼的，便向他作了個揖，說聲告辭，轉身走了。

錢秀才愣坐在那兒，想了想銀月的處境，若是此事傳出去，甄家不要她了，薛家也賭氣不娶了，豈不是再也配不上好男人？

他氣得將酒瓶子往地上一砸。「他娘的，這真是見鬼了，銀月竟沾惹上了薛家小子，等她回來，看我不收拾她才怪！」

伯明回家後，見叔昌在家剁豬草。仲平為了不讓叔昌與銀月見面，已經不讓他去挖水庫，自己與季旺兩人去了。

叔昌見伯明臉色並不好看，也不敢問話，而且不問也知道，錢秀才肯定沒給大哥好臉色看。

招娣坐在旁邊做頭花，心裡很想知道情況，猶豫了下還是問了。「大哥，銀月她爹怎麼說？」

伯明怕叔昌聽了心理負擔太重，故作輕鬆地說：「錢秀才說他會考慮，他才剛剛知道此事，是不可能一口就答應的。雖然他聽了很生氣，可他也知道這是進退兩難之事，應該會慎重考慮的。」

而櫻娘傍晚收工回家時，見院門緊閉著，就知道家裡是在防著甄家會派人鬧事。因為叔昌和銀月的事已傳了出去，甄子查遲早也會知道的。

這兩日一家人確實過得很不安穩，一般農家小戶，最怕的就是惹怒大戶人家，哪怕人被打死了也討不到公道。

又過了一日，櫻娘有了一日假，她打算去會一會銀月。

趁南山收工之時，櫻娘堵在路口問了幾個人，確定遠處那位穿著紅衣裳的人就是銀月。見銀月扛著一把鍬，她娘已經往前走了很遠，銀月並沒有跟上去，而是左右張望，可能是盼望著叔昌出現。

「銀月。」櫻娘走上前喊了聲。

銀月好奇，回過頭來，盯看了櫻娘一陣。「妳是誰，妳認得我？」

櫻娘不好意思緊盯著銀月打量，但只是不經意地瞧幾眼，她也瞧得差不多了。

銀月長得很秀氣，鵝蛋臉，水靈靈的大眼睛，是個標準的美人胚子，只是個頭比櫻娘要嬌小一些。櫻娘這幾個月來養得白嫩許多，加上五官標緻，其實比起來她不亞於銀月，雖然櫻娘自己並不覺得。

她覺得銀月比一般農家姑娘確實要出挑一些，只是令她感到奇怪的是，甄子查向來是不正眼瞧農家姑娘的。他那幾位妻妾都是他家還在京城時就找的，個個花容月貌，儀態萬千，也就姚姑姑能和她們媲美，像銀月這般農家土氣的打扮，也沒什麼氣韻或優雅舉止，甄子查能相中她確實有些意外。

所以櫻娘尋思著，甄子查願意納銀月為小妾，既是銀月容貌能入得了他的眼，還有可能是因為錢秀才在甄家面前擺明了有這個意思，甄家也就笑納了，不要白不要。若真是這樣，甄子查應該不在乎銀月，那麼哪怕知道了實情，應該也不會對叔昌下狠手。

這麼一想，櫻娘心裡踏實多了。她微微帶著笑，像大姊姊對小妹妹那般和氣地對銀月說：「我是叔昌的大嫂，是特意來看看妳的。」

「叔昌……他怎麼好幾日沒來了？」銀月一隻手握著鍬，一隻手尷尬地緊攥著衣角。銀月雖然見過伯明，但是瞧著眼前這般年輕的櫻娘，她還是有些發愣。

她心裡尋思著，叔昌平時誇他大嫂多麼能幹、多麼顧家、多麼值得敬重，她每次總是不自覺地想到那些下田幹活、長得粗壯模樣的婦人。

可是眼前的大嫂似乎還沒有叔昌年歲大，長得嬌俏得很。銀月自己十四歲半了，她覺得櫻娘應該也就比自己大個一、兩歲。想到叔昌每日要面對這麼年輕好看的大嫂，她心裡竟然有些醋意。

這時所有人都收工走了，只剩下櫻娘與銀月，櫻娘在路邊的田埂上坐了下來。

「銀月，妳也坐吧。叔昌這些日子幹活累了，他二哥就來替他幾日，所以才沒來，他好著呢，妳無須掛念。」

銀月離著櫻娘幾尺距離坐下了。「大嫂，我……和叔昌的事，妳不會反對吧？」

銀月如此直白且大膽的問話，讓櫻娘挺佩服的。櫻娘眉眼彎彎地笑道：「我怎麼會反對，只要叔昌喜歡妳，我和他大哥都會想辦法幫你們的。只不過甄家可不好對付，為了確保叔昌不出意外，最近這一段時日他可是不能出門的。妳放心，妳雖然見不到他，但他心裡會惦記著妳的。」

銀月咬著唇，苦著臉說：「若是甄家一日不鬆口，莫非叔昌就一日不來見我？」

櫻娘知道她是著急了。「不會太久的，甄家應該過不了多久就會知道你們的事，到時候就看他家到底想怎麼鬧了。我猜哪怕甄家不在意這件事，也不會輕易放過我家和妳家的。妳爹知道了妳和叔昌的事後，沒對妳怎麼樣吧？」

銀月捋開袖子，露出兩隻紅腫的胳膊。「妳瞧，哪能沒事呢？我都快被我爹打斷胳膊了，還有背上，好幾條血印子呢！可哪怕我爹真的想打死我，我也不會去甄家做小的，和那麼多妖精一樣的女人去搶一個老男人，我呸！」

櫻娘聽她這麼說，頓時感覺到了為何叔昌會說她有些潑辣。櫻娘忍不住一笑，又問道：「那妳是怎麼瞧上叔昌的？」

銀月被問得有些臉紅了，其實一開始她為了不想做甄家小妾，想隨便找個家境好一些、人看似也老實的就行，只要這個男人能一輩子聽她的話。她一點兒也不怕別人說她和哪個男人幽會，她要的就是讓別人知道，以此來讓甄家主動說不要她。

可是當她見過叔昌後，她就十分滿意了，便主動找叔昌說話。因為叔昌自到南山後，一直埋頭幹活，一看就是個踏實人，相貌也周正。再加上她也知道了薛家日子過得好，很多姑娘都對叔昌有意呢。她尋思著，她要是跟著叔昌，也不會吃太多苦，只要叔昌能瞧上她，以他的性子肯定不會欺負她。

但銀月是不好這麼跟櫻娘解釋的，便道：「我就瞧著叔昌順眼，與他主動說幾句話，沒想到我們就說到一塊兒去了，我們脾性很相合的。只要叔昌一輩子只願娶我一人，待我永遠如初，我就會踏踏實實地跟著他。」

誰不想找個一輩子待自己如初的男人呢？櫻娘真的很佩服銀月有這樣的勇氣為自己後半輩子爭取，畢竟這裡的女子也極少敢去爭取自己的幸福。

櫻娘再問了問她家裡的情況還有她的生辰八字，之後就與她道別了。櫻娘知道這裡講究配生辰八字，到時候提親還得替兩人算上一卦，並要裝入紅帖中送去女方家的。

自櫻娘與銀月會過面後，這一個月裡都風平浪靜，甄家沒有絲毫反應，錢秀才也只是每日為這件事發愁，沒採取什麼強硬的手段。畢竟叔昌一直未出門，沒與銀月見過面，錢秀才也不能把叔昌怎麼樣。

這段日子裡，伯明把小麥種下了，砍了滿滿兩大堆柴，櫻娘和招娣一起把線衣織好了，特別是櫻娘身上那件紫色鳳尾花紋線衣，穿起來既合身又好看。

伯明兄弟四人也都穿上了麻花紋或波浪紋的線衣，每次幹活累了脫下外裳時，就會被一堆人上前圍觀，好奇這線衣是怎麼織出來的。

如此平靜了一個月，櫻娘覺得有些不太正常。這一日收工時，她正納悶著這件事，甄子查就來找她麻煩了。

甄子查氣勢洶洶地把櫻娘叫進了甄家大院，他看來確實氣得不輕，額頭上青筋暴起。「林櫻娘，妳竟敢欺瞞本少爺，妳活得不耐煩了是吧？妳說姚玉簟去了京城，害得我花了幾百兩銀子派人去尋她，連個人影都沒尋著。今兒個上午，一個家丁從烏州辦事回來，說在烏州碰到了姚玉簟，妳跟我玩什麼調虎離山計，妳是不想在織布坊幹了？」

櫻娘心裡咯噔一下，姚姑姑竟然被人發現了，這可如何是好？她連忙辯道：「那位家丁肯定是眼花了，認錯人了，姚姑姑怎麼可能會去烏州，她都跟我說了她會……」

「哈哈哈……」甄子查見櫻娘紅著臉急辯，還未等她辯完，他就笑得身子直晃，笑得怒火沖天，眼瞪得溜圓，大聲道：「林櫻娘，妳還真當本少爺傻啊！我可是在京城混了多年，什麼爾虞我詐沒見過？那位家丁已經悄悄跟蹤了姚玉簟，知道她現在住在什麼李府。聽說她已經嫁人了，妳應該早就知道了吧？她竟然嫁人了，哈哈哈，我當真以為她冰清玉潔得男人根本碰不得呢？」

櫻娘咬牙切齒。「她都嫁人了，你還想怎樣？」

甄子查發狠地說：「被人碰過的，自然就掉價了。不過呢，掉價的我也想玩一玩！還有，妳怕是沒空在這裡擔憂姚玉簟的事了，妳家三弟竟然敢跟我搶一個叫銀月的姑娘？我之前就想訓一訓他了，只不過因心繫姚玉簞，懶得理他罷了。今日得知妳竟敢如此愚弄我，我可不是那麼好欺負的，此時已經有十幾位家丁去妳家了，妳家三弟現在是不是活著我就說不準了。」

櫻娘聽了大驚失色，拔腿就往家裡跑。

甄子查還對著她的背影大喊：「還有一件事忘了跟妳說，妳明日不須再來織布坊了，這是對妳愚弄本少爺的懲戒！」

櫻娘哪裡還顧得上自己能不能再來織布坊幹活呀，她一路疾奔，雖然知道家裡已為叔昌找到了一個極好的藏身地方，可是這個時辰伯明、仲平和季旺肯定都回家了，那些家丁沒找到叔昌會不會拿他們三個出氣？還有，招娣挺著大肚子，可千萬別上前去拉扯啊！

當櫻娘跑回自家院門口時，正好撞見一群家丁從她家院子裡出來。他們每人扛著一根大粗棒，臉上都是脹紅的，打架的氣焰還停留著沒褪去。

他們見到櫻娘來了，頓時僵住了，畢竟互相認識，他們平時對櫻娘還挺敬重的。因為不知該如何是好，他們只好愧疚地鞠個躬，似乎是想說，他們只是奉命行事而已，希望櫻娘不要記恨。

櫻娘見他們這架勢，再見到他們這種愧疚的神色，腿都嚇軟了，若不是真打了人，他們沒有理由愧疚的。

她慌忙跨進院門，便見伯明、仲平和季旺三人呈大字形躺在地上。招娣在仲平的身邊哭哭啼啼的，雙手用力攙扶著仲平起來。

櫻娘見招娣的肚子沒事，稍稍心安一些，她趕緊跑到伯明身邊。

伯明見櫻娘回來了，竟然還給了她一個釋懷的笑臉。「該過去的終於過去了，這樁心事總算了結了。」

「虧你還笑得出來，血都糊了你一臉。」櫻娘見他滿臉是血，忍不住哭了起來，這時她突然發現伯明的眉角有血直往外冒，她慌得直接用手摀住。「你的眉骨都被打裂了你知不知道啊！」

手是堵不住血的，櫻娘哭著起身跑進屋裡找出紗布，趕緊幫伯明繞著頭部纏緊眉骨裂開的地方，她一邊纏一邊心疼地哭道：「都被打成這樣了，你還笑，你的心當真是寬得沒邊沒框了。」

伯明伸手為她擦眼淚。「妳哭什麼，我不是好好的嗎？大男人流點血不算什麼。」他這一伸手，櫻娘又發現他的手背腫得厚厚的，看來這也是被那些人抽的。

伯明見櫻娘盯著他手背看，連忙將手縮了回去。「沒事，過幾日就好了。」

這時仲平已被招娣扶到椅子上坐著，他罵罵咧咧地道：「都怪三弟這個渾小子，世上的姑娘那麼多，他偏偏去招惹那個銀月，害得我們一家子差點被甄家打死！」

伯明有櫻娘為他包紮傷口，仲平有招娣來攙扶，季旺卻還躺在地上直哼聲。「我這胳膊動彈不了，好像是被打斷了。」

「啊？」櫻娘和招娣嚇得一齊跑過去。招娣正要扶季旺起來，卻被櫻娘喊住。

「招娣，妳別碰四弟，他可能是脫臼了！你們都不要動他，我這就去找郎中來！」

櫻娘急忙出了院子。這時，叔昌從地窖裡爬了出來。因為堂屋有一扇小後門通往後院，後院裡有一個地窖，是用來存放馬鈴薯和紅薯的。之前他們說好了，甄家若是派人來，見到叔昌肯定會把他往死裡打，所以只要聽到動靜，就讓他到後院躲起來。

稍早傍晚，他們兄弟幾人剛回到家，將院門一關，便聽到一陣踢門聲。伯明知道壞事來了，便讓叔昌趕緊躲到地窖裡去。闖入的家丁們知道他家是四兄弟，可此時卻只見到三個，就知道叔昌躲起來了。

他們搜了各屋都沒找到叔昌，那就只能對伯明幾人動手了。因為甄子查吩咐，若是找不到叔昌也得教訓其他人一頓，只要別打死就行；但若是見到了叔昌，絕對要往死裡打。

可顧慮到這是櫻娘的家，所以家丁們對伯明幾人並未下重手，儘管如此，三兄弟也不是這十幾個人的對手，受傷在所難免。

伯明為了護住季旺，眉骨和手背上被他們抽了幾棒子，但即使有他擋了幾下，季旺的胳膊仍然沒躲過。

叔昌躲在地窖時，越想越覺得自己不該躲起來讓哥哥弟弟們為他扛罪，所以他就爬了出來。待他來到前院，見兄弟都被打得鼻青臉腫，他腦袋嗡嗡作響，不知道該怎麼面對了。

仲平見叔昌出來了，朝他直吼道：「要是季旺的胳膊斷了，我這輩子都饒不了你！」

叔昌嚇得一下撲在季旺身邊哭道：「四弟，都是我不好，我……」

他還未說完便被伯明大聲喝住。「你別碰四弟的胳膊！你大嫂說他可能是脫臼了，已經去找郎中了。好了，你別哭了！」伯明坐在地上感覺頭暈得很，聽叔昌這麼一哭，他的頭則更疼。

櫻娘剛才跑出去時並未關院門，鄰居們全都跑到院門口來看熱鬧，招娣氣得正要去關門，卻見梁子來了。

招娣放梁子一人進來後準備把院門關上，可是院門已經被那群家丁踢壞了，根本關不上，招娣只好揮手把人趕走。

過了一會兒，櫻娘找來了郎中，郎中摸了摸季旺的胳膊，這一摸他就知道是脫臼了。郎中醞釀了一會兒力氣，然後使了巧勁替他推上，季旺疼得嗷嗷直叫，一家人看了都很心疼。推上後，郎中見他們兄弟全是鼻青臉腫的，就回家給他們拿藥去了，不僅有外敷的草藥粉，還有熬著喝的草藥。

叔昌見季旺的胳膊推上才放了心。這時，他突然跪了下來，抹著淚道：「大哥大嫂、二哥二嫂，還有四弟，因為我糊塗不懂事，不知天高地厚，竟然惹上了這種事，讓你們操了這麼久的心，今日還被打成這樣。大哥，你懲罰我吧，否則我心裡實在不好受。」

伯明嘆道：「我們可是血脈相連的親兄弟，有什麼好對不起的。你想我怎麼懲罰你，莫非也要抽你幾棍子，難道我們剛才還沒被抽夠？你快起來吧，跪著忒難看。」

叔昌怕大哥見他這樣心煩，只好趕緊站起來了。

櫻娘怕叔昌心中包袱太重，便安慰道：「叔昌，你也別自責了，這件事也並非全是你引起的，其實也有我的緣故，甄子查早就看我不順眼了。唉，大家先去搽藥吧。」

櫻娘不好將實情跟一家子說，她也不想讓他們知道太多姚姑姑的事，便沒有多加解釋就扶著伯明進了屋。

招娣來幫仲平和季旺敷藥，叔昌則去廚房做晚飯。

櫻娘先打水幫伯明拭淨臉，再仔細看看他身上還有沒有別的傷。她想了想，不希望對伯明有任何隱瞞，便將甄子查找姚姑姑的事說了。

「其實這件事怪我，與三弟並無多大干係的。」

伯明聽聞後反而鬆了一口氣。「只要甄家不記恨叔昌就好。」剛這麼想完，他又擔心起姚姑姑的處境來。「那姚姑姑豈不是很危險？」

櫻娘點了點頭。「是啊，那位家丁都跟蹤去李府了，說不定甄子查這幾日就會有所行動。我聽說但凡他看中的女人，得不到絕不放手，哪怕是已嫁的婦人，他也要糟蹋人家幾次才肯罷休。」

伯明聽了氣憤道：「他這簡直是禽獸不如！」

「好了，你別氣了，你這一動氣又有血往外滲。」櫻娘再找紗布幫他換下，剛才纏好的已被血染透了。

吃過晚飯後，伯明仍然覺得頭暈，為了不讓櫻娘擔心，他也不敢告訴櫻娘。

兩人就寢時，櫻娘腦子裡一直尋思著該怎麼幫姚姑姑才好，還有今後她自己又該做些什麼。

伯明雖然頭暈，卻睡不著，他小聲地說：「這件事總算過了，以後應該能過上安穩的日子了。妳嫁給我不只沒享福，還整日操心家裡一堆亂七八糟的事，妳不會怪我吧？」

見櫻娘一直沒回話，以為她是累了，他摟著櫻娘說：「我不吵妳了，妳好好睡，明日還得早起去織布坊。」

櫻娘剛剛腦子裡一直尋思著事才沒接他的話，聽他這麼說，她想起自己還未跟他說呢！「甄子查已經不讓我去織布坊了。不過，過幾日我會去把這一個月的工錢要回來。」

伯明滯了半晌，心中愧意更深，摟她摟得更緊了。「我知道妳心裡肯定不好受，妳喜歡幹那個活兒，既體面又是妳擅長的。但妳不去也好，讓他們找不到合適的，到時候求妳去都不要去，誰叫他們欺負人。」

櫻娘聽他這話聽得心裡很舒坦。「就是，我這一走，還真沒有人能接得上手，就讓甄子查胡鬧吧，到時候他爹知道了，肯定要狠狠訓他一頓。可是，我現在沒活兒幹了，得想個辦法才行。」

伯明見櫻娘並沒有太難受，他心裡也放鬆不少。「這樣妳正好可以在家歇歇了，以後妳和招娣幹點家務活就行，有我們兄弟幾個種田，日子不會苦的，妳放心好了。」

「不行，我可不能歇在家，明日我就起身去烏州，我得提前知會姚姑姑一聲，她可能還不知道自己被人跟蹤了呢，我若去的話，說不定還能幫她一把。另外，我也想去看看烏州除了收頭花的鋪子，還可不可以攬點別的手工活，我和招娣手快，靠做這些小東西也能掙不少錢的。」

伯明知道她心繫這些事，哪怕在家待著也是煩憂，因此他是贊同的。「可是妳現在沒有甄家的馬車可以坐了，靠兩條腿走路，怕是三日三夜都不一定到得了。」

其實櫻娘剛才已考慮過這件事，想出了一個還算靠譜的辦法。「趕牛車吧，用牛套著板車就行，只不過比馬車慢些，若不停地趕，兩日兩夜應該能到的。」

伯明也來了精神。「好，我為妳趕牛車。」

「你都傷成這樣了哪能趕牛車？讓叔昌跟著我去就行了。」

伯明哪肯。「不行，他年紀還輕，做事毛毛躁躁的。再說了，我若待在家裡，心裡七上八下的，還不如跟著妳去痛快，這傷也能好得快。這回有姚姑姑的事，還有找活兒的事，妳帶上我，說不定我還能給妳出點主意。」

櫻娘知道他上回就想跟著去了，這回就滿足他吧，她蜷在他的懷裡。「好吧，我就允了你這個小小的願望。」

待第二日櫻娘與伯明收拾行李時，一家人才知道櫻娘不能再去織布坊幹活了。他們怕櫻娘心裡難受，一個字也不敢多說，全默默地幫著收拾行李。

櫻娘像是突然想起了什麼，將自己前日換下來且洗過的那件紫色線衣帶上，也把伯明的藍色麻花紋線衣一起帶著。伯明以為她是想帶在路上穿。

套好了牛車，伯明坐在前面持著牛繩，櫻娘坐在後面。

叔昌瞧著他大哥頭上還纏著紗布，手背還是腫的，心裡直泛酸。「大哥，你這樣能趕得了車嗎？」

「能，怎麼不能？你現在可以出門了，你和你二哥去挖水庫吧，別讓季旺去了，他的胳膊這幾日還不能用力。」伯明囑咐完，輕輕抽了牛一小鞭子。「櫻娘，妳可得坐好了，我還要趕快一些呢。」伯明有些興奮，精神好著呢！

櫻娘見招娣他們幾人仍在門口目送著他們倆，揮手喊道：「時辰不早了，你們趕緊進去吃早飯吧，然後該幹麼就幹麼，我們倆一辦完事就會趕回來的，你們不要記掛。」

伯明還真不大會趕牛車，一開始牛跑得飛快，櫻娘坐在後頭得緊緊抓牢，否則人都要摔下來了。伯明怕櫻娘掉下去，慌得又拽緊了繩子，這下牛是慢了，慢得和人走路一樣，害他們倆又急了。

櫻娘只好從牛車上抱了些備好的乾草放在牛跟前，讓牠填填肚子，她和伯明也拿出招娣為他們煎的餅吃起來。兩人一牛吃飽後，他們拿出葫蘆喝幾口水，伯明還牽著牛去水溝裡喝個飽，這下牛又有幹勁了。

當伯明再次趕起牛車來，牛又是一陣小跑。櫻娘心裡暗道，這速度是快了，但她坐在上面也夠緊張的，真怕一個不小心掉下去摔個滿頭包，幸好這次她早有準備，在屁股底下墊了許多草，否則屁股也得顛開了花。

這時已快入冬，伯明身上卻濕透了，連頭上的紗布都濕了。櫻娘心疼他，卻也不好說什麼，他趕牛車的技術本就不好，她若再多說，只怕他會更慌。

其實伯明心裡比她還著急，他手持著繩子，手掌都勒出血痕了，但他心想這是頭一回沒有經驗，待下次就好了，到時候再多準備一副棉手套。

不過他若渴了，伸手拿葫蘆喝水時還得把手收著點，生怕櫻娘瞧見就不讓他趕車了。若是他們有牛車都趕不了，還得牽著牛靠雙腿走去，他就真覺得自己是個大廢物了，這樣櫻娘要他這個男人有何用？

所以哪怕咬著牙他也要堅持，他的用處可不只是靠種黃豆掙錢，也不只是夜裡在床上能讓櫻娘舒坦，更不只是靠一張嘴來哄櫻娘開心而已。他得讓櫻娘覺得他是個可靠的大男人，出門在外也能依賴著他，只要有他在身邊，她心裡就能踏實。

直到傍晚時分，伯明終於把牛車趕溜了，櫻娘抓牛車的手勁也鬆了些。伯明回頭瞧了瞧櫻娘，給了櫻娘一個燦爛的笑容。

櫻娘知道他辛苦了，她一邊捶著僵麻的胳膊，還不忘誇他一句。「不錯，才大半日就把牛車趕溜了，總算沒把我給顛到溝裡去。」

伯明忍不住呵呵笑了起來，真是羞愧得很啊。

眼見天色已經暗了下來，離前面一個小鎮還有很遠的路，伯明又加把勁趕車，直到深夜，他們才抵達那個小鎮。上回櫻娘去烏州時，也是中途停在這個小鎮上，所以她熟門熟路地帶著伯明進了上回歇息的客棧。

吃過夥計送來的飯菜，稍稍梳洗了下，兩人就準備歇息了。當伯明躺上床，手拉被子時，櫻娘才發現他的兩隻手掌上都有一道深深的血痕。

櫻娘心疼得眼淚都流出來了。「你怎麼這麼傻，身上本來就帶著傷，如今手又傷成這樣，你幹麼不停下來，我們走著去也是一樣的。」

伯明一副沒事的表情。「這沒什麼，妳別大驚小怪的，若是靠走路，我們哪能趕這麼遠的路。妳瞧，我還是不錯的吧，趕牛車竟然和甄家的馬車一樣快，能歇在上回妳住的客棧，雖然晚了幾個時辰，可是這樣明日下午我們就能到烏州了，妳也能早些見到姚姑姑，妳高不高興？」

「高興是高興，可這也太折磨你了。」櫻娘輕輕放下他的雙手，去包袱裡找草藥粉。「你的手掌現在不能上藥，我給你手背和眉頭再敷些吧，怎麼都一整日了還沒消腫呢？」

櫻娘湊過來細細為他敷藥，敷完他的手背，櫻娘又抬頭為他敷著眉頭。她的氣息拂上他的臉，她的嘴唇微啟，紅潤潤的，離他如此之近，讓他實在忍不住，便湊了過去，一下將她的唇含住了。

櫻娘本來是全神貫注地為他敷藥，他這一動，嚇得櫻娘手裡的藥粉撒了一大半。只是伯明仍然沒有放開她的意思，狠狠覆壓著她的唇，然後吮著她的唇舌，直到親夠了、吮夠了，才放開了她。

櫻娘被他放開後，終於能開口說話了，她嬌嗔道：「你都傷成這樣了，還不老實？」

伯明剛才動了血氣，此時臉上仍滿是潮紅。「誰叫妳離我這麼近，何況……我的嘴唇又沒受傷。」

櫻娘哭笑不得。「給我老實點，坐好！」

伯明只好乖乖地不動，由著櫻娘為他敷藥。之後兩人睡覺時，櫻娘警告著他。「睡覺也要老實點，不許動，你全身上下都是傷，若真傷到了筋骨，我可不照顧你一輩子的。」

「妳不照顧我一輩子，那我就賴著妳一輩子。」伯明說著就緊緊摟著她的腰。

「哎呀，你別亂動，你的手掌都快裂成兩半了。」櫻娘是真的很擔心他的傷。

「裂成兩半？哪有那麼誇張。我只不過抱抱妳這也不行，不會是妳自己想歪了吧？」伯明壞笑道。

櫻娘確實是想歪了，她嘟嘴道：「睡覺！你再敢動，我就撓你手心上的傷！」

這一晚上兩人睡得很香，早上醒來時，伯明與櫻娘都精神飽滿，渾身是勁。櫻娘為他的手掌纏上厚厚的布條後，才敢讓他接著趕車。

果然，到了下午，他們就抵達烏州，比櫻娘上回坐馬車來只晚了兩個時辰左右。這是他們倆頭一回相伴著出遠門，雖然路途上有些勞累，但更多的是開心與興奮。

他們原本打算直接去找姚姑姑，可是西北街住的都是大戶人家，只許馬車通過，不許牛車經過，他們只好先去尋個客棧，把牛車與行李安置好，才步行著來到西北街。

他們沒費什麼功夫就找到了李府，因為李府院門高大巍峨，甚是氣派，遠遠就能瞧得見，光是看門的小廝就有四個。

櫻娘一開始還不敢確定這就是姚姑姑所說的那個李府，當她跟小廝說是來找姚玉簟時，小廝們沒趕人，而是打量他們許久，才確信這就是姚姑姑的夫家無疑了。

只是，他們幾人湊在一起，私底下商量了好一番，又瞅了瞅櫻娘與伯明的裝扮，最後才有一位小廝進門去稟報。

伯明瞧著他與櫻娘的衣裳，小聲說道：「我們這次出遠門特意穿上了較體面的衣裳，可他們那眼神似乎還是覺得這般穿著太寒酸。」

櫻娘嘆道：「可不是嗎？或許他們以為我們是姚姑姑家的遠房窮親戚，怕我們是上門來揩油水，給姚姑姑丟臉的。」

第十一章

櫻娘與伯明在李府院門外只稍等了一陣，就見姚姑姑快步走了出來。

姚姑姑聽小廝說有個叫林櫻娘的人找她，心裡一陣歡喜，便要親自出門迎接，連身邊的兩個丫鬟都不讓跟著，她要一個人去。

櫻娘與姚姑姑一見面，自然是有說不完的話，不過姚姑姑可是懂得待客之道，哪怕有再多的話，也會先將櫻娘與伯明接進院子裡再說。

櫻娘挽著姚姑姑的胳膊，兩人一路說著話，伯明則跟在後面走著。

伯明走在鋪得平整又乾淨的青石路上，再看著院子裡種的名貴樹木，還有別緻的亭閣軒榭，他還真有些不太自在。他長這麼大，頭一回進這麼氣派的內院，覺得這裡與他生活的地方完全是兩個世界。

在他看來，這個李府應該不比甄家差，或許在財力上還遠勝甄家，就不知在權勢上李府能不能比得過，畢竟甄員外可是曾經在京為官的。但若是李家比甄家更有權勢，估計甄子查也不敢如此膽大妄為吧。

而櫻娘在前世連故宮及皇家遊園都逛過了，因此眼前的這些對她來說並不稀奇。

姚姑姑與櫻娘邊走邊說了一陣話，才想起剛才見伯明頭上纏著紗布，就問櫻娘發生何事。

櫻娘不好將實情托出，若知道她是因替自己瞞騙甄子查而遭報復，姚姑姑心裡肯定會萬分自責，櫻娘只好說了叔昌與銀月的事，雖然這並不是主因，但也是一個由頭。

姚姑姑聽後生氣道：「這個甄子查怎麼越來越橫行霸道了，人家姑娘與叔昌情投意合，又不是叔昌去搶了他的小妾，他有必要這麼大動干戈嗎？妳丟了活兒，現在有何打算？這次來烏州是不是想攬什麼活兒？」

「我丟了活兒倒不要緊，攬活兒幹也不急於一時，我家這幾個月已經存下了不少錢。如今重要的是妳，甄子查前日告訴我，說有一位家丁見妳進了李府，他竟然說想來找妳！我這次來主要就是為了提醒妳不要再出門了，得處處防著他，只要妳不出門，他也不至於敢闖進來搶人。」

姚姑姑聽了神色凝滯片刻，轉而雙眼凌厲。「這個無賴，還沒完沒了，真當我是個好欺負的！」繼而她又憂愁起來，她在李家才立下足，可別因為這件事離間了她與夫君李長安的感情。

眼見他們已經來到了姚姑姑居室的正堂前，櫻娘左右瞅了瞅。「李大哥他不在家吧？」

「他清早就出門了，你們倆趕緊進來吧。」姚姑姑實在不好意思說，若是李長安此時在家，她就不好帶他們來正堂，只能去偏屋的迎客室了，因為她相公不喜歡家裡有外人來打擾，更不喜歡她結交什麼友人。

姚姑姑把在屋裡收拾的兩位丫鬟都支了出去，她親自來給櫻娘和伯明沏茶。

櫻娘過來幫著放茶葉，蹙著眉頭說：「只要這個甄子查還惦記著妳，怕妳是沒有安寧日子過了，該想個好法子對付他，讓他再也不敢招惹妳才好。」

姚姑姑嘆道：「有些事是防不勝防，哪怕我不出門，也未必能躲得過他。譬如剛才，若不是你們來找我，而是他謊稱是你們，我不就被騙出門了嗎？」

櫻娘與伯明聽了大驚失色，確實是啊！幸好甄子查沒比他們早來。

此時櫻娘更為姚姑姑著急了。「那妳該怎麼辦？要不從現在起，無論是誰找妳，妳都不要去迎接，也都不要放進來！等過了這一段時日，甄子查沒轍了，折騰累了，或許也就算了，他上頭還有他爹管著呢。」

姚姑姑點了點頭。「只能如此了，我娘家離得遠，不會有人輕易來找我的。我的那幾位曾在宮裡的姊妹，最近也不來找我了，都被……」她沒有再說下去，因為那幾位姊妹都是被她的夫君李長安那張冷臉給嚇跑了，現在都是她偶爾去找她們，還是趁李長安不在家的時候。

正說到這兒，剛才那位傳話的小廝又跑來了。「夫人，外面又有人找您，也是永鎮來的，還說是您的故友。」

姚姑姑在永鎮唯一交好的人就是櫻娘了，哪裡還有什麼故友？此時櫻娘與姚姑姑對望一眼，立即明白了，剛說曹操，曹操就到，這個甄子查還真是來得夠快。幸好櫻娘早來了一步，否則姚姑姑就被他騙出去了。

姚姑姑神色只是稍變一下，很快便鎮定了下來，她對小廝說：「就說我不在家，回娘家了，得好幾個月才能回來。」

小廝得令走了，櫻娘心裡卻有些忐忑。「姚姑姑，那個無賴肯定不會相信這種話的，他若是一日三趟地來，就是死纏著不放該如何是好？」

其實這也是姚姑姑擔憂的，她怕甄子查哪日在院門前被李長安撞見了，那可真是有理也說不清了。

真是怕什麼就來什麼！就在此時，李長安背著手，黑著一張臉進來了。他見櫻娘與伯明在，只是禮貌性地朝他們倆點了點頭，便向姚姑姑使了個眼色，把她叫進書房了。

一進書房，李長安冷著臉，直接切入話題。「外面那個男人是誰，聽小廝說他是永鎮人，是來找妳的，妳在永鎮與他有深交？」

姚姑姑想他們倆曾是青梅竹馬，她在宮裡完全是靠思念著他才撐了過來，可是現在只因突然來了這麼一個陌生的男人找她，他就如此不信任她……

姚姑姑心裡有些失望，淡淡地說：「我和他哪有什麼深交，只不過——」

這時櫻娘忽然在外大聲道：「姚姑姑，我和伯明走了，就不給你們添麻煩了。那個姓甄的已經把伯明打成這樣了，我們躲在這裡也不是長久之計，我豁出去了，反正賤命一條，我寧死也不可能做他小妾的，就讓他打死我們好了。」

姚姑姑與李長安聽了同時一怔。姚姑姑馬上領會了，櫻娘這是把事情往自己身上攬，是在幫她。

李長安聽說外面那個人竟然是來抓這一對的，想到剛才他誤會了姚姑姑，頓時心裡有愧，連忙改口道：「哦，原來那個人是得知妳收留了他們，所以才尋上門的？」

姚姑姑不好拆穿櫻娘的謊言，便點了點頭。

李長安為表他的歉意，打算幫她的朋友一把。他走了出來，叫住櫻娘和伯明。「你們既然來了，就別客氣，暫且留在這兒吧。」

姚姑姑也拉著櫻娘，叫她和伯明先別走。

李長安打量了兩人一番，含蓄地問道：「你們……成過親？」意思是問，你們倆不是私奔逃到這兒來的吧？

櫻娘擠了擠眼淚。「李大哥，我和伯明早已是夫妻了。我在甄家的織布坊幹活，有一日不小心被甄員外的小兒子撞見了，他就非要納我為妾。我作為一個婦人，自然是要從一而終的，哪能半道上換男人？前日他還找人打了我相公一頓。」櫻娘把伯明拉到李長安的面前。「你瞧，他的眉骨都被打裂了，還有這手背，腫得跟餑餑似的。」

李長安瞧著伯明這模樣，心裡忿忿不平，他對惡霸欺壓百姓的事也十分看不慣。

櫻娘又接著說：「我尋思著以前姚姑姑待我不薄，所以就想著來這兒避一避，沒想到那個無賴竟然也尋到這兒來了。給你們惹麻煩了，我心裡實在過意不去，可我真的不知該求誰了……」

櫻娘邊說邊抹淚，李長安聽了不免動容，氣憤道：「這個甄員外我也是聽過的，以前在朝為官就自恃功高，狂傲得很，才不被其他大臣所容，以至於五十多歲就被迫自請歸田。沒想到他的兒子也被他教養成這樣，如此欺男霸女，目無王法，我去會會他！」

李長安說著就起身出去了，這令櫻娘與姚姑姑都始料未及。

櫻娘有些懵了。「這可怎麼辦？李大哥這麼急著去會甄子查，我剛才編的那些話不會被拆穿吧？」

姚姑姑卻一點兒也不慌張。「順其自然吧，反正我和甄子查無任何瓜葛，他要誤會也沒辦法。倒是妳，可比那唱戲的還會變臉，若不是我知道實情，我都被妳給矇住了，虧伯明還能配合妳。」

櫻娘被姚姑姑說得臉都有些紅了，她也是擔心姚姑姑沒法跟李長安解釋清楚才出此下策的。

一旁的伯明也不好意思地笑了笑，剛才櫻娘都沒來得及跟他商量就大聲朝書房裡喊話，他還真有些莫名其妙，甄子查什麼時候要納櫻娘為妾了？不過恍然間，他就明白了櫻娘的用意，所以他極力配合著她。

櫻娘坐在那兒尋思著，甄子查並不知道她和伯明來了李府，或許還真能將此事瞞過去。

李長安大步流星地來到院門外，慍著臉打量甄子查一番，還有他身後幾位家丁。

甄子查擺著一張意味深長的笑臉，大有一副我就是來找你的女人且毫不畏懼的流氓相。

李長安沈著臉道：「你是甄員外的兒子，不至於不懂王法吧？一位已嫁婦人你都敢來明搶，還真當誰也治不了你？」

「李大哥可真是誤會小弟了，我哪是來搶人的，我只不過來會一會故友，敘一敘舊情。」甄子查笑得很無恥，他哪裡知道李長安說的是櫻娘，理所當然地認為他說的是姚玉簟。

「她與你何來的舊情，她已為人婦，你如此糾纏，這已是犯了本朝律法！」李長安倒想提一提櫻娘，可他剛才忘了問櫻娘的名字。

甄子查見李長安這麼護著姚玉簟，絲毫不為他剛才說與姚玉簟有舊情的話而生氣，這還真讓他大開眼界了。他心裡暗忖，還沒瞧出來，這個姓李的心胸竟然如此開闊，都快可以海納百川了。

甄子查笑著反問道：「我和她有無舊情，難道你不該仔細問一問她？」他對挑撥人家夫妻感情的事很感興趣。

李長安哼了一聲。「我已問過，她哪裡與你有什麼舊情，只不過你厚顏無恥死死糾纏她而已。她剛才跟我說了，她已嫁做人婦，定當從一而終，你還是死了這條心吧。我李家雖然世代是生意之人，並未有人在朝為官，但與朝中幾位大臣也是有交情的，我家在京城的銀莊還曾為朝廷給西北駐防軍撥過銀兩的，但凡我託人參你們甄家一本，你當聖上真的能容忍你們甄家如此在外作惡？」

甄子查臉色陰沈不太好看了，他一聽家丁說姚玉簞在李府，還沒來得及打聽李家的根底就上門來了。這世上姓李的可多著了，他沒想到這一下便撞上了開銀莊的那個李家。他以前在京城就聽說過李家，據說財力雄厚，與朝中諸多大臣皆有來往。

他上門來調戲李家的人，若真的被人往聖上那兒參一本，來個抄家什麼的，他們甄家可就完了。他再想到他爹，他爹不動用家法打死他才怪呢。

甄子查這下怕了。「李大哥，你可別生氣，我真的只不過是來敘敘舊，可並未有絲毫不軌之心。既然她不承認與我有私情那就算了，就當我一腔真情付之流水了。」

甄子查說著就帶著一群家丁們走了，儘管他心有不甘，可他實在不敢惹怒李家。

李長安見甄子查就這麼走了，也知道他是個欺軟怕硬之人，自己才擺出家世他就夾著尾巴離開，看來還算識相。

李長安再回到正堂時，他見櫻娘與伯明還是一臉憂慮，便爽朗地笑道：「你們倆莫再擔憂，那個姓甄的怕我向聖上參他甄家一本，已經嚇跑了。你們就在我府上住個幾日，到時候回了家也不必害怕，他若再敢糾纏你們，就來找我，我定會託人參他們甄家。一個已解甲歸田的員外子孫敢在外如此目無王法，還真是膽大包天！」

李長安說話時瞧了姚姑姑一眼，那意思是，妳瞧，我幫了妳的朋友，剛才我誤會了妳，妳可不許生氣。

姚姑姑當然懂他的意思，只是淺淺一笑，然後低頭喝茶。

李長安說完就進書房了，姚姑姑帶著櫻娘與伯明去客房。

櫻娘覺得不好在此打擾，推辭道：「姚姑姑，我和伯明已在客棧安頓下了，真的不須在妳家歇息。」

姚姑姑瞅著櫻娘。「妳還跟我客氣什麼？他都說讓你們住了，你們可不能不領情。再說了，你們這一回去，若是路上不巧遇到了那個姓甄的，這戲豈不是白唱了？」

櫻娘覺得也是，雖然住在李家她與伯明都會有些不自在，李長安也不是個好客之人，但是為了不露馬腳，還是乖乖住在這兒吧。

姚姑姑派府中小廝去櫻娘落腳的那間客棧取回他們的行李和牛車，雖然西北街本不許有牛車通過，可是李府的人出面，也沒有人敢管。

到了吃晚飯時，姚姑姑命人在客房裡擺上宴桌，她與櫻娘、伯明一起吃。

「櫻娘、伯明，沒能把你們當成上客去正堂的宴桌上吃飯，你們可別放在心上。他們李家就有這麼一個規矩，女眷的客人——」

姚姑姑話未說完，櫻娘忙道：「姚姑姑，妳才別放在心上。我和伯明哪能算是上客，妳再這麼說，我們可就生分了。按照李大哥的理解，我們可是從鄉下跑來避禍的，能這麼款待我們，已算是給足我們面子——不對，應該是李大哥看重妳，看在妳的面子上，才會如此厚待我們。妳瞧，這一桌子的好菜，我和伯明可是從來沒吃過的。伯明，來，吃這個，這裡只有姚姑姑在，你無須拘謹。」

姚姑姑見櫻娘這麼善解人意，心裡甚是感激，她微微笑道：「就是，伯明，你可得多吃點，趕了這麼久的路，肯定早就餓壞了。」

伯明的碗裡被她們倆挾了許多菜，他只好乖乖地都吃了。

晚上睡覺時，伯明翻來覆去，怎麼都睡不著，躺在不熟悉的床上本就難以入眠，何況他還裝著心事。「櫻娘，妳說這件事就這麼一下子解決了，我怎麼反而不踏實呢？」

櫻娘適應能力比他強，已經睡得有些迷糊了。「不用擔心，兵來將擋，水來土掩。哪怕甄子查再打什麼壞主意，我們也能想出辦法的。快睡吧，我早就睏得睜不開眼了。」

櫻娘就這麼一覺睡到天亮，當她睜開雙眼時，發現伯明一雙清亮眸子正盯著她瞧。

她對自己的睡相很沒自信，頓時臉紅了。「你幹麼這樣盯著我瞧，瞧多久了？」

伯明苦笑道：「大概有一個多時辰了。」

「啊？」櫻娘一下坐了起來。「這麼舒適的床，這麼柔軟的被子，你不好好睡覺，幹麼瞧我呀？」

伯明感嘆道：「或許我天生就是鄉下農家子的命，睡在這樣的床上感覺渾身輕飄飄的不踏實，所以早早就醒了。」

櫻娘聽了哭笑不得。「你還真是不會享福，窮酸命。我的睡姿……是不是很不雅觀？」

伯明搖頭。「哪有什麼不雅觀，只不過一直頂著一張笑臉，作著大美夢，我還聽見妳說夢話呢。」

櫻娘知道她有說夢話的毛病，可是她現在不太記得自己作了什麼夢。「我說了什麼夢話？不會是撿到錢高興地笑吧？」

伯明笑了。「妳不是夢見撿到錢，而是夢見掙了大錢。妳說——天啊，一下掙了這麼多錢，怎麼花得完？好幾麻袋啊，數都數不清！」他模仿的口氣，可把櫻娘逗樂了。

櫻娘仔細想了想，好像還真是夢到掙了好多錢，一共有好幾麻袋銅板，然後她和伯明用牛車拉著去換白花花的銀子。

「妳還真是個小財迷，竟然用大麻袋裝錢，虧妳想得出來。」伯明笑話她。

櫻娘一邊穿衣裳一邊咯咯直笑。「日有所思就夜有所夢嘛。姚姑姑的麻煩解決了，我就開始尋思掙錢的事了。」

伯明提醒道：「這兩日我們還是少出門為妙，那個甄子查說不定也留在烏州還沒回家，若是撞見可就不好了。」

這一點櫻娘其實已經考慮到了，她下了床，坐在梳妝檯前，一邊梳髮一邊說道：「我知道不能輕易出門，從家裡帶來的那些頭花讓姚姑姑找府裡的人去換錢，再拿些絹綢料就行了。至於攬活的事，還是問問姚姑姑吧，她對烏州可比我們熟悉多了，市面上時興什麼，什麼東西好賣，也比我們懂。」

她說完朝伯明招了招手。「你過來，這鏡子可真夠大的，你也來照照。」

伯明過來站在她的身後，看著鏡子裡這麼一對人兒，他一時感慨道：「都說月老是不會搭錯線的，這話看來還真是沒錯。妳瞧，我們倆還挺般配的，是不是？」

櫻娘打趣道：「要想和我般配，待你這個紗布拆掉了再說。」

「般不般配就這樣了，妳昨兒個還說要從一而終呢，反正是不能再換了。」伯明得意地說。

櫻娘笑著噘嘴道：「臨時起意編排的話，你還當真啊！」

「喲，一對小夫妻在這兒打情罵俏呢！」姚姑姑笑盈盈地走了進來，她身後還跟著兩個丫鬟，一個端著滿滿一臉盆的水，另一個端著大托盤，上面擺著各色小菜、兩大碗粥還有白麵餑餑和精美糕點。

姚姑姑親自為他們倆擺上早飯。「這些都是你們倆的，我已經吃過了。因為大清早我就得看著四個孩子讀書，然後陪著他們一起吃飯，所以就沒等到這個時辰來陪你們，你們可別見怪。」

櫻娘聽了覺得姚姑姑還真是辛苦，天才亮沒多久，她都已經為孩子們忙活好久了。待兩個丫鬟出去，櫻娘小聲問道：「妳肚子有動靜了嗎？」

姚姑姑臉上頓起紅暈。「沒有，我嫁過來才三個月，哪有那麼快？你們趕緊洗漱過來吃吧，涼了就不好吃了。我去看看教書先生有沒有來給孩子們上課，等會兒再過來。」

「嗯，妳先去忙吧。」櫻娘瞧著姚姑姑還真是不容易，自己沒生過孩子，卻要當四個孩子的娘。

用過早飯後，櫻娘就對著帶來的那兩件線衣發呆，她正尋思著這樣的線衣到底能不能賣得掉。

伯明先前還以為她是帶來穿的，見她一直盯著瞧，還時不時翻來覆去用手摸才明白過來。「妳不會是想織這樣的線衣賣吧？」

櫻娘點了點頭。「收頭花的鋪子掌櫃上回給我的絹綢料就少了許多，他說雖然有好多外地商賈來此進貨，但是貨太多了也不是那麼好出手。現在我和招娣兩人都待在家，光靠做那點頭花也太閒了，若是能靠織線衣掙錢就好了，反正幹這活又不累。」

這時姚姑姑又進來了，櫻娘就把線衣給她瞧。「姚姑姑，若是妳在鋪子裡見到了這樣的衣裳，妳會不會買？妳試穿一下，可暖和了，穿在身上也很舒適。」

姚姑姑雖然見多識廣，卻沒見過這樣的線衣，她拿著線衣在身上比劃了一下。「看樣子還真是不錯呢！我去裡屋換上試試看。」

當她穿著櫻娘那件紫色線衣走出來時，還真讓櫻娘眼前一亮，特別是姚姑姑將她白色裡衣的領子露出來一點，下面又是紗質褶子白裙，看上去優雅大方，還有一些柔媚味道。

櫻娘將她拉到鏡子前。「妳瞧，真好看！這可是我給自己織的，怎麼妳穿上比我還合身啊！」

姚姑姑瞧著鏡子裡的自己，確實滿意得很。「妳手還真是巧，竟然會織這樣的線衣，我倒是見過有人織披肩，一條賣上百文呢！妳若是織這樣的線衣賣，至少能賣三、四百文一件吧。」

櫻娘雀躍道：「真的？可是……會不會有價無市？這麼貴怕是沒有多少人買得起的。」

姚姑姑點頭道：「確實只有富貴人家才買得起，但是賣便宜了，妳也掙不上幾個錢，妳織一件得耗好些日子吧？」

「一件得織七、八日，只要能賣上兩百文我就覺得算是高價了，除去料子錢，一件也能掙一百四十五文，相當於一日二十文的工錢。雖然不及我在織布坊掙的，但是比在甄家幹短工的男人們掙得還要多呢，我只愁沒有鋪面願意收貨。」

姚姑姑又仔細瞅了瞅身上這件線衣。「這樣的衣裳可鬆可緊，胖瘦之人都能穿，又暖和舒適，只要知道了它的好處，那些富貴人家肯定會買，這年頭誰都愛穿個新鮮。妳回家後再多織幾件，到時候送到我這裡來，同我一起出宮的那幾位姊妹肯定樂意要。她們平時結交的都是富貴之人，人家見她們穿得好看，怎會不眼饞？到時候再找一家富貴人家平時愛出入的鋪面，將線衣放在那兒賣，應該不愁賣不掉。」

櫻娘聽了蠢蠢欲動。「好，我回去就織！只是，我現在不敢出門買紗線和棉線啊。」

姚姑姑笑得眉眼彎彎。「現在妳是不能出去，我倒是可以出去一趟。哪怕甄子查見了我也不敢怎麼樣，他都被李長安嚇住了，只要不知道是妳搞的鬼，他估計見了我還得躲得遠遠的呢。」

櫻娘還是有些不放心。「萬一姓甄的吃了豹子膽呢？要不就讓妳府裡的人幫著去買就行。」

「我帶著家丁和丫鬟們一起出門，不怕，除非他真的想被人參他甄家一本。我親自選料子才放心，下人們不懂這個，根本不會挑好看的。正好我還想讓人去打聽一下他有沒有離開烏州，聽說有錢人家都愛住金貴客棧。待他們走了，我才放心讓你們回家，否則他知道了什麼，又對妳家動手，我的罪孽可就大了。」

櫻娘覺得姚姑姑考慮得甚是周全，就聽她的了。她見姚姑姑準備脫身上的線衣，忙道：「妳別脫了，就這麼穿著，妳比我更適合穿這件，我就送給妳吧。」

姚姑姑知道哪怕推卻也是推不掉的，就高興地接受了。她心裡想著，待櫻娘走時可不能讓他們吃虧才是，他們過的是農家小日子，家裡還有一堆弟弟，不像她，平時從不為吃穿發愁。雖然李長安對她看得緊，但是在錢這方面還是由著她花的，而且其實憑她自己以前攢的那些錢，也夠她花一輩子了。

姚姑姑帶著幾位家丁和丫鬟出府了，只不過出門才一個多時辰，他們就回來了。

姚姑姑眼光好，選的紗線和棉線都是上乘的，顏色也很符合富貴人家口味。她還告訴櫻娘一個好消息，甄子查今兒個早上就退了房，離開烏州了。「妳可以帶著伯明好好逛一逛烏州了，伯明窩在這裡，我瞧他很不自在呢。」

這話確實說到伯明心坎裡去了，不過他想逛烏州可不是貪新鮮好玩，他心裡還裝著一件事呢。

到了下午，櫻娘和伯明就上街去逛逛了。櫻娘見伯明一直很認真地在尋著什麼，納悶道：「你在找什麼？」

伯明直搖頭。「沒什麼，就瞎看而已。」

這時他似乎看到了想逛的鋪子，忙對櫻娘說：「妳在這裡等一下，我去去就來。」

櫻娘雖然好奇，但也不急著問，待他買回來就知道了。她悠閒地看著路邊賣小玩意兒的攤子，看到有賣棉布手套的，就為伯明買了一副。她本想等回到家再為他織一副線手套的，可是想到他手掌傷成那樣，明日還得趕車回家，可不能為了省幾個錢而讓伯明受罪，就爽快地買了。

伯明買完了東西，仔細地揣在懷裡，接著又去買了一串糖葫蘆才回到櫻娘身邊。

櫻娘見到糖葫蘆，忍不住發笑。「你剛才左瞧右看的，就是為了買糖葫蘆？」

伯明神秘地笑道：「怎麼，不行嗎？妳不愛吃糖葫蘆？」

櫻娘接了過來，立即咬了一口。「愛吃得很，你怎麼只買一串？」

「我不愛吃甜的。」伯明不僅不愛吃甜的，其實他壓根兒沒吃過糖葫蘆。

櫻娘猜他沒吃過，想逗一逗他，故意驚訝地問道：「你難道不知道糖葫蘆其實是辣的嗎？它的名字和味道並不相符的。」

「辣的？」伯明半信半疑。櫻娘將糖葫蘆遞到他嘴邊，非要他咬下一顆。伯明這一咬，馬上就知道上當了。「明明又酸又甜，哪裡辣了？」

櫻娘笑得喘不過氣來。「你這個大土包子，連糖葫蘆都沒吃過，說是辣的你都相信。」

伯明氣得朝她直瞪眼。「以後妳可不許這麼玩我。」

兩人逛了整整一下午才回到李府，晚上吃過飯後，他們就開始收拾行李，打算隔日一早就往家裡趕。

晚上姚姑姑過來與櫻娘說說話，趁他們倆不注意，往兩人包袱裡塞了一小荷包的碎銀子。她也知道永鎮還沒有兌換銀子的鋪子，大家都是花銅板，這銀子在永鎮恐怕都沒法買到東西，可是想偷放幾大串銅板在包袱裡又不方便，銅板太占地方還會叮噹響，動靜太大被櫻娘發現了肯定不會收的。

其實她真想多給些錢，讓櫻娘不必那麼累，總想著怎麼掙錢。可是她看櫻娘的脾性，絕對是那種不肯白受人家好處，非得自己掙錢花才踏實的人。

姚姑姑與櫻娘聊了好一陣子才走，櫻娘與伯明想著明日要辛苦趕路，也就早早歇下了。

當櫻娘一覺醒來時，發現伯明又是睜著一雙眸子瞧著她。

「伯明，你再這樣，以後我都不敢睡覺了。你老這樣窺視我的睡相，可是會長針眼的！」

伯明嗤笑一聲。「我哪有窺視妳的睡相，我也才剛醒。我是想等著妳睜開眼，這樣第一刻就能看到我，然後聽我對妳說一聲——生辰福樂，百年如意，一生安康！」

櫻娘眨著眼，有些發懵，今日是她的生辰？她還真記不太清楚，她只對前世的生日記憶深刻。

想到自己今日才滿十六歲，她覺得有些不可思議，她經常會忘了自己的年齡。

這時伯明從枕頭底下摸出一只銀鐲子，往櫻娘手腕上戴。

櫻娘急道：「等等！這個是哪裡來的？」

伯明喜孜孜地笑著。「昨日下午買的呀。妳嫁給我，身上連一副首飾都沒有，多不像話。」他仔細地幫她戴好。「妳瞧，多好看，銀白色的鐲子配上這白嫩的手腕，搭得很。」

櫻娘這才明白，原來伯明當時可不只是為了給她買糖葫蘆。她瞧著自己的手腕，雖然這幾個月是養白了一些，但遠遠沒到白嫩的程度，伯明這張嘴還真是會哄人！

她瞧著銀鐲子刻著牡丹花，還挺好看的，雖然以她的審美觀來看，這種鐲子老氣了一些，但是在這個古代，怕是很不錯的了。

「這只銀鐲子得花多少錢？」櫻娘一想到錢，就心疼起來。

「才重十五銖多，還不到七百文錢，妳可不許心疼錢，妳掙了那麼多錢，全用來給妳買東西都不為過。」

櫻娘心疼地摸了摸。「六、七百文錢呀，真夠貴的！這可值一百多斤黃豆啊！」

伯明不高興了。「不許再提錢的事，妳再提，我就把帶來的錢全用來給妳買首飾，買銀簪、銀耳環，還有……」

「好好好，我不說了，別再買了，再買得傾家蕩產了。」一下花掉近七百文錢，這是櫻娘來到這個古代，第一次戴上這麼值錢的東西。

伯明似乎一點兒也不心疼，還十分高興。「哪能傾家蕩產，家裡不是攢了好幾千文錢？」

「幾千文錢也禁不起你這麼花呀！」櫻娘細瞧著銀鐲子，忽而又納悶道：「你又沒讓我跟著一起進鋪子裡試戴，怎麼能買得這麼合適？戴上剛剛好。」

伯明很是得意。「我對妳早就瞭若指掌了，妳手腕的粗細我能不清楚嗎？」其實他是趁櫻娘睡著時，偷偷用細繩繞了她手腕一圈，然後帶著細繩去比對著買的。

櫻娘竟然傻乎乎地相信了。「你的眼力這麼準？莫非你還知道我的腰有多粗，這個胸……」她差點就說出胸有多大了。

伯明撲在她的身上，撩起她的裡衣。「讓我再瞧一眼就記住了。」

「你……」櫻娘連忙拽住衣角。「不許看！」

奈何伯明根本不依她，雙手來解她的衣扣，他不僅要看，還要看個真真切切……

離家這些日子，櫻娘與伯明在路上十分惦記著家裡，希望家裡一切平順。

當他們把牛車停在院門口時，發現院門是關上的，看來院門已經被修好，可以開關自如了，只是……現在應該不需要再關著了吧？

難道家裡又出了什麼事？

櫻娘有些緊張地推了推院門，門一下被推開，她往裡頭一瞧，只見叔昌與銀月坐在院子裡。

叔昌手裡拿著一包草藥粉，不知是被櫻娘推門給驚著了，還是被櫻娘撞見他和銀月在一起給羞著了，總之他手一抖，那包藥粉被撒掉了一半。

銀月驚愕得半張著嘴，瞧著剛進門的櫻娘，臉頰頓時緋紅一片。

櫻娘見她袖子捲得老高，胳膊紅腫腫的，看來叔昌是在幫她敷藥。

銀月愣了一會兒，趕緊站起來，發窘地叫了一聲。「大嫂。」

她還未過門就喊櫻娘大嫂，櫻娘恍了恍神才反應過來，微笑著點頭。「銀月，妳怎麼來了？」

銀月伸著胳膊給櫻娘看。「我爹氣得拿鐵鍬打我，把我的胳膊打成這樣，就因為甄家派人到我家說不要我當妾了。挖水庫時，我這條胳膊根本使不上力，叔昌說家裡有消腫的草藥粉，就讓我……讓我跟著來了。」

櫻娘仔細瞧了瞧她的胳膊。「我瞧著妳這腫得還真是不輕，妳爹怎下得了這狠手？妳快坐下吧，叔昌，你好好給銀月敷藥。」

銀月聽話地坐下了，又伸著胳膊讓叔昌幫忙敷藥。

這時伯明從牛車上卸下幾個大包袱扛了過來，銀月在南山挖水庫時見過伯明，早就識得的，因此她沒有起身，只是在伯明進門時喊了聲大哥。

伯明剛才在院門外已經聽到櫻娘與他們的對話，他也是笑了笑，回應一下銀月，只是心裡起了一個不大不小的疙瘩。叔昌與銀月在婚前就相見，本已不符合風俗，這會兒銀月竟然自己上家裡來了？這事要是傳出去，可不大好聽啊。

伯明見叔昌可能因害羞而躲閃著他的目光，他便問道：「叔昌，就你們兩人在家嗎？你二嫂和季旺呢？你二哥是不是也馬上就要從南山回來了？」

叔昌抬頭看了看日頭。「嗯，二哥應該快收工了。二嫂我也不知道她去哪兒了，我一回來就沒見著她。季旺應該是去放牛了，這幾日都是他放牛。」

「喔。」伯明應了一聲，扛著包袱進了自己的屋子。

櫻娘在路上就渴了，這時在廚房裡喝水呢，她還舀來一瓢送到屋裡給伯明喝。

伯明小聲地對櫻娘說：「三弟這也太不顧忌了，還未成親就把銀月帶回家來，甚至關著院門，這要是教別人知道了，還不知怎麼編排咧。雖然我們過自己的日子就好，不須管別人怎麼說，但是這種風化之事，有些人愛添油加醋，說起來可是會很難聽的。」

櫻娘也覺得有些不合適，但這次是有原因的，應該沒關係。「你別擔心，這不是情有可原嗎？銀月是來敷藥的，以後應該不會這麼不顧忌了。你快喝點水吧，肯定渴了。」

這時招娣回來了，她看到院門外停著牛車就知道是大哥和大嫂回來了。她拎著一籃子大白菜，高興地小跑著進院子，卻見到叔昌與銀月坐在裡頭，她一下頓住了腳步。

招娣雖然沒見過銀月，但見她與叔昌在一起，也就知道這位姑娘一定是銀月了。

只是銀月的表情比招娣更為驚恐，她的眼睛緊盯著招娣的臉，特別是招娣臉上的那塊大胎記，兩人就這麼對望著愣了一會兒。

叔昌連忙道：「這是我二嫂。」

銀月有些結巴地開口叫道：「二……二嫂。」

招娣尷尬地點了點頭。「欸。」

她應了一聲便往屋裡去了，直喊：「大嫂、大哥，你們回來了？」

櫻娘和伯明連忙出來。「招娣，妳這是收大白菜去啦？」

櫻娘見她挺著這麼個大肚子，還拎著滿滿一籃子的菜，就幫著接了過來。「等會兒我來做辣白菜，過個六、七日就能吃，可下飯了。」

招娣笑道：「這一下飯，我又得多吃，我肚子都這麼大了，孩子長得太大會不會不好生啊？」

「妳這肚子哪叫大？能吃是好事，我的小姪子長得壯實，多好。」櫻娘笑盈盈地拎著菜籃子進廚房了。

招娣也跟著進去。「我還以為妳和大哥肯定沒這麼快回來呢，牛車可比不了馬車，大哥又從來沒趕過，我和仲平這幾日可是擔心得快睡不著覺，生怕你們路上出意外，翻溝裡去了，又怕你們走錯路，仲平還說你們身上帶著不少錢，怕有人搶錢呢。」

櫻娘噗哧一笑。「瞧你們淨會瞎擔心，不過還真的差點翻溝裡去了。」櫻娘把伯明一開始不會趕牛車的經過說了。

招娣聽了咯咯直笑。「原來是因為大哥把牛車趕得跟馬車一樣快，所以你們倆才能這麼早回來呀！」

銀月坐在院子裡聽見櫻娘和招娣有說有笑的，有些羨慕，又有些不是滋味，她覺得櫻娘和招娣應該出來和她說說話才算禮貌，她頭一回來，好歹也算是客人嘛。不過繼而她又想通了，覺得這也沒什麼，待她嫁過來後，肯定能與她們相處得好的。

她剛想到這些，招娣就出來了，還倒了杯熱水遞給銀月，笑咪咪地說：「最近家裡缺茶葉，忘了去鎮上買，妳將就著潤一潤喉嚨吧。」

銀月接過杯子喝了幾口，待招娣進了屋，銀月壓低聲音問叔昌。「你家裡為你二哥說親時，是不是被媒人矇騙了，根本沒說人家長什麼樣子，就這樣糊裡糊塗娶過來了？」

叔昌瞅了瞅屋門，見沒人聽見才放心地開口說：「不是，二嫂是從齊山逃荒出來的，我爹娘花五十文錢買了回來，當時我二哥也猶豫過要不要，不過見二嫂實在可憐，就要了。以後妳可別再說這種話，二哥和二嫂好著呢，而且二嫂性子溫順，從來沒大聲說過話，和大嫂相處得像親姊妹似的。」

銀月噘嘴道：「你放心，到時候我也能和她們相處得好。」

叔昌聽了很開心。「妳這是打算要嫁給我了？」

銀月紅著臉瞪他一眼。「討厭，我只不過這麼說說罷了，到時候我爹同不同意還不一定呢。」

「我不管，後年我就和我大哥一起去妳家提親。」叔昌心裡樂滋滋的，都有些等不及想娶她了。

櫻娘和招娣在廚房一邊做飯一邊閒聊，銀月走了過來。「大嫂、二嫂，我要回去了。」

「在這裡吃過晚飯再回去吧，飯都快熟了。」櫻娘忙招呼著。

銀月倒真想和他們一家人一起吃頓飯，但還是客氣地拒絕了。「謝謝大嫂，我要是回去晚了，我爹說不定又要打我了，我還是趕緊回家的好。」

這會兒仲平回來了，他進廚房來喝水，看到銀月竟然在這兒，頓時臉一繃，一句話也沒說。

他本來心裡就有氣，因為幹活時突然沒瞧見叔昌和銀月，還以為他們倆又躲到山後幽會去了。儘管現在發現他們倆不是去幽會，而是來到了自家，他心裡仍然不舒服。

可能是因為銀月給家裡帶來了不少麻煩，令他本就對銀月沒什麼好感，這下又見她還未過門就跑到未來的夫家，心裡多少有些不舒暢。

但是叔昌喜歡銀月，他這個當二哥的也不好攔著，何況大哥和大嫂都沒說什麼，也輪不到他提反對意見。

銀月早在挖水庫時就發現仲平這個人古板得很，不愛說話，只知道賣力幹活，這時見他一聲不吭地喝水，然後又走出去了，就像沒看到她一般，也不和她打聲招呼，心裡不太高興，她朝櫻娘和招娣假意笑了笑。「我真的得走了，再不走天就要黑了。」

櫻娘囑咐著叔昌。「你去送一送銀月。」

「嗯。」叔昌應著，然後和銀月一起出門了。

吃晚飯時，伯明想起一事，說道：「現在天氣越來越冷了，聽說好些人家開始學葛地主家那樣起炕頭呢，我們家要不要也起三個？」

櫻娘也早想到這個問題了。「起吧，起一個炕頭聽說要三百文，起三個就是九百文，這些錢家裡還是出得起的。招娣，妳的屋和叔昌、季旺的屋是連起來的，只要在中間打一個小灶，然後通向你們兩間屋子，平時在小灶上燒燒水、炒個小菜什麼的，炕也能熱起來。我和伯明的屋是連著廚房的，就不用打灶了，只要改一改，光起炕頭就行。一個小灶加三個炕，估計一千來文錢就能打發了。」

以前每到冬天睡覺都睡不暖，直到早上起來腿腳還是冰冷的，大家聽說家裡要起炕頭，個個眉開眼笑。

季旺興奮地說：「我們家一下就起三個炕頭，不知有多少人羨慕呢！聽說蔣家村有位泥匠的手藝是全永鎮最好的，當年就是他給葛地主家起的炕頭，大哥，我們就請他來好不好？」

「好。」伯明笑道。「瞧你高興的。」

招娣也跟著樂呵呵道：「這樣到時候我生孩子就不冷了，孩子也有暖炕頭躺，不容易被凍出病來。」

櫻娘見一家人都高興成這樣，心情也愉悅得很。只不過起炕頭而已，他們就覺得這日子過得好，想在現代，她可是住在埋有地暖系統的房子啊，冬天在家只須穿一件薄衫，地上暖暖的，穿著襪子在家裡走著，連腳心都是暖的。

大家心情好，吃起飯來也有胃口，飯菜都被吃得乾乾淨淨。飯後，他們兄弟幾個就興沖沖地去各個屋裡瞧炕頭的位置了。

櫻娘和招娣一起收著碗，這時招娣不經意瞧見了櫻娘手腕上的銀鐲子，想也沒想便驚呼道：「大嫂，妳這銀鐲子是在烏州買的吧，真好看！」

櫻娘便取了下來。「妳戴戴看，肯定也好看，昨日是我的生辰，妳大哥瞞著我買的。」

招娣只是拿在手上愛不釋手地瞧著，並不好意思往自己手腕上戴，這可是大哥送給大嫂的禮物，她哪能戴呢！

櫻娘覺得一家子過日子，有些東西不能只是她一人有，而招娣沒有。雖然她不覺得一個銀鐲子有什麼稀罕的，可是對於這裡的人來說，這應該算得上很了不得的東西。「招娣，妳只比我小幾個月，過了年後不久就是妳的生辰了，到時候也讓仲平給妳買一個。」

招娣這才恍悟過來，自己這麼摸著大嫂的銀鐲子，怎能不教人以為她十分想要呢？她慌忙搖頭，把銀鐲子還給了櫻娘。「大嫂，我只是瞧著這個好看，我並不喜歡往手上戴東西的，幹起活來一點兒都不方便，家裡可千萬別為我花這個冤枉錢。」

「這哪叫冤枉錢？銀鐲子就是銀子，存放多久，它還都是錢，買這麼一個還不到七百文錢，我們家花得起。」

招娣急了。「我真的不想要！」

櫻娘懂她的意思，哄她道：「好好好，不想要就不想要，到時候再說吧，看仲平的意思。我們收好了碗就去看買來的線料，姚姑姑叫我們先織幾件，賣給她的幾位好姊妹，到時候說不定有好些人見了都想要買，不愁掙不到錢的。」

「嗯。」招娣點頭道。「姚姑姑還真是肯幫忙，想得這麼周全。」

當她們倆來到屋裡打開包袱時，從裡頭翻出了一個陌生的荷包，櫻娘好奇地打開來瞧，發現裡面竟然裝著滿滿一荷包的碎銀子，她有些傻眼了。

招娣可從來沒見過銀子，何況還這麼多。「大嫂，這有五、六兩銀子吧?!也就是五、六千文錢呢！這是誰把荷包落在我們家的包袱裡了？」

櫻娘還沒反應過來。「我也不知道啊，丟了荷包的人得有多著急啊，這麼多銀子呢。又不知是誰丟的，我們要怎麼還給人家？」

櫻娘心裡還在想，要不要把這些銀子給昧了？不行啊，昧錢就是昧良心啊！她仔細地瞧著荷包，看著上面繡著花紋和字，心裡咯噔一下。

「這哪裡是人家丟的，分明是姚姑姑故意塞給我的！妳瞧，上面有一個『簟』字。姚姑姑名叫姚玉簟，這不是她的，又能是誰的？當時我和伯明收拾包袱的時候還沒發現這個荷包，肯定是離開前那晚，姚姑姑來與我敘話時偷偷塞進來的。」

招娣看著這些白花花的銀子，又瞧著荷包上的字，雖然她不認識，但覺得這個字好看。「姚姑姑人好，名字也好，她之所以要偷偷地塞進來，肯定是擔心直接給妳，妳是不會收的。」

櫻娘嘆道：「她真是用心良苦啊。不過，我們都有手有腳，可不能白收人家的錢，到時候多織幾件好看的線衣送給姚姑姑吧。」

這時兄弟幾人在家裡轉完了一圈，選定炕頭位置，他們便來到屋裡準備開始繞線，因為知道這次買了好些線料回來要織線衣，不把線繞成團可不行。

他們見櫻娘和招娣圍著桌子，看著這麼一些碎銀子，可給嚇著了，都睜著大眼幾乎要驚呼出聲。

櫻娘連忙噓聲。「你們別大聲張揚，這是姚姑姑偷偷塞給我們的錢，別讓人家聽去了。有了這些錢，叔昌到時候訂親給采禮，還有成親時的各項花費就都有了，還能剩下一些呢，我們再攢攢，到時候再給季旺說親。」

季旺聽了直臉紅。「我才不要娶什麼親咧！」

伯明摸了摸季旺的頭。「哼，傻小子，你還能一輩子不娶親？再過兩年，怕你自己都著急了。」

櫻娘從自己的荷包裡拿出剩下的銅板，給他們一人二十文錢。「這是給你們的零花錢，平時見到什麼想買的，就自己買吧。」

她又起身去箱底拿出一千文錢，遞給仲平。「這些錢你拿著，你和招娣也有自己的家，買個小東西都要過問我和伯明也不好。招娣還有五十來日就要生了，你們給孩子買些東西，孩子的棉襖是做好了，但是棉鞋和棉襪可都沒準備呢，買些料回來做吧。之後待招娣過生辰，再給她買只銀鐲子。」

招娣忙道：「大嫂，我真的不要。」

櫻娘故意生氣道：「妳還聽不聽大嫂的？哪怕不聽我的，也要聽仲平的，到時候仲平買不買給妳，我就不管了。」

招娣沒轍了，乖乖地應道：「好吧。」

櫻娘又想起一事。「明日我想去一趟鎮上，問殷管家要回我這半個多月的工錢，算起來也有七百文錢呢。伯明，我們倆一起去吧，要回了錢，然後就去蔣家村找泥匠來起炕頭。」

伯明怕櫻娘去要工錢會撞上甄子查，又會被欺負，肯定是要陪著一起去的。

殷管家見到櫻娘態度十分熱情，並且極力挽留她。「林櫻娘，這幾日妳沒來，織布坊都沒個帶頭的人，新提上來的領頭比起妳差遠了，根本管不住人。而且上回妳教她們那個新圖案的織法，她們雖然會一些，可就是還不熟練，織得也比妳差多了。」

櫻娘嘆氣道：「我也不想這樣，是三少爺趕我走的。」

「妳再來也行的，三少爺昨夜被老爺訓斥了一頓，說他瞎胡鬧，不是跑京城就是跑烏州，還把好好的一個織布坊領頭給趕了。三少爺可是在老爺面前認了錯的，只要妳願意來，三少爺肯定一個字都不敢再說了。」

櫻娘猶豫著，沒有出聲，恰巧這個時候甄子查出院門了。本來他是懨懨的，無精打采，一見到櫻娘他就來勁了。

他走了過來，正想發火卻又忍住了，想起他爹罵他的話，他好歹收斂了一點。「林櫻娘，妳是來要工錢的？要我說，妳就繼續在這兒幹好了。」

伯明見甄子查也來挽留櫻娘，生怕她同意了，便用手肘碰了碰櫻娘，可他這個動作不小心被甄子查瞧見了。

「薛伯明，別使小動作，我在問櫻娘，不是問你。」

伯明白了他一眼，懶得理他。櫻娘自然知道伯明的意思，其實她自己看著眼前這個無賴，也覺得無須再猶豫了。她對甄子查做出個無奈的表情，很遺憾地嘆道：「本來我還有點動心，看到你我就徹底死心了。」

甄子查一副很吃驚的樣子。「哦？我已經到了讓妳一瞧見就頭疼的地步？我可有一件讓人意想不到的事情要告訴妳。姚玉簟嫁的那個姓李的，可是開銀莊的，腰纏萬貫啊！妳和姚玉簟不是好姊妹嗎？妳只要去她那兒哭哭窮，她心一軟給妳幾十錠銀子，就夠妳家花一輩子了。妳有沒有興趣去一趟？要去的話捎上我，我肯定會給妳好處的。」

「你當個個跟你一樣不要臉啊！」櫻娘哼了一聲。「你不就是想跟著我混進李府，去見姚姑姑一面嗎？聽說李家在朝裡可是有人的，你還真的不怕？」

甄子查聽了有些氣餒。「見一面是多大的事啊，又不是非禮，至於嗎？」

「姚姑姑已是別人的妻子，你歪著心思想見她就是非禮！懶得跟你囉嗦。殷管家，我不猶豫了，真的不打算再來織布坊了，你把我這半個月的工錢結了吧。」

殷管家偷瞄了一眼甄子查，搖了搖頭，只好去拿錢了。

甄子查氣得臉色漲紅。「甄家給妳面子，妳竟耍起威風了？還真當織布坊缺了妳就不行？我明兒個就去京城，再去尋一位司織局的姑姑來！」他氣哼哼地甩袖到鎮上逛蕩去了。

殷管家拿著錢出來了，聽甄子查說還要去京城，他深深地嘆了一口氣，少爺的心思果然是難以捉摸的。

櫻娘接過七百多文錢，與伯明高高興興地去鎮上買了好些吃食與家用品，之後再去蔣家村請泥匠師傅，他們倆就這麼折騰了一上午，臨近午時才回來。

接下來一家子都忙了起來，泥匠在家裡起炕，伯明兄弟四人輪流去南山挖水庫，並備足冬季需要的柴火，櫻娘和招娣則每日在家做頭花和織線衣，邊幹活邊說話，日子過得倒也舒適自在。

過了十二日，三個炕頭都起好了，仲平和招娣的屋裡也添了小灶。這樣待她生了孩子後，想單獨給孩子做點吃的，在自己屋裡的小灶做就行了，方便得很。

「大嫂，妳快過來試試，我屋裡的炕熱了！」招娣在屋裡喊著。

櫻娘聞聲過來了，招娣興奮地仰躺在床上，感覺自己就像突然住進了仙宮一般，心裡美得不行。櫻娘瞧著她這模樣，心裡禁不住一陣樂。

「大嫂，妳知道嗎？從小到大，我的娘家窮得每日都為三頓飯發愁，經常餓得通宵睡不著覺。到了冬天，每年都有不少身體孱弱的老人扛不住凍死了。我真的沒想到自己有一日會過上這樣的好日子，每頓吃得飽飽的，又能穿上好看的衣裳，到了冬天竟然還能睡上熱炕，我都不知道自己還缺什麼了。」

招娣說著說著，眼眶竟然紅了，她覺得這日子就是幸福，幸福得想哭。「大嫂，我這都是託了妳和大哥的福，妳能幹會掙錢，大哥會種黃豆。若不是你們倆，我們家可過不上這樣的好日子。」

櫻娘很能體會她的心情，微笑道：「妳哪裡是託我和伯明的福，黃豆也不是伯明一人種的。妳是託了仲平的福，因為當時是他留下了妳，要不是他，妳現在可不知嫁給了哪位漢子呢。」

「其實我知道自己託了仲平的福，只是不好意思說出來。妳不知道，平時我想和他說些貼心的話，他竟然還嫌我煩，說他聽得渾身起雞皮疙瘩，不舒服。」招娣羞道。

「他只是不好意思。」櫻娘笑了笑，摸摸暖熱的炕。「現在晚上腿腳都能睡暖和了，這幾日我們再縫幾個厚棉門簾吧，這樣屋裡的熱氣也不容易跑出去，以後坐在炕上織線衣就不覺得冷了。」

「做三個厚棉門簾，又得花不少錢買料吧？」招娣一聽說又要花錢，思緒就全轉過來了。她覺得最近家裡花錢太快了，她向來是個不太捨得花錢的人，見錢花得快，心裡總是不太踏實。

「要不了多少錢，何況我們掙錢不就是用來花的嗎？花錢就是希望把日子過得舒坦一些。若是把錢攢在那兒不動，日子仍然過得緊巴巴的，貧苦得很，這錢豈不是白掙了？」

招娣似有所悟，傻笑道：「說得也是，這錢攢著又生不出孩子來。」

櫻娘忍俊不禁，與招娣笑成一團。

櫻娘來到自己屋裡時，伯明已經打好了熱水，讓櫻娘一起來泡腳。泡過之後，兩人爬上炕，感覺真的是很舒服，溫溫熱熱的，伯明像個小孩子一樣在上面滾了幾圈。

「櫻娘，躺在這上面，我都感覺不到這是寒冬了。」

櫻娘伸展著四肢，舒舒服服地躺下了。「怎麼不是寒冬？後日可就是臘八節了。明日我們去鎮上買紅棗、芝麻、銀耳、百合、糯米、紅豆怎麼樣？家裡有花生米和高粱米，正好湊成八樣，後日早上家裡可以煮一大鍋正宗的臘八粥，夠一家子吃上三頓。仲平和叔昌說後日南山會歇息一日，正好一家人可以好好品嚐。」

伯明凝神尋思著什麼，躺在櫻娘的身側。「我們多買一些吧，我想送一些到佛雲廟裡去，好讓師父和師兄弟們也吃上一頓臘八粥。」

櫻娘挪著身子依偎在伯明的懷裡。「你有空玄這樣的師父算是有福氣，你師父有你這樣的徒弟也會很欣慰，你做任何事都惦記著他們。」

伯明忽然側過身來將櫻娘壓在下面。「自從有了妳，他們就只占我心裡一個小小的地方，其他的地方都被妳占了，妳真霸道。」

櫻娘聽了覺得好笑，心裡卻熱呼呼的，可比這炕還要熱多了。「哪裡是我霸道，又不是我非要占著的，明明是你自作多情好嗎？」

這時伯明脫著衣裳，脫得只剩裡衣褻褲，櫻娘趕緊把被子拉過來蓋住他身子。

「現在可是冬天，雖然有炕，但也得注意著點，凍出病來可不好。」

伯明在被窩裡對著櫻娘好一陣蹂躪，他先是含著她的巧舌輕咬重吮，吮得櫻娘喘不過氣來，然後又咬上她的耳垂，纏戀她的脖子及胸口。

這時櫻娘已是渾身熱血湧動，由著伯明對她狂熱地索取，她自己還禁不住雙手摸索著脫掉自己的衣裳。她感到納悶，平時可都是伯明幫她脫的，今日卻惹得她受不住，自己動手脫了。

當她脫得差不多了，伯明又戀住了她那鼓鼓的一對，又揉又摸，再捧著吸吮。櫻娘再也控制不住，連自己的褻褲都脫了。

躺在溫溫熱熱的炕上，又有伯明那滾燙身軀貼著，櫻娘確實絲毫感覺不到這是冬天，完全是一副熱火朝天的景象。

當伯明連她的腰與腹都沒放過，她再也按捺不住了，因為下面已蓄了一汪春水。她盼著伯明進入她的身體，忍不住扭動起腰來。

可是伯明今日好像特別有耐力，不管櫻娘怎麼扭動，他就是不進來。櫻娘算是服了，她實在受不了了啊！只好不管不顧地用手握住他的那話兒，迫使它進來了。

伯明雙眸漆黑幽深，一邊抽動自己的身子，一邊壞壞地瞧著櫻娘。「剛才是妳自己脫掉衣裳，現在又是妳抓著我進來的，妳還敢說是我自作多情嗎？明明是妳霸道嘛，是妳強要了我。」

櫻娘胳膊緊緊箍著他的脖子，任由他撞得她迷離顛倒，斷斷續續地說：「你這個壞和尚……好，是我……強要你，是我自作多情。啊！你……」

伯明聽她說了這些話，一直激動到大半夜，也折騰櫻娘到大半夜。前些日子因為床太冰冷，做什麼都是縮手縮腳的，這回因炕上暖和了，兩人放得開，便來了一次又一次的長久戰。

櫻娘突然想起一句話——三畝地、一頭牛、孩子老婆熱炕頭。

她明白了，熱炕頭還有這種功效啊，這句話果然意味深長。

次日早上吃過飯後，伯明與櫻娘就一起去了鎮上買煮臘八粥和做厚棉門簾的料。回到家後，伯明便帶著東西去了佛雲廟。

此時只有櫻娘和招娣、季旺三個人在家，三人一起忙著裁料子、勻棉花，開始做厚棉門簾。

臨近午時，叔昌突然驚慌失措地跑了回來，看到櫻娘，他二話不說就撲通跪了下來，嚇得櫻娘連連後退。招娣與季旺更是傻了眼，慌得連手裡的剪子都掉到地上。

櫻娘穩了穩身子，又走向前來。「叔昌，到底出了什麼事？有事你好好說，可別這樣，你想嚇死你大嫂啊！你快起來。」

叔昌跪在那兒紋絲不動，他知道自己沒臉見人，就低著頭說：「大嫂、二嫂，還有四弟，是我不爭氣，給家裡丟臉了，給爹娘丟臉了。以後一家人走出去肯定會被人唾罵，這都是我惹出來的禍端。」

「到底怎麼了，你快說呀！」櫻娘急死了。

叔昌頓了一下，才緩緩開口道：「剛才銀月告訴我，她好像……好像懷孕了……」

「啊?!」櫻娘、招娣和季旺三人一同驚呼。

——未完，待續，請見文創風225《福妻稼到》下集

福妻稼到

全套二冊

妙語輕巧，活潑悠然／于隱

不管事業或愛情，一旦出手，便要通通都幸福！

當個和尚娘子，
為了幸福，她不介意做一回豪放女，
幸好，他孺子可教也……

雖說穿越已不稀奇，可她鄭晴晴怎偏偏來到這農村貧戶，
沒得玩宅鬥也就罷了，什麼都沒搞清楚就被迫披上嫁衣，
聽說，她相公還是個剛剛還俗的和尚?!
幸好他未捨七情六慾，人又可愛得緊，會將她時時放在心窩裡，
得此夫君，往後以櫻娘的身分活著似乎也挺稱心，
反正身為現代女，她滿腦子創意，在古代謀生絕不是問題，
她教人織起了線衣，還真在豪門間掀起流行，讓她狠賺了幾筆，
不僅幫助夫家迅速累積家產，還扶持丈夫維護家族和樂，
在旁人眼裡，她持家有道又會掙錢，
看來有妻如此，是他幾輩子修來的福氣啊……

文創風196-198《在稼從夫》，勾起溫馨回憶！

看膩了穿越女總是贏的套路嗎？

繼**貴妻**之後，**油燈**又一新鮮好評代表作

貴女

全套五冊

別出心裁．反骨佳作

文創風 215 **1**

自從來依親的表姊出現後，敏瑜不再是最受疼寵的嫡女，
她成了愛妒嫉、器量小、不懂事的嬌嬌女，
真是冤啊！這一切都是穿越來的表姊使的壞詭計……
而她堂堂一個侯府嫡女，竟落得要跟一個外人爭寵？
她可不想輸了面子又輸了裡子……

文創風 216 **2**

做了公主的侍讀之後，她刻苦勤學，
只為了贏過表姊，這是她作為丁家嫡女的志氣，
只要她夠好，就不必怕活了兩輩子的妖女對她使壞……
漸漸地，她發現自己不再是當年求大家疼寵的嬌嬌女，
她擁有了專屬自己的氣質和光華，心裡也有一份自信跟篤定……

文創風 217 **3**

所有人都想著她嫁九皇子是遲早的事，
這認知可給她招來了不少麻煩，
幸好她跟妖女表姊鬥慣了，自己也練就了識人籌謀的好功夫，
面對因為想攀高枝嫁九皇子的曹家女兒想潑她污水，
可別想她會忍氣吞聲、只守不攻……

文創風 218 **4**

敏瑜一直以為自己會嫁給皇后疼愛的九皇子，
所有的教養也是為了進入皇家做準備，
不料卻被指婚給家世聲名狼籍的年輕將軍楊瑜霖，
卻在聽見他竟願意自污自損聲名，讓她解除這個婚約，
她的心隱隱感動，嫁他似乎也不壞，她得好好盤算新的將來了……

文創風 219 **5** 完

從一開始的不期待，到發現他對自己是如此呵疼有心，
她覺得不嫁皇子而嫁武夫，倒是老天垂憐她了，
至於夫君家的糟心事，她可一點都不看在眼內……
她只在意成為夫君的賢內助、最強的後盾，
為他清除障礙，理出一片光明坦途，跟他和和美美地共度一生……

比拚上「多才多藝」、「吃過的鹽比你吃過的米多」、
「料事如神」、「花招百出」的穿越女……
當朝小女子，若不想當個挨打的沙包，
嬌嬌女也要力求大變身……

文創風181-185《貴妻》，餘韻無窮，回甘不已！

為流浪貓狗加油 和貓寶貝 狗寶貝

廝守終生(一定要終生喔！)的幸福機會

對人來說，貓寶貝狗寶貝只是生活的一部分，但妳（你）對牠們來說，卻是生活的全部，領養前請一定要考慮清楚——

▲ 荳荳想要溫暖的家

性　　別：女生
品　　種：米克斯
年　　紀：2~3個月大
個　　性：黏人乖巧
健康狀況：已體內外除蟲除蚤
目前住所：新北市三重區

本期資料來源：愛貓媽媽

『荳荳』的故事：

午後的一場大雷雨，驚到了行經街道上的人們，也嚇壞了疑似跟丟母貓的小貓咪。牠驚慌亂竄在馬路中間，閃躲來往的車輛，但右後腿好像被車子撞到了，走路一跛一跛的……我一見到此景，擔心牠又遭逢危險，不顧大雨淋身，立刻將牠抱離馬路虎口，送到附近獸醫院治療。

然而一送到醫院，我才知道荳荳傷得有多嚴重，對於小小年紀的牠必須承受植鋼釘、縫合手術有點不忍，所幸術後牠並無大礙，但後續必須照看傷口的癒合。由於牠的樂觀堅強，所以在療養期間，身體恢復良好。度過傷痛後的荳荳開始施展暖化人心的魔力，很喜歡向人討摸摸及窩在雙腿撒嬌，尤其牠對新事物好奇，所露出眨巴巴的可愛雙眼，教人忙碌一整天的心瞬間融化。

雖有小貓調皮愛玩性子的荳荳，但猜測牠可能先前經歷過車禍，倒是比其他貓咪還穩重，會照顧自己不教人費心。尤其每當我疲憊回到家時，荳荳總是比其他同伴第一個歡迎我喵喵地叫，並主動窩在我的身邊，讓我感到窩心。然而，因為家裡有養其他寵物，內心雖想撫養荳荳，但因為環境空間有限，忍痛決定送養，希望牠能在良好的生活環境成長。

你被荳荳的可愛模樣吸引了嗎？也因荳荳的遭遇，想疼惜牠嗎？歡迎來信至a5454571@yahoo.com.tw，給懂事、惹人憐愛的荳荳一個溫暖的未來，認養牠回家喔！

認養資格：

1. 認養者須年滿20歲，有獨立經濟能力，並獲得家人與同住室友的同意。
2. 非學生情侶或單獨在外租屋的學生，須能提出絕不棄養的保證。
3. 須同意送養人日後之追蹤探訪。
4. 領養者需有自信對牠們不離不棄，愛護牠們一輩子。

來信請說明：

a. 個人基本資料：姓名、性別、年齡、家庭狀況、職業與經濟來源等。
b. 想認養「荳荳」的理由。
c. 過去養寵物的經驗，及簡介一下您的飼養環境。
d. 若未來有當兵、結婚、懷孕、畢業、出國或搬家等計劃，將如何安置「荳荳」？

文創風
224

福妻稼到 上

國家圖書館出版品預行編目資料

福妻稼到 / 于隱著. --
初版. -- 臺北市 : 狗屋, 民103.09
冊 ; 公分. --(文創風)
ISBN 978-986-328-353-9(上冊 : 平裝). --

857.7　　103015558

著作者	于隱
編輯	黃湘茹
校對	黃薇霓　王冠之
發行所	狗屋出版社有限公司
地址	台北市104中山區龍江路71巷15號1樓
電話	02-2776-5889～0
發行字號	局版台業字845號
法律顧問	蕭雄淋律師
總經銷	知遠文化事業有限公司
電話	02-2664-8800
初版	103年9月
國際書碼	ISBN-13　978-986-328-353-9
原著書名	《穿越之农家长媳》，由北京晉江原創網絡科技有限公司授版

定價250元
狗屋劃撥帳號：19001626
網址：love.doghouse.com.tw　E-mail：love@doghouse.com.tw